College Writing Textbooks · Creative Writing

大学写作系列教材

创意写作

短片剧本写作实训

陈　鸣　著

Script of Short Film Writing Training

中国人民大学出版社

·北京·

目 录

导　论　视觉符号的传达与创意

任何图像都是多义性的，它潜藏于其能指下面，包含着一种“浮动的”所指“链条”，它的读者可以选择其中一些，而不理睬另一些。

——罗兰·巴尔特：《显义与晦义：文艺批评文集之三》

短片剧本写作实训是一种跨界叙事的创意写作实践活动，创意写作实训的疆界将由此而从文学写作领域拓展到影像叙事领域，叙事创意的符号媒介也将由语言符号拓展至视觉符号。所以，在进入这一跨界叙事写作实训活动之前，我们有必要简要地探讨一下视觉符号的传达与创意。

从现代视觉传达史上看，19世纪是以印刷媒介的图画和照片为代表的图像时代，20世纪是以电子媒介的影视剧为标志的影像时代，而21世纪则进入了以网络媒介的微电影、短视频等为潮流的视频时代。可以说，从图像时代到影像时代，视觉传达的变革主要表现为从静态的画面到动态的影像，并用画面与声音的蒙太奇技术叙述影像故事；而从影像时代到视频时代，视觉传达的变革则集中体现为由产业化的叙事长片制作拓展为伙伴式的叙事短片制作。一方面，轻巧便捷的拍摄设备和非线性视频剪辑软件，促成了叙事短片制作的伙伴式生产模式；另一方面，在线发布的视频平台及在线浏览方式，使微电影和短视频迅速崛起并成为视频叙事的新兴样式。“短片叙事正一步步成为我们这个时代叙事模式的核心。”[①]虽然当下的短视频在作品结构和叙事技术等方面有待多样化发展、情节化成熟，然而毋庸置疑的是，动画短片、真人短片或广告短片等虚构叙事短片与纪录短片和写真短片等非虚构叙事短片，正在成为新世纪影像叙事的时代潮流和发展趋势。从这个意义上说，本书便是旨在探讨视频时代语境下短片剧本写作的基本原理，为短片剧本的创意写作探索一种具有实操理论和有效方法的实训教学指南。

作为虚构类创意写作的实训活动，短片剧本写作实训是剧作者用具有文学诗性的书面语言策划和撰写短片剧本的实操活动。虽然短片剧本是语言艺术的文学叙事作品，但短片剧本所要叙述的是影像故事，而影像故事是需要通过视听语言呈现的。短片剧本写作实训需要面对和回应的创意写作实操问题是，剧作者如何用文学性的书面语言叙述影像故事。剧作者不仅要学会用文学性的语言符号叙述故事，而且要懂得影像故事是如何通过视听语言符号进行呈现的。这就要求我们了解一些有关视觉传达的历史由来、思维取向和创意设计的知识与原理。

一、《拉奥孔群像》雕塑的启示

有关视觉符号的传达与创意的议题，可以追溯到18世纪欧洲启蒙运动时期由德国学者莱辛因《拉奥孔群像》雕塑而发起的一场争议。这场争议不仅在视觉艺术史上第一次命名了造型艺术，奠定了造型艺术在视觉传达上的“美的法则”，而且也区分了以绘画雕塑为代表的造型艺术与以史诗为代表的语言艺术在符号媒介上的特点，为人们探讨视觉符号的传达与创意的理论和实操提供了历史性的启示。

1.《拉奥孔群像》雕塑作品的故事由来

古希腊雕塑《拉奥孔群像》取材于希腊神话的“木马屠城”故事。据说公元前13世纪末，位于今天土耳其西海岸的特洛伊城邦有一位名叫帕里斯的王子，他在一次希腊旅途中拐走了希腊美女海伦。迈锡尼国王阿伽门农闻讯后非常气愤，便联合希腊各城邦向特洛伊宣战，这就是著名的“木马屠城”故事的起因。

---

① 约翰逊.短片剧本写作.余韬，译.北京：世界图书出版公司北京公司，2017：1.

当年，希腊联军围攻特洛伊城9年而不下。一位希腊将领奥德修斯想出了一条妙计：在希腊本土造出一些巨型的木马，装上船后运往特洛伊并布置在特洛伊城外。特洛伊士兵在城楼上发现希腊部队撤退了，便打开城门，却在城外看到了这些巨型的木马，非常好奇，准备将这些木马拉到城门里面去。这时，特洛伊祭司拉奥孔闻讯后赶来警告特洛伊士兵，千万不要中希腊人的诡计，并要求把所有木马烧掉。这件事情惊动了雅典娜女神，她派来了两条巨大的蟒蛇，从海里窜出扑向拉奥孔和他的两个儿子。不久，拉奥孔和他的儿子在与巨蟒的搏斗中被活活缠死。于是，特洛伊士兵把木马拉到城里。深夜，藏在木马中全副武装的希腊士兵一个个地跳了出来，杀死了睡梦中的特洛伊守军后打开城门。这样，希腊联军终于攻克了特洛伊城邦。这便是“木马屠城”的神话故事。

2.《拉奥孔群像》雕塑作品引发的视觉传达争议

图 0-1

《拉奥孔群像》（见图0-1）是一座大理石雕塑，16世纪在罗德岛被发现，据考古学家考证，约完成于公元前1世纪中叶。雕塑家取材于希腊神话故事“木马屠城”，塑造了两条蟒蛇活活缠死特洛伊祭司拉奥孔和他的两个儿子的惨烈场景。在群像雕塑作品中，拉奥孔和他的两个儿子呈金字塔式的构图，肌肉饱满的人物身躯与扭曲挣扎的四肢动作，以及蟒蛇的缠绕律动与人物手臂的交错造型，一定程度上冲淡了拉奥孔临死之前的肉体痛苦，强化了拉奥孔父子挣脱蟒蛇缠绕的戏剧性冲突。

1755年，德国学者温克尔曼在《论古代雕刻绘画作品中的摹仿》一文中认为：《拉奥孔群像》雕塑作品刻画拉奥孔临死时的表情，没有像古罗马诗人维吉尔在史诗《伊利亚特》中叙述的那样，如实地表现拉奥孔放声哀嚎的极端痛苦，而是展示了激烈的情感受到伟大心灵的节制。原因在于，雕塑家模仿了古希腊雕塑的特征——高贵的单纯和静穆的伟大。

德国学者莱辛看了温克尔曼的文章后，对温克尔曼用古希腊雕塑风格来评价《拉奥孔群像》雕塑的观点提出了质疑，并自1766年起发表了一系列文章，这些文章后被整理为一部未完成的美学专著，取名为《拉奥孔——论绘画和诗歌的界限》。莱辛认为，拉奥孔临死前面部为什么没有痛苦的表情，不能用希腊雕塑的风格来解释，而应该从雕塑作品的艺术法则中寻求答案，即“美是造型艺术的最高法律”，《拉奥孔群像》雕塑的魅力便在于其符合了造型艺术的美的法则。[①]这样，18世纪下半叶，围绕着《拉奥孔群像》雕塑作品，莱辛的文章在欧洲艺术研究界引起了一场有关视觉传达的争议。

一百多年以后，英国美学家鲍桑葵在《美学史》中谈到由莱辛引发的那场视觉传达争议时，怀疑莱辛当时并没有看到《拉奥孔群像》雕塑的原像，并指出，在这个雕像作品中，拉奥孔面部的痛苦表情是强烈的。但是，鲍桑葵对莱辛的观点给予了很高的评价，认为莱辛看到了诗歌与绘画、雕塑的媒介区别，进而开启了欧洲近代美学的先河。[②]

3.《拉奥孔群像》雕塑作品的争议揭示的视觉传达启示

莱辛针对温克尔曼关于《拉奥孔群像》雕塑风格的评价而引发的这场历史性争议，不是只讨论如何解读《拉奥孔群像》雕塑作品的问题，甚至也并不局限于争议《拉奥孔群像》雕塑的风格话题，而是给艺术理论界提出了一个有关视觉传达的议题。我们至少可以从以下两个方面阐释莱辛在《拉奥孔群像》雕塑作品分析中带来的视觉传达启示。

首先，莱辛第一次提出了“造型艺术”概念，并指出“美是造型艺术的最高法律”的论断，与法国学者巴托（1746年提出“美的艺术体系”），德国学者鲍姆嘉通（1750年倡导“美的艺术”学科，即美学）一起，将欧洲艺术观念史由古希腊古罗马的“技艺”时期推进到“美的艺术”时期。[③]虽然19世纪下半叶印象派绘画理论产生以后，“美的艺术”观念在一定程度上被打破，出现了诸如设计艺术、“丑的艺术”和“仿像艺术”等观念，更多地体现了绘画等造型艺术作品在视觉传达上的创意取向，但是莱辛倡导的造型艺术“美的法则”却依然是视觉传达上的基本准则，即以绘画和雕塑为代表的造型艺术在视觉传达上具有显在或潜在的美的价值取向。印

---

① 莱辛.拉奥孔.朱光潜，译.合肥：安徽教育出版社，2006：15.

② 鲍桑葵.美学史.张今，译.北京：商务印书馆，1985：288–290.

③ 陈鸣.艺术传播原理.上海：上海交通大学出版社，2009：3–5.

象派产生以后，造型艺术家们才质疑传统的“美的艺术”观念，力图寻求现代艺术的发展方向。但是，造型艺术“美的法则”并没有消失殆尽，只是在20世纪以来的视觉表达方式中表现得更为多样、更为复杂、更为隐秘，并与视觉创意密切联系。

其次，莱辛从《拉奥孔群像》雕塑的具体案例出发，分析了以雕塑、绘画为代表的造型艺术在符号媒介上的特点，并比较了造型艺术与语言艺术在艺术符号媒介上的区别。他认为，“绘画用空间中的形体和颜色，而诗却用在时间中发出的声音；既然符号无可争辩地应该和符号所代表的事物互相协调，那么在空间中并列的符号，就只宜于表现那些全体或部分本来也是在空间中并列的事物，而在时间中先后承续的符号，也就只宜于表现那些全体或部分本来也是在时间中先后承续的事物”[①]。也就是说，在艺术符号上，绘画作品是通过形体和颜色的符号媒介描绘空间中并列的事物，而诗歌作品则运用语言声音的符号媒介描绘时间中延续的事件。因此，艺术符号媒介上的差异，使绘画、雕塑等造型艺术与史诗等语言艺术成为两种独立的艺术样式。莱辛的艺术媒介理论为美学史上有关艺术样式的分类确立了符号媒介的方法。所以，人们至今将文学作品称作语言艺术，因为文学家使用的符号媒介是语言文字；而把绘画、雕塑称为造型艺术，因为画家和雕塑家是用色彩、线条和块面等视觉符号的介质来塑形的。从这个意义上说，莱辛第一次明确了造型艺术在视觉传达上的符号媒介特质。

从视觉传达理论史上看，莱辛从《拉奥孔群像》雕塑的案例分析中提出的艺术媒介理论，不仅确立了造型艺术与文学艺术的艺术样式分类标准，而且给后世的符号学研究带来了启示。20世纪初，瑞士语言学家索绪尔在语言符号学研究中提出了视觉符号的视觉特性与语言符号的听觉特质在表达方式上的差异原则。索绪尔认为，语言是一种表达观念的符号系统，并有两个原则：第一个原则是语言符号的任意性，即语言符号的能指与其所指的关系是任意而约定俗成的；第二个原则是语言能指的线条特征，即语言能指只在时间上展开，表现为在一个向度上的长度。比较而言，视觉符号的能指可以在几个向度上并发，而语言符号的能指却只有时间上的一条线。[②]因此，索绪尔的语言符号学理论不仅明确了语言符号的能指在传达意义上“前后相继”的时间线性特点，而且指出了视觉符号的能指在传达意

① 莱辛.拉奥孔.朱光潜，译.合肥：安徽教育出版社，2006：91.

② 索绪尔.普通语言学教程.北京：商务印书馆，2009：106.

义上“同时并发”的空间并列特征，从符号学的角度推进了莱辛的艺术媒介理论。

总之，莱辛的艺术媒介理论与索绪尔的语言符号学研究说明，造型艺术与语言艺术之间存在着符号媒介的边界，造型艺术是“看”的艺术，而语言艺术则是“读”的艺术，视觉符号具有语言符号所不具有的符号表达特质与符号思维取向。因此，短片剧本写作实训活动是一种符号跨界的创意写作行动，需要在文学叙事、表演叙事和影像叙事之间进行符号媒介的跨界叙事，因而需要理解并运用符号跨界的思维方法和写作技术。

二、视觉符号的思维取向

莱辛的艺术媒介理论和索绪尔的语言符号学告诉我们，与语言符号不同，视觉符号有着独特的传达方式，而20世纪初的现代心理学理论又揭示了视觉符号在思维取向上的秘密，即完形心理学派（又称格式塔心理学派）有关视觉思维的基本编码规则。

1. 视觉符号的完形心理取向

“格式塔”一词源于德语gestalt的音译，意思是“完形”。早在1890年，德国学者厄勒费尔在《论格式塔特质》一文中首先提出了“格式塔”的概念。后来，德国学者韦特海默在对似动现象进行实验研究的过程中发现，人的眼睛倾向于运用运动知觉的方式看物体，而这种运动知觉便是“格式塔”。也就是说，视觉符号的思维方式具有某种完形心理取向，即人用眼睛观看物体不光是一种视感觉的行为，并且其通过一系列视知觉法则把眼睛所看到的经验材料组织为有意义的整体。格式塔心理学派将此命名为“完形组织法则”。其中，图底关系的视觉判断便是一种最基本的视知觉思维法则。

索绪尔曾经指出，视觉符号是“在几个向度上同时并发”的。而在格式塔心理学派看来，观看图像作品时，人的眼睛无法对视域中的所有对象进行聚焦，只有被人看到的部分在眼睛里才是清楚的，其余部分在视网膜成像时模糊不清，进而产生了“图”与“底”的视觉思维法则。1915年，丹麦学者鲁宾为此提供了一种实验心理学图案“鲁宾之杯”（见图0–2）。

鲁宾的心理学实验证明，人们通常倾向于把“鲁宾之杯”中的图像看成一个杯子，虽然该实验的图案中也隐含着两张对视的人脸。鲁宾认为，一般的视觉经验由两部分组成：图与底。图像作品中的图是注意力的焦点，因而被看作一个事物，被轮廓线包围，同时可以从图像作品的其他部分的底部背景中凸显。所以，在图与底的关系上存在着这样一些规则：封闭的面较容易被看作"图"，而它之外的部分则较容易被看作"底"；有清楚形状和轮廓线的部分较容易被看作"图"，而没有形状、轮廓线的部分较容易被看作"底"。也就是说，鲁宾的实验揭示了视觉符号的思维方式，即完形心理取向：封闭的面容易被看作图，而开放的面则容易被视作底。在看"鲁宾之杯"的图案时，人们往往先将其看作一个杯子，即封闭形状的图，而不太会先识别出两张对视的人脸，因为后者是由开放性形状构成的底。

图0-2

鲁宾的心理学实验证实了"图"与"底"的完形心理学定理，即人们通常先看到图像中的"图"，而后才有可能识别出该图像的"底"。那么，人们是否可以在一幅特定的复合图像作品中同时看出两个不同的图像呢？

20世纪中叶，英国哲学家维特根斯坦注意到了这个视觉符号的视觉思维问题，并从分析哲学的角度阐释了视觉思维的"同时视像"可能性。维特根斯坦从一份杂志上找到了一幅被称为"兔鸭头"的图像作品（见图0–3）。他认为，在现实的视觉活动中，每个人对外在事物的观察方式可分为两种类型："看"（see)和"看作"（see as)。"看"表现了对一个众所周知的事物的视觉印象；"看作"所要表达的是对那个视觉对象的观念性解释。所以，在看"兔鸭头"图像作品时，人们可以说它是鸭子，也可以说它是兔子。两者都正确，但往往不能同时成立。我们从鸭子的观念出发，看到的就是鸭子；从兔子的观念出发，看到的就是兔子。但是，如果人们将这个"兔鸭头"图案"看作"兔鸭头的话，这就已经不再是一种生理上的视感觉活动，而是一种在理智作用下的视知觉活动，它依赖于一种观念性视知觉能力。这种"闪现"的视觉活动实际上是一种视觉

图0-3

经验与思想结合的效果。“所以面相的闪现似乎一半像视觉经验一半像思想。”[①]也就是说，在这种“看作”的视知觉思维方式中，渗透了某种智性的理解力，它不只是在经验性视觉思维中所获得的直接视觉印象，更是一种理解性视觉思维做出的判断。我将这种“闪现”的视觉思维称为“同时视像”，即人们从一幅图像作品中“同时看出”两种或更多的图像，如“兔鸭头”图像；或者，在一幅图像作品中“同时看出”两种或更多角度才能看到的图像，如毕加索的抽象画。

2. 视觉符号的“看的思维”方式：看与被看

与维特根斯坦的分析哲学不同，法国学者梅洛－庞蒂从哲学现象学的角度研究了视觉符号的视觉思维问题，并提出了“看的思维”理论。

梅洛－庞蒂认为，“看的思维”实际上是一种身体的意向性，而不是纯粹意识的意向性。这是因为“视觉是一种受制于条件的思想，它‘借机’从那种进达身体的东西中产生出来，它被‘刺激’去借助于身体而思考”[②]。这种“看的思维”的“神秘之处在于：我的身体同时是能看的和可见的。身体注视一切事物，它也能够注视它自己，并因此在它所看到的东西当中认出它的能看能力的‘另一面’。它能够看到自己在看，能够摸到自己在摸，它是对于它自身而言的可见者和可感者。这是一种自我，但不是像思维那样的透明般的自我（对于无论什么东西，思维只是通过同化它，构造它，把它转变成思维，才能够思考它），而是从看者到它之所看，从触者到它之所触，从感觉者到被感觉者的相混、自恋、内在意义上的自我——因此是一个被容纳到万物之中的，有一个正面和一个背面、一个过去和一个将来的自我”[③]。也就是说，“看的思维”是一种通过身体的视感官而进行的视觉思维方式。在“看的思维”中，经验性的视知觉活动往往表现为人们对于对象的直观视感知，而理解性的视知觉则在视感知对象的同时又能反观自身。因此，“看的思维”的神秘之处在于：我的身体同时是能看的和可见的。[④]这便是人的“看的思维”能够同时感知到“看”与“被看”的奥秘。

---

① 维特根斯坦.哲学研究.陈嘉映，译.上海：上海人民出版社，2001：324.

② 梅洛-庞蒂.眼与心.杨大春，译.北京：商务印书馆，2007：61-62.

③ 同②36-37.

④ 同②61.

总之，梅洛－庞蒂的视觉现象学揭示了：视觉符号的“看的思维”是通过观看者的身体感官而不是头脑的纯粹思维去看东西的，因而人在看的同时，既能看到自己所看的东西（即可见者），同时又能够感觉到自己被他者看到（即被见者）。因此，“看的思维”方式包含了看与被看两种视觉思维取向。视觉传达研究界将其称为反思之“看”，或者视觉的反身性。[①]也就是说，视觉符号是一种“看的思维”，用视觉符号设计视觉作品的时候，就要在可见者与被见者两个视觉取向上考量。从这个意义上说，与语言符号在时间线性上的单向度不同，视觉符号的传达与创意侧重于从可见者与被见者在空间中的两个取向的关系中生成。

三、视觉符号的创意设计

18世纪中叶，在莱辛倡导“美是造型艺术的最高法律”的理念时期，欧洲的艺术观念历史进入了“美的艺术”观念时期。19世纪下半叶，印象派产生之后，欧洲的造型艺术家们开始不再局限于“美的艺术”观念，其结果是，视觉艺术家们更加自觉地追求视觉传达创意。正是在这一趋势下，法国学者巴尔特开始其图像修辞学的理论研究，并从照片与平面图文广告等图像文本分析中探讨视觉符号的创意设计，而美国学者皮尔斯的指号学理论则给平面广告和视频广告带来了视觉设计的指号化创意设计。

1. 新闻照片的视觉创意

照片首先是对眼睛所能看到的经验材料进行视觉记录，正如巴尔特所说，“任何一张照片都是一张证明，证明一种存在”[②]。但是，包括新闻照片在内，摄影师依然可以在照片的拍摄和制作中表达视觉创意。

为了阐释新闻照片的视觉创意，巴尔特曾从照片的视觉符号中析离出两种讯息：一种是照片的外延讯息，即与照片拍摄对象相似的东西，照片中没有编码的讯息；另一种是照片的内涵讯息，即摄影者在拍摄和制作照片过程中所选择和加工的东西，照片中编码的讯息。巴尔特在对新闻照片的案例分析中，进一步区分了照片中的两种讯息：“一种无编码（就是照片上的相似物），另一种有编码（就是‘艺术’，或者是处理、‘书写’或是摄

① 曹方.视觉传达设计原理.南京：江苏美术出版社，2005：333.

② 巴尔特.明室：摄影纵横谈.赵克非，译.北京：文化艺术出版社，2003：137.

影的修辞学)。"[①]也就是说，新闻照片是通过视觉符号的两种意指路径来传达意义的。其中，照片的外延讯息是摄影师拍摄的某个具体的新闻事件，意指一个曾经真实发生的事件。而照片的内涵讯息则是摄影师在拍摄这张新闻照片时所选取的角度和照相机的光圈、快门、焦距等，以及早期新闻照片的洗印技巧等，意指摄影师的摄影技术及其摄影风格。

例如，美国摄影师阿尔弗雷德·艾森施泰特的新闻照片《胜利之吻》(见图0–4)，拍摄于当地时间1945年8月14日(北京时间8月15日)。时值第二次世界大战结束，日本宣布无条件投降，人们纷纷走上街头庆祝这一胜利。在纽约市曼哈顿的时报广场上，一名年轻的水手揽起身边一位身穿护士服的女士大胆亲吻，表达心中的喜悦和激动。用巴尔特的照片理论来分析的话，这幅新闻照片传达了两种讯息。一是照片的外延讯息，即艾森施泰特拍摄了时报广场街道中心一位美国水手抱起一位女护士热情接吻的画面，这是一个新闻事件。二是照片的内涵讯息，即艾森施泰特通过抓拍技术而呈现的画面构图：人们行走在时报广场上，背景是时报广场的标志性建筑物，而前景的画面是两个人物，一位是身穿黑色海军服、头戴白色海军帽的年轻水手，另一位是身穿白色护士服的年轻女护士。两人的造型分别是：水手用右手揽起年轻的女护士，左手勾起女护士的头部，低头轻吻；而女护士自然地投入水手的怀抱，右手放在胸前，右脚微微翘起，仰脸接吻。摄影师用抓拍的手法，记录了第二次世界大战胜利时刻的这一历史性镜头。

图0–4

据说，在拍摄这幅照片的时候，摄影师并不知道照片中的男水手和女护士是一对素不相识的陌生人。因此，在这幅用抓拍记录的新闻照片中，摄影师通过抓拍这对年轻男女在广场上热烈拥抱接吻，记录了第二次世界大战胜利结束的历史时刻；同时还表现了人们在得知突如其来的喜讯时的狂欢热情，这种狂欢颠覆了日常生活中的

① 巴尔特.显义与晦义：文艺批评文集之三.怀宇，译.北京：中国人民大学出版社，2018：7.

人际关系表达方式，甚至突破了日常的社会伦理禁忌。从这个意义上说，艾森施泰特的新闻照片《胜利之吻》在两个层面上传达了图像作品的视觉创意。一个是抓拍技巧所表现出的画面构图、人物造型和色彩对比等，摄影师借此成功地捕捉到人们得知第二次世界大战胜利喜讯这一历史事件，这是如法国摄影师亨利·卡蒂埃·布列松所言的“决定性的瞬间”那样的抓拍创意；另一个是被抓拍的这对陌生的青年男女拥抱热吻的狂欢场面，传递出人们欢庆那一历史时刻的激情。而后者却是艾森施泰特在抓拍这张照片时也没有意识到的，即在时报广场欢庆人群中间拥抱热吻的这对青年男女竟然是素不相识的陌生人。

2. 图文广告的图像修辞策略

在分析新闻照片的基础上，巴尔特提出了图像修辞学理论，并通过对一则图文广告作品的分析揭示了视觉传达设计中的图像修辞策略。

巴尔特认为，图像作品包含两组对峙的视觉讯息，即编码的文化讯息与未编码的自然讯息，在视觉符号的意指过程中，未编码的外延所指是由图像要素构成，而编码的内涵所指则表现为图像解读者运用的意识形态。“图像的语言，不仅仅是发出的言语的全部（例如在符号的组合层或讯息的创造层），而且也是所接受到的言语的全部。”所以，“任何图像都是多义性的，它潜藏于其能指下面，包含着一种‘浮动的’所指‘链条’，它的读者可以选择其中一些，而不理睬另一些”[①]。因此，巴尔特的图像修辞学是探讨人们如何用意识形态的修辞方式去设计图像中的两种讯息，进而用文字符号锁定图像的意义。

例如，巴尔特通过对一张意大利“潘扎尼”（Panzani）花色面图文平面广告的文本进行细读，从图像修辞学的角度揭示了这幅图文广告作品（见图0–5）中的视觉创意。巴尔特认为，这

图0–5

① 巴尔特.显义与晦义：文艺批评文集之三.怀宇，译.北京：中国人民大学出版社，2018：27.

幅图文广告包含了三种讯息。

首先，广告中“潘扎尼”文字符号的语言学讯息，传递出“潘扎尼”一词所包含的双重意指：一是指意大利的某公司；二是指意大利特色。

其次，广告中视觉符号的编码讯息表现为某种画面构图，即几包花色面、一个金属罐、一个包装袋、几个西红柿、几个洋葱头、一朵蘑菇等物品正从一个半张开的网兜中散落出来。这些物品通过黄、绿、红等蔬菜的颜色和不同形状的食品罐头，指向被采购的意大利特色的烹饪产品。

再者，广告中视觉符号的未编码讯息，即由十分逼真的烹饪食品、网兜等所构成的实物形象，指向这些烹饪食品的被拍摄物——广告产品。

那么，广告设计师是如何用图像修辞的方式来处理这张平面图文广告中的三种讯息的呢？在巴尔特看来，意大利“潘扎尼”花色面广告的图文符号所传递的意指取向是，广告商品的自然诱惑力与某种文化消费观念被现实地结合在一起，构成了某种图像修辞关系。具体表现为：视觉符号的内涵讯息（画面构图）受到了其外延讯息（烹饪实物）的牵引，并在文字讯息（“非连续的象征”）所传递的“文化”消费观念的制导下显示出广告产品（即意大利“潘扎尼”花色面）的“自然之诱惑力”，进而唤起人们购买该产品的欲望。

总之，巴尔特对意大利“潘扎尼”花色面广告的图像修辞学分析，从一个侧面说明视觉符号的意指取向总是“漂浮”不定的，而文字符号却能够“锚固”图文作品的意义。然而在这个图文广告作品中，设计师在利用文字符号来锚定视觉符号的意义时，却将视觉符号中的外延讯息与文字符号一起构成了广告作品中的图像修辞关系，进而用视觉创意的方式传递出“去购买意大利‘潘扎尼’花色面”的商业广告意义。

3. 视觉设计的“指号化”创意设计

一般认为，20世纪初的索绪尔与皮尔斯是符号学理论的奠基者。与索绪尔的语言符号学不同，皮尔斯从逻辑研究的角度提出了指号学（semiotics）的符号学理论。皮尔斯认为，“指号或图像是第一者（first），它与那个被称为它的对象（object）的第二者（second）形成了一个真实的三角关系，以至决定了那个被称为它的解释者（interpretant）的第三者（third），与它的对象必须相同的三个一组关系。在这种关系中，它自身与同一对象相符。三个一组的关系是真实的，这就是说它的三个成员被这种关系绑在一起，不以任何方式存在于两个一组关系的综合体之中”[①]。所以，皮尔斯不仅在索绪尔符号二分法（即能指与所指）的基础上提出了符号三分法（即指号标记、指号标记的指涉对象以及指号标记的解释项），强调解释项在指号中的重要性，而且将符号学范围从语言拓展到图像等领域，并把指号分为图像（icon）、标志（index）和象征（symbol）。符号学也由此突破语言学的疆界，涵盖了图像与标志领域。

应该看到，皮尔斯提出的“标志”符号类型，在视觉传达史上具有十分重要的价值。在皮尔斯看来，“标志”与图像是不同的指号类型，“标志”的指号并不是建立在指号标记与指涉对象的相似性之上的。“标志是这样一种指号，它通过被某个对象所影响而指示那个对象。因而它不是质的指号，因为质是独立于任何别的东西的那种东西。就标志被对象影响而言，它必然与那个对象共同具有某种质，就此而言，它指示那个对象。因而它包含了一种图像，虽然是一种特别种类的图像。它也不仅仅与它的对象相似，甚至在使它成为指号的这些方面也是这样，不过它被那个对象做了现实的修正。”[②]简单地说，作为一种指号类型，“标志”的指号标记与其指涉对象之间总是处于直接意指的符号学关系之中，并且与一般的图像不同，“标志”自身没有独立性，只是直指其指涉对象，并在其指涉对象的影响下修正其自身的意义，解释者只要借助于“标志”的记号与其指涉对象的索引关系，便可明白“标志”的视觉记号含义。例如，红绿灯是一种交通信号的“标志”记号，其视觉传达的意义不在于红绿灯的形状或亮度，而是其在视觉索引中指涉的交通信号，即红灯禁行、绿灯通行。因此，“标志”记号可以使人们在视觉索引的逻辑关系中进行“指号化”视觉传达。

与一般的图像记号相比，“标志”记号是在特定的视觉索引逻辑下的视觉传达，这种“指号化”视觉传达具有更加直接与更为快捷的视觉意指效应。所以，19世纪后半叶印象派产生以后，欧美的艺术家们开始重视视觉传达中的“标志”符号，而广告设计、封面设计、徽标设计、（交通等）标识设计和动画设计等，更是从“标志”类记号的“指号化”视觉传达中寻找并发现新的视觉创意路径。

例如2007年德国慕尼黑的哈特·韦伯广告公司的一则图文平面广告*It's the hat*（见图0–6）。在这则平面图文的礼帽广告上，画面左右两边绘制了

---

① 皮尔斯.皮尔斯文选.涂纪亮，周兆平，译.北京：社会科学文献出版社，2006：278.

② 同①281.

图0-6

单个男人的头像轮廓，并在头像的脸上都配置了一小撮整齐的黑色短胡须。不同的是，右边的头像戴了一顶礼帽，而左边头像却没有戴礼帽，只是绘制了黑色的头发，并且在右边头像的下方有文字标识 It's the hat（这是礼帽），而左边的头像下面却没有文字。不难看出，广告设计师借助两个男人头像的对比，以左边那个留着黑色头发和一撮黑色短胡须的男人头像隐喻希特勒，以右边那个留着一撮黑色短胡须并头戴礼帽的男人头像隐喻英国绅士，并在隐喻英国绅士的头像下面写了“这是礼帽”。其实，这则广告表达了一种“指号化”视觉传达创意，设计师通过两个男子头像轮廓之间的“指号化”视觉传达比较，引入了有关的历史常识，即希特勒的脸部特征和英国绅士头戴礼帽的特征。于是，两个男子的头像与希特勒、英国绅士之间建立了视觉索引的逻辑关联。设计师借助于“这是礼帽”的文字符号，将这种视觉索引的逻辑关联引向并锚定这个图文广告的意义，以此传递出“购买并戴上礼帽而成为英国绅士”的广告设计意图。

又如2000年奥迪汽车公司的一则视频广告《四环钥匙圈篇》。四个标有世界汽车著名品牌的钥匙圈被一一挂在钩子上：第一把钥匙是意大利汽车品牌阿尔法·罗密欧的，第二把钥匙是德国汽车品牌奔驰的，第三把钥匙是瑞典汽车品牌沃尔沃的，第四把钥匙是德国汽车品牌宝马的。每个汽车品牌的钥匙圈出现时，用“文字+？”的方式标识其优势。其中，阿尔法·罗密欧钥匙圈是“设计？”，奔驰钥匙圈是“舒适？”，沃尔沃钥匙圈是“安全？”，宝马钥匙圈是“运动？”。当这四个银色圆圈一字相交排列之后，视频中出现一句话：“只有一辆车？”随后，画面切换出奥迪汽车的品牌标识，即四个银色圆圈一字相交。

显然，在这个视频广告中，设计师采用了“指号化”视觉传达的创意手法。一方面，用四个钥匙圈平行相交的“标志性”图像来隐喻奥迪汽车的品牌标志；另一方面，通过这四个钥匙圈所代表的四个世界名牌汽车串联的视频影像，隐喻奥迪汽车拥有这四个品牌的汽车各自具有的优势。这则视频广告传递出的设计意图是：“去购买集完美设计、舒适享受、安全性能和运动快捷于一身的奥迪汽车吧。”因此，这是一种“指号化”视觉传达的视频广告创意设计，将四个世界名牌汽车的钥匙圈串联构成奥迪汽车的品牌标志，实际上是在奥迪汽车与四大世界名牌汽车的优势之间建立了一种视觉索引的逻辑关联，即奥迪汽车拥有四大世界名牌汽车的所有优势。

扫码观看奥迪汽车视频广告《四环钥匙圈篇》片段

本章概要

本章主要介绍并阐释了视觉符号在传达与创意方面的基本知识和原理。

本章以《拉奥孔群像》雕塑作品的历史争议为题，从《拉奥孔群像》雕塑作品的故事缘起、引发的视觉传达争议和揭示的视觉传达启示三个方面，概述了莱辛的艺术媒介理论，并介绍了索绪尔的语言符号学有关视觉符号与语言符号在表达方式上的差异原则，进而提出造型艺术与语言艺术在媒介上的不同，即造型艺术是“看”的艺术，而语言艺术则是“读”的艺术。

本章从完形心理学和分析哲学、哲学现象学的角度，简要地梳理了欧洲现代心理学和现代哲学在视觉符号思维取向方面的研究成果。鲁宾关于“图”与“底”的完形心理学实验，维特根斯坦关于“看”与“看作”的分析哲学观点，以及梅洛-庞蒂关于“看的思维”的哲学现象学原理，为视觉符号思维取向的研究确立了现代心理学和现代哲学研究的基本理论。

本章探讨了视觉符号的创意设计问题，首先是用巴尔特的照片理论，举例分析了摄影师阿尔弗雷德·艾森施泰特的新闻照片《胜利之吻》中的视觉创意。然后介绍了巴尔特用图像修辞学理论分析意大利“潘扎尼”花色面图文平面广告的案例，阐释了平面图文广告设计的视觉创意。最后，本章试图用皮尔斯的指号学理论提出“指号化”视觉传达的议题，并结合一则平面图文礼帽广告和一则视频汽车广告的案例，阐释视觉设计中的“指号化”创意。

思考题

1. 为什么说短片剧本写作是一种跨媒介叙事写作？

2. 莱辛认为“美是造型艺术的最高法律”，你是如何理解的？

3. 为什么说造型艺术是“看”的艺术，而语言艺术则是“读”的艺术？

4. 举例说明“指号化”视觉设计创意。

课外作业

1. 观看动画短片《父与女》，并撰写故事概述。

2. 观看真人短片《盲人调音师》。

3. 观看广告短片《你能型》。

拓展阅读

1. 巴尔特．显义与晦义：文艺批评文集之三．怀宇，译．北京：中国人民大学出版社，2018.

2. 莱辛．拉奥孔．朱光潜，译．合肥：安徽教育出版社，2006.

3. 梅洛–庞蒂．眼与心．杨大春，译．北京：商务印书馆，2007.

4. 陈鸣．艺术传播原理．上海：上海交通大学出版社，2009.

第一章　叙事短片与短片叙事

在电影中，它（影像的想象）不只是虚构的所指（如果有的话），它成了以缺席方式的出席，它从一开始就是能指。

——克里斯蒂安·麦茨：《想象的能指：精神分析与电影》

21世纪的视频时代以来，人类的影像叙事方式正由传统的叙事长片向叙事短片拓展，并涌现了以微电影和短视频为代表的叙事短片艺术样式，进而对20世纪诞生的文学体裁——电影文学剧本，提出了历史性挑战。其结果是，叙事影片在故事策划、情节结构、场景描述和对白写作等方面已经并将继续发生一系列的变革和发展。

作为虚构类创意写作实训，本书将短片剧本写作实训放置在短片作品策划和制作的流程之中，并从叙事短片而不是短片剧本入手。因此，在讨论短片剧本写作实训原理之前，我们有必要先从叙事短片的界定、编导的短片叙事方式、短片叙事的情节化路径、短片的蒙太奇叙事结构与短片的影像叙事修辞五个方面，探讨何谓叙事短片以及短片叙事的一般原理。

第一节　叙事短片的界定

“一部剧本就是一部在纸张上展开的电影，一个在银幕上呈现的、可视化的故事”[①]。短片剧本的跨界叙事意味着一部短片剧本不只是面向叙事短

① 克劳迪娅·亨特·约翰逊认为短片时长短于30分钟。约翰逊.短片剧本写作.余韬，译.北京：世界图书出版公司北京公司，2017：63.

片制作的文学叙事作品，我们需要从叙事短片的策划编剧、拍摄制作和读片剪辑的全流程中定义短片剧本的价值与意义。所以，我们先简要地梳理一下叙事短片的含义与分类。

一、叙事短片的含义

短片剧本与叙事短片虽然是两种叙事作品形态，前者是文学类叙事作品，后者则是影像类叙事作品，但两者在“短片”与“叙事”方面却有着密切的关联。一方面，叙事短片制作越来越需要短片文学剧本在故事构思和情节设计等方面的文学叙事策划，尤其是探究有别于长片叙事的影像制作技术；另一方面，短片剧本写作更加关注叙事短片在影像拍摄、角色表演和后期制作等方面的叙事创意，并以此适应网络技术和视频技术中涌现的叙事短片化潮流。因此，我们先要从影像叙事的意义上了解并界定叙事短片的概念，并从作品形态与符号介质两个方面简要地阐释叙事短片的特征。

1. 叙事短片的概念

叙事短片是指编导以虚构或非虚构方式策划和制作的具有完整情节结构的影像叙事作品，短片时长通常为30分钟以内，包括动画短片、真人短片、剧情短片、记录短片和广告短片，以及具有完整情节的短视频和视频日志（video log，简称vlog）等。

电影最初是从叙事短片开始的。1895年12月，法国的卢米埃尔兄弟在巴黎售票公映的《火车进站》《水浇园丁》等电影作品，就是用纪实手法拍摄的短片，并且这些实验性短片已经带有某些叙事短片的特点，如《水浇园丁》就是一部叙事短片，时长半分钟左右①。该短片叙述了一名园丁在花园里浇水时遭到一个小孩捣蛋的喜剧性小故事。最初，一名头戴草帽的中年园丁正用一根长长的水管在花园里给花草浇水，一个小男孩偷偷地在他身后用脚踩住水管。园丁觉得水管里的水流断了，奇怪地低头检查水管。小男孩恶作剧地把脚缩回去，水管里的水猛地喷了出来，喷到了园丁脸上，把园丁头上的帽子也喷掉在地上。园丁发现了一脸坏笑的男孩，就在花园

---

① 因短片中两个相同事件的重复剪辑而使实际片长延长至1分钟。

里追赶这个小捣蛋鬼。最后，园丁抓到并揪打这个男孩，而被园丁扔在地上的水管正在汩汩地往外流着水。可以说，影像叙事作品缘起于纪实性或喜剧性的叙事短片。可是，这些早期的影像叙事短片主要是用实录的方式拍摄现实生活中的事件，并按照事件的自然时间顺序制作和放映的，缺乏文学性的情节设计与镜头切换的剪辑技术。所以，早期的叙事短片只是处于短片实验的历史阶段。

进入20世纪以后，分镜头剪辑技术的出现和成熟使影像叙事由纪实性与喜剧性向虚构性拓展，影像叙事的短片实验阶段宣告结束，情节化故事片由此诞生。1915年2月，美国导演格里菲斯执导的故事片《一个国家的诞生》公映。该片叙述了内战前后美国南北方黑人与"3K党"之间冲突的故事，时长约120分钟，并通过以平行剪辑和交叉剪辑为标志的古典分镜头剪辑技术，完成了从纪实性和喜剧性短片向情节性故事片的历史性转变。1927年10月，第一部有声故事片《爵士歌王》公映，影像叙事由默片时代进入有声故事片时代。故事片的时长被延长了，通常为90～120分钟；同时故事中的人物、场景和事件也丰富了，开篇、高潮和结局的三幕剧结构性情节框架被建构，舞台的时空限制被打破；这些和声音与画面的蒙太奇组接等影像叙事技术，确立了以有声故事片为标志的电影的独立地位，使电影艺术在艺术史上赢得了"第七艺术"的声誉。

20世纪30年代以后，电视台的诞生客观上给各类影像叙事作品提供了视频信号传播的大众传播媒体，电影、戏剧等各类叙事作品可以借助电视平台实现远距离视听信息传播，而电视节目由早期的直播节目拓展为定期录播栏目之后，也催生了一种新型的影像叙事作品形态——电视剧。① 从影像叙事史上看，电视剧不仅改变了在电影院公映故事片的传播方式，而且开启了视频信息的传播渠道，使电视剧进入了家庭，逐渐形成面向大众的影像叙事作品。与此同时，电视剧的制作方式和剧集结构，出现了分集化（电视连续剧）和系列化（电视系列剧）趋势。这主要表现为：电视连续剧将一个大规模的故事切割为一系列小规模的分集故事，两集的情节前后相续；而电视系列剧则由故事主人公贯穿情节始终，每集或每季的情节则自成单元，相对完整独立，而故事主人公则将集与集以及季与季的情节串

① 1926年1月，英国伦敦首次公开展示直播电视画面。1936年11月，英国广播公司最早提供定期电视服务。1938年，电视机可以在美国的百货公司买到。参阅：埃默里，等. 美国新闻史：第九版. 北京：中国人民大学出版社，2009：413-415.

联起来，建立起整个电视系列剧的故事情节。虽然电视连续剧与电视系列剧在情节结构上有所不同，但在电视剧的时长方面却有着大致相同的特点，即每部电视连续剧或电视系列剧往往由30～40集构成，每10集左右构成1季，而每集的时长是45分钟。因此，整部电视剧的时长比一部故事片更长，但每集电视剧的时长却不到一部故事片时长的一半，编导可以在每集电视剧中设计和叙述一个相对完整的故事。也就是说，与故事片相比，电视剧的单集时长出现了短片化的态势。

20世纪90年代以来，网络传输技术的发展，使传播从以印刷、广播、电影和电视为标志的大众传播时代进入了以网站、计算机和手机等为代表和以互联网和移动通信网为特征的新媒体时代，影像叙事作品的短片化和系列化更加突出，各种影像叙事作品的时长越来越短，如微电影的时长一般在30分钟以内，而叙事短视频的时长则在4分钟左右。与此同时，随着“抖音”“西瓜视频”“哔哩哔哩”和各类自媒体等视频短片在线发布平台的快速生长，以及“剪映”等视频剪辑软件的广泛使用，以短视频和视频日志等为代表的视频短片崛起，正在引领影像叙事短片的未来发展取向。因此，我们将时长在30分钟以内的叙事影像作品命名为“叙事短片”。①

2. 叙事短片的作品形态特征是“仿像叙事”

“仿像叙事”并不是一种文化批评视野下的概念，而是短片剧本写作实训的操作性范畴。

法国学者波德里亚曾在对西方社会的后现代文化进行批判时提出“仿像”（simulacrum）的概念，认为后现代的西方社会已经进入一个受符码支配的“仿像时代”，其标志是“仿真原则战胜了现实原则和快乐原则”。②所谓“仿真”的意思是，“所有的符号相互交换，但绝不和真实交换（而且只有以不再和真实交换为条件，它们之间才能顺利地交换、完美地交换）”③。从短片剧本写作实训上讲，仿像是影像仿真意义上的想象性表达方式，是叙事短片用影像叙述故事的基本样态。所以，法国学者麦茨曾把

---

① 一般认为，片长30分钟以内为短片，4分钟以内为超短片（参阅：茹尔诺.电影词汇.曹轶，译.北京：中国电影出版社，2006：36.）。而克劳迪娅·亨特·约翰逊认为短片时长短于30分钟（参阅约翰逊《短片剧本写作》第四版序第1页）。因此，本书将叙事短片的时长界定为30分钟以内。

② 波德里亚.象征交换与死亡.车槿山，译.南京：译林出版社，2006：109-110.

③ 同②4.

故事片的影像形态称为一种“想象的能指”，并指出，“在电影中，它（影像的想象）不只是虚构的所指（如果有的话），它成了以缺席方式的出席，它从一开始就是能指”。[①]从这个意义上说，与叙事长片一样，叙事短片也是通过“想象的能指”用“仿像”来叙述影像故事的。

用“仿像”或“想象的能指”来指称叙事短片的作品形态，意味着与文学叙事作品和表演叙事作品不同，叙事短片是以想象仿真的形态叙述故事的。“虚构的影片具有双重非真实性：它的非真实性既存在于它所再现的事物（虚构），也存在于它再现事物的方式（事物或演员的影像）。”[②]后者的意思是说，叙事短片中的影像能指是想象的，不管是动画短片还是真人短片，叙事短片的视听符号都是一种仿真影像，即仿真影像中的人物、事件和物品都是以其真实物象的缺席方式呈现的，即使纪录短片也是如此，即纪录短片中的故事是真实的，可拍摄剪辑成作品后的画面和声音也是“仿像叙事”的。所以，人们经常用这样一句话来形象地说明影像叙事作品的“仿像”形态：“银幕上的狗会叫，但不会咬人。”因此，我们将叙事短片的形态特征命名为“仿像叙事”。

3. 叙事短片的符号介质特征是视听语言

经历了从默片到有声片的历史性变化之后，电影才真正具有了综合艺术的功能，即通过画面与声音的仿真影像形态叙述故事。所以，有声电影融入了几乎所有的符号系统，诸如视觉符号、语言符号、声音符号、肢体符号等。而这些符号系统的符号介质又是丰富多样的，如声音符号系统包含了乐曲、歌曲、语音和音效等符号介质，视觉符号系统中的符号介质也涉及人物、事物、景物等外部状貌，肢体符号系统则表现了人物表演过程中的表情、动作等肢体情态。因此，用画面和声音来指称叙事短片中使用的视听语言，实际上是一种简略的称谓。

我们至少可以从以下四个方面阐释叙事短片的画面与声音在视听语言上的符号介质特性。

（1）叙事短片是综合艺术。

叙事短片中的视听语言符号包含了诸多的符号介质，因而与表演艺术

---

① 麦茨.想象的能指：精神分析与电影.王志敏，译.北京：中国广播电视出版社，2006：41.

② 玛利，贝尔卡拉.现代电影美学.崔君衍，译.北京：中国电影出版社，2010：79.

和电影艺术一样，被称为“综合艺术”。叙事短片中的符号介质拥有丰富多彩的叙事样态。一方面，短片中的画面介质不只是静态的图像，甚至也不只是活动的影像，还包含了演员表演的肢体符号，以及书面文字的语言符号等；另一方面，短片中的声音介质也包含了千姿百态的声响样态，如音乐中的乐曲、歌曲等，音效中的雷声、雨声等，还有对话和独白的人物语音等。所以，画面与声音的视听语言具有丰富多彩的叙事样态。

（2）叙事短片中的画面与声音各自具有独特的叙事功能。

早在默片时期，电影编导就可以在声音缺失的条件下用图像和影像（借助于文字标识）的画面方式叙述故事。有声电影诞生之后，电影编导更是不断地发挥着不同介质的声音在影像叙事中的功能，甚至在画面缺失的情况下用不同的声音符号介质叙述故事。例如，在一则法国禁酒公益广告片中，影像画面中只出现一只酒杯在一个中性背景前自己倒空里面的酒，接着是黑屏，而广告片中接连出现的只是三个声音介质：一个是人物对话的片段，如“你在离开前再喝一杯吧！”；另一个是一辆汽车快速启动时车轮摩擦地面的声响；还有一个是一场车祸的可怕撞击声。①可以说，这则广告片的编导将声音介质的叙事功能发挥到了极致，即在画面处于黑屏的状态下，编导借助人物对话的语音（及其言说内容），一辆汽车快速启动的车轮摩擦地面的声响音效，以及汽车发生车祸的撞击声响音效，叙述了一个酒驾导致车祸的事件，进而在声音介质的影像叙事中完成这则禁止酒驾的公益广告。从这个意义上说，叙事短片的编导需要挖掘声音与画面的视听符号介质在视听语言上各具特色的叙事功能。

（3）叙事短片中声音与画面的结构性组合。

一般来讲，声音与画面的结构性组合表现在两个方面。一个是“画内音”，编导可以把场景内的声音与画面进行组合，如场景中的歌声或乐曲与景物等画面之间的组合等；另一个是“画外音”，编导可以将场景外的声音与场景中的事件等画面进行组合，如场景外的旁白或解说词的画外语音与场景中的事件等画面之间的组合。所以，“画内音”与“画外音”，是编导用声音与画面的视听语言符号介质的组合方式叙述叙事短片的影像叙事技术。

① 戈德罗，若斯特.什么是电影叙事学.刘云舟，译.北京：商务印书馆，2005：33.

（4）叙事短片中画面与画面的结构性组合。

短片编导通常在不同的场景之间进行画面切换，所以，画面与画面的结构性组合大体上有两种基本方式。一种是画面切换方式的“切出”与“切回”等，即从场景中的画面切出至场景外的画面，或返回场景中的画面；另一种是叙述方式的“闪回”与“闪现”等，即以故事叙述者或故事中人物的身份叙述场景外的画面（事件）。因此，“切出”与“切回”是画面离开场景与返回场景的画面间切换方式，而“闪回”与“闪现”则是不同叙述主体叙述场景外画面（事件）的画面间切换方式，两者均是编导用画面符号介质叙述短片故事的影像叙事技术。

总之，短片剧本写作是一种基于文学叙事的跨界叙事行动。一方面，剧作者要避免局限于文学叙事的思维方式，忽视了文学语言叙事与视听语言叙事之间的区别，以至于短片文学剧本止步于文学叙事的领域，没有开启面向影像叙事的想象性和再生产性的叙事空间；另一方面，剧作者也要重视文学叙事的特质与优势，防止直接套用影像制作的技术思维和技术术语来设计和写作短片剧本，以至于短片文学剧本与短片脚本之间的边界被淡化和遮蔽，致使短片文学剧本乃至叙事短片作品缺乏文学叙事的诗意性。也就是说，剧作者应该站在文学叙事创意的基础上实行短片文学剧本写作的跨界叙事行动，进而建构起短片文学剧本在叙事短片创作领域内独特而应有的地位。

二、叙事短片的分类

从叙事短片的策划和制作上看，我们可以在以下三个层面对叙事短片进行基本的分类。

1. 主要角色上，分为动画短片与真人短片

（1）动画短片是以二维绘制、三维塑形或数码制作主要角色为标志，并通过类似于故事片方式制作的叙事短片。

例如，2001 年第 73 届奥斯卡奖最佳动画短片《父与女》（时长 8 分钟），荷兰导演迈克尔·度德威特编导。在《多瑙河之波》的背景音乐旋律下，编导通过二维动画主角表演情节的方式，叙述了一个女儿用其毕生的时间来思念父亲的感人故事。除了《多瑙河之波》的背景音乐外，整部短片采

用默片的方法制作，从头到尾没有一句人物对白和解说词，短片中的人物、事件和场景等均呈现为由线条勾勒的平面图像，通过影像剪辑组接构成活动画面。

（2）真人短片是以真人演员扮演主要角色为标志，并通过类似于故事片方式制作的叙事短片。

例如，被评为2012年第37届法国电影恺撒奖最佳短片的真人短片《盲人调音师》（时长13分钟），法国导演奥利维耶·特雷内编导，法国演员格雷戈瓦·勒普兰斯–林盖出演故事主人公即假扮盲人调音师的阿德里安。短片叙述了一个假装盲人的调音师阿德里安为自己能偷窥客户的隐私而得意忘形，最后因目睹了客户家里的凶杀现场而面临杀身之祸的故事。

2. 叙事方式上，分为剧情短片与纪录短片

（1）剧情短片是用类似于故事片方式制作的虚构叙事短片。

例如，动画短片《父与女》和真人短片《盲人调音师》都是剧情短片，短片故事是虚构的，并且都由编导根据一个完整的剧本或脚本拍摄、剪辑和合成制作完成，真人演员或动画演员也依照剧本或脚本所设计的台词等表演短片剧情。所以，剧情短片是一种根据虚构的故事和预设的剧情策划与制作的叙事短片。

（2）纪录短片是用类似于纪录片方式制作的叙事短片。

与剧情短片不同，纪录短片是非虚构叙事短片，即纪录短片的故事是非虚构的，故事中的人物、地点和事件都是真实的。因策划文案上的区别，纪录短片可以细分为两类：一类是文本策划类纪录短片，即纪录短片拍摄之前编导需要撰写纪录短片的剧本或脚本，如传记性纪录短片等；另一类是流程策划类纪录短片，即纪录短片拍摄之前，编导需要撰写有关纪录短片采访和拍摄工作流程的策划文案，如调查性纪录短片等。但是，无论是文本策划类还是流程策划类，纪录短片的故事都是非虚构的，因而也称为“非虚构叙事短片”[①]。

---

① 本书探讨虚构类叙事短片的短片剧本写作实训，有关非虚构类叙事短片中纪录短片的创意写作实训，需要专题研究。然而本书同意这样一种观点，纪录片也需要讲故事，纪录短片也不例外。因此，无论是文本策划类纪录短片还是流程策划类纪录短片，都会涉及这样一个创意写作实训的问题，即在纪录短片的策划、拍摄、剪辑合成的流程中，如何引入创意写作的思维方式、实训策略和写作技术。参阅：伯纳德.纪录片也要讲故事.孙红云，译.北京：北京联合出版公司，2015.

例如，2019年第91届奥斯卡奖最佳纪录短片《月事革命》（时长26分钟），编导瑞卡·泽哈布奇用纪实采访的手法拍摄了印度德里郊外一个乡村里的一群妇女为了获得使用卫生巾的权利而抗争的故事。编导设计了一位主要故事人物丝内哈，这位印度中年女性与村里的其他女性一起制造和销售自己的“飞翔”牌卫生巾的过程成为短片的故事主线，而且巧妙地以丝内哈成为一名警察的事件贯穿短片的始尾，以此从侧面展示印度女性渴望社会平等的愿望，以及使用卫生巾有助于她们从事各项社会职业的事例。因此，这部纪录短片是通过印度德里郊外的妇女制造和销售自创品牌的卫生巾的故事来纪实性地表现印度妇女打破传统习俗，保护女性生理健康的权利，争取女性自尊的抗争事迹。可见，纪录短片是一种根据非虚构的故事策划与制作的叙事短片，也称为“纪实短片”。

总之，剧情短片是根据虚构故事的剧本或脚本制作的叙事短片，而纪录短片则是根据真实故事的现场拍摄策划本而制作的叙事短片。

3. 叙事目标上，分为广告叙事短片与艺术叙事短片

（1）广告叙事短片是借助类似故事片的方式策划和制作的公益或商业宣传的叙事短片，简称广告短片。

例如，2008年获纽约电影节短片银奖的泰国潘婷广告《你能型》[①]（时长4分钟）是一部广告叙事短片，编导在潘婷洗发液的商品广告宣传主旨下，巧妙地叙述了一名聋哑女孩在流浪艺人的引导下顽强地练习小提琴并获得成功的励志故事。通常，广告叙事短片会借助感人的故事来实现其广告宣传的效应。

（2）艺术叙事短片是用类似于艺术故事片的方式制作的叙事短片。

一般来说，艺术叙事短片具有人文关怀和审美情趣。例如，动画短片《父与女》和真人短片《盲人调音师》（也称微电影）是艺术叙事短片，2019年第91届奥斯卡奖最佳动画短片《包宝宝》（时长7分钟）和2020年第92届奥斯卡奖最佳真人短片《邻居的窗》（时长20分钟）也是艺术叙事短片。动画短片《包宝宝》叙述了一个母亲担心儿子因有了恋人和结婚成家而遗忘自己的故事，而真人短片《邻居的窗》则叙述了一个中年母亲艾

① 该广告叙事短片以小提琴乐曲《卡农》为主题音乐，因而又被称为“泰国潘婷洗发液广告《卡农篇》”。

莉通过窗口窥视而羡慕对楼邻居夫妇婚后的浪漫生活，最终却发现对楼邻居夫妇也羡慕艾莉夫妇和儿女们的家庭生活。因此，艺术叙事短片都是通过不同的故事来传递编导的人文关怀和审美情趣。

第二节　编导的短片叙事方式

一般来讲，一部叙事短片的创作流程涉及三大环节，即策划编剧、前期拍摄和后期剪辑。虽然剪辑环节在叙事短片制作过程中的作用越来越重要，但我们依然可以将剪辑与拍摄合成影像制作的一个环节。所以，叙事短片的创作流程大体上可以区分为编（内容策划）与导（影像制作）两个核心工作环节，这便是为什么人们通常用“编导”一词来统称一部影像叙事作品的创意工作者。当然，从影像叙事作品的主创职务上讲，编导是指编剧（即剧作者）与导演。他们的具体任务是，编剧侧重于短片的内容创意、故事设计和剧本写作，而导演则注重短片的影像摄制和成片剪辑方面的叙事再创造。因此，我们将分别从编剧和导演两个方面探讨编导的短片叙事方式。

一、编剧的短片叙事方式

比较而言，文学叙事用书面语言不仅可以描述场景中人物、环境和动作的外部状貌，而且能够描述隐藏在人物内心深处的意识、情感和想象中的东西。可是，影像叙事则通过摄影机的镜头来拍摄场景中的人物、环境和事件，所以导演是通过画面或声音的视听语言方式来捕捉短片场景中可见的和不可见的东西的。有人说，“影片不‘叙述’，只展示”[①]其实就是这个意思。

因此，与导演的短片叙事方式不同，编剧的短片叙事方式是用文学视像来传达影像叙事中的画面和声音，其中，外部描绘与内部刻画、画面展示与话语讲述是两组基本的短片编剧叙事方式。

1. 外部描绘与内部刻画

短片文学剧本是一种在纸面上展开的影像叙事作品，而外部描绘与内

① 瓦努瓦. 书面叙事·电影叙事. 王文融，译. 北京：北京大学出版社，2012：76.

部刻画是编剧在场景描述方面的基本叙事方式。

（1）外部描绘，是编剧对短片场景中的人物、环境或事件的外在状貌进行文学性场景描述。

例如，在短片《盲人调音师》文学剧本的第3场景中，主人公阿德里安参加伯恩斯坦钢琴比赛失败后，他的女友离他而去。编剧写道：

3. 黎明 – 阿德里安的房间

阿德里安：突然地，就在那一天，所有一切都崩塌了。谎言曾使我们心存希望，让我们感到自己是特别的存在。

阿德里安头压在印有钢琴键盘的枕头上，一个又一个星期，始终卧床不起。失败的阴影挥之不散，纠缠他，折磨得他脸颊凹陷。他辗转向另一侧，另一侧也空空如也。在床头柜上，散放着一瓶瓶的镇静剂，闹钟的指针指向早晨六点。

阿德里安：再次孤零零的，一个被失败的幽灵所纠缠的人。坠入无底的深渊。

他的女友在他睁大的、呆滞的双眼前走过，她离开了他。门砰地响了一下。阿德里安的瞳孔越变越大，逐渐充满整个屏幕。屏幕变成黑色。

阿德里安：我勉强地活过来了。我成了钢琴调音师。[①]

在上述引文中，编剧用外部描绘的方式，直接描摹阿德里安女友与其分手时的室内环境与人物状貌。

- 阿德里安头压在印有钢琴键盘的枕头上。
- 在床头柜上，散放着一瓶瓶的镇静剂，闹钟的指针指向早晨六点。
- 他的女友在他睁大的、呆滞的双眼前走过，她离开了他。门砰地响了一下。（见图1-1）

图1-1

① 本书所引用的真人短片《盲人调音师》文学剧本内容，均来源于豆瓣网站法文原剧本翻译本，本书作者稍做文字等方面的修改。https://www.douban.com/note/722967290/?dt_dapp=1&dt_platform=wechat_friends，2021年1月浏览。

- 阿德里安的瞳孔越变越大，逐渐充满整个屏幕。屏幕变成黑色。

在上述案例中，编剧对阿德里安的女友与其分手时的场景进行了外部描绘，包括两人在该场景中所处的空间位置，阿德里安的女友离开时的行为过程，以及床头柜上的药瓶和闹钟等，而所有这些外部描绘都能够借助摄影机的镜头拍摄，并转化成画面与声音的影像描述。

（2）内部刻画，是编剧透过对人物、环境或事件外在状貌的场景描述，揭示其潜藏的叙事信息或无法言表的叙事意味。

例如，在短片《盲人调音师》文学剧本的第7场景中，阿德里安在音乐学院排练室进行钢琴调音时，一个二十岁左右的女孩前来练舞。编剧叙述道：

7. 白天 – 音乐学院 – 排练室

【闪回】

音乐学院的某个舞蹈排练室里，四周的墙面上都镶嵌了大镜子。阿德里安正在为一架三角钢琴调音，一个女孩走了进来，似乎还没到二十岁。

女孩：抱歉，已经没有空闲的教室了。你要在这里待很长时间吗？

阿德里安：不会太久。

阿德里安戴着淡蓝色的隐形眼镜，向女孩转过身去。女孩瞥见他白色的拐杖靠着钢琴。

女孩：如果我在这儿练习的话，会不会打搅到您工作？

阿德里安（微微一笑）：请随意。

女孩也向他报以微笑，觉得他很英俊。阿德里安继续工作。女孩从包里拿出她的舞蹈服，张望着要在哪儿更衣。最后，她转过身去背对着阿德里安。

女孩动手解开裙子的吊带。她犹豫了一会儿，从镜子中观察了一下阿德里安的动静，又瞥了一眼教室的门，确定没有人会经过后，裙子滑落到她的脚下。

在上述引文中，编剧用内部刻画的方式描述女孩练舞之前的内心活动：

- 女孩瞥见他白色的拐杖靠着钢琴。（见图1–2）
- 女孩也向他报以微笑，觉得他很英俊。

- 女孩从包里拿出她的舞蹈服，张望着要在哪儿更衣。最后，她转过身去背对着阿德里安。
- 女孩动手解开裙子的吊带。她犹豫了一会儿，从镜子中观察了一下阿德里安的动静，又瞥了一眼教室的门，确定没有人会经过后，裙子滑落到她的脚下。

图1-2

在上述案例中，对在阿德里安给钢琴调音时，女孩更衣并穿上舞蹈服的事件，编剧通过女孩的一系列外部举动来刻画其内心的微妙变化。首先，在从白色的拐杖得知阿德里安是个盲人调音师之后，女孩客气地征得了阿德里安的认可，并觉得阿德里安的外貌很英俊，才准备拿出舞蹈服更衣。但是，女孩从包里拿出自己的舞蹈服后，却还是对自己在此更衣有些担心。最后，她背对着阿德里安，准备解开自己身上的吊带。但女孩还是有些犹豫，所以她从镜子中观察了一下阿德里安，又瞥了一眼教室的门，在确定没人会经过后才决定更衣，脱下自己身上的裙子。因此，编剧刻画了女孩在更衣过程中经历了从顾虑、自我安慰、担心、犹豫、怀疑到做出决定等内心的纠结和变化。

当然，在短片文学剧本的场景描述中，外部描绘与内部刻画是常用的两种叙事方式，并且，编剧总是会将两种场景描述的叙事方式结合起来使用，以便将文学叙事与影像叙事有机组合起来。因此，在短片《盲人调音师》文学剧本第3场景的案例中，编剧虽然用外部描绘方式较为客观地描述了场景的室内环境与人物的外部状貌，但又通过对阿德里安与女友的神态和行为的内部刻画，透露出两人难以言表的无奈、痛苦和失望等场景氛围。如“失败的阴影挥之不散，纠缠他，折磨得他脸颊凹陷”，刻画了阿德里安因钢琴比赛失败而内心苦痛。在短片《盲人调音师》文学剧本第7场景的案例中，在刻画女孩准备更衣的微妙心理变化时，编剧也极力地将其转化为女孩的动作、神态等可视性的画面加以描述。

值得指出的是，在使用外部描绘与内部刻画的叙事方式时，编剧的优先选择是根据短片的情节和人物的叙事逻辑进行场景描述，关注人物的内心活动和场景的诗性意味，尽可能地用文学视像的方式展示短片场景中的事件，并给导演的影像制作保留一定的叙事想象空间。

2. 画面展示与话语讲述

画面展示话语与讲述是叙事作品的两种叙事方式，作家用这两种叙事方式来叙述小说故事中的事件，编剧也将其用于叙述短片文学剧本中的故事。因此，短片剧作分为场景描述与短片对白两个部分，而编剧通过场景描述中的画面展示与短片对白中的话语讲述两个部分叙述短片文学剧本中的故事。

（1）画面展示是指短片文学剧本中的场景描写与动作描述。

例如，在短片《盲人调音师》文学剧本第3场景中，我们已经知道，编剧主要用外部描绘的方式描摹了阿德里安女友与其分手时的室内环境与人物状貌。这些外部描绘构成了短片情节场景的画面展示。其中，有些是场景描写，如“阿德里安头压在印有钢琴键盘的枕头上”“在床头柜上，散放着一瓶瓶的镇静剂，闹钟的指针指向早晨六点”等，有些则是动作描述，如“他的女友在他睁大的、呆滞的双眼前走过，她离开了他。门砰地响了一下”等。

又如，在短片《盲人调音师》文学剧本第7场景中，编剧一开始就用了外部描绘的方式对音乐学院的排练室进行了简要的场景描写：“音乐学院的某个舞蹈排练室里，四周的墙面上都镶嵌了大镜子。阿德里安正在为一架三角钢琴调音”。而在用内部刻画的方式描述女孩在练舞前更衣时的内心活动的过程中，编剧又通过大量的人物动作进行画面展示。从女孩走进排练室跟正在给钢琴调音的阿德里安打招呼开始，到女孩转过身瞥见阿德里安白色的拐杖靠着钢琴，以及女孩征得阿德里安认可并报以微笑之后，编剧便十分细腻地描述了女孩打算更衣的一系列动作和神态，如“女孩从包里拿出她的舞蹈服，张望着要在哪儿更衣。最后，她转过身去背对着阿德里安”“女孩动手解开裙子的吊带。她犹豫了一会儿，从镜子中观察了一下阿德里安的动静，又瞥了一眼教室的门，确定没有人会经过后，裙子滑落到她的脚下”。

因此，画面展示是短片编剧的基本叙事方式，编剧主要通过场景描写与动作描述的路径从事场景描述中的画面展示。

（2）话语讲述是短片文学剧本中的短片对白，包括人物的对话、独白，以及旁白与解说词。

在短片场景框架内，场景描述与短片对白是短片文学剧本的两大组成部分。一般来讲，编剧在用画面展示方式进行场景描述的时候，总是需要用短片对白的方式叙述短片场景中的事件。“影片中的对白应该服从于视觉图像”[①]，叙事短片也不例外[②]。所以，短片编剧通常用短片对白来固定画面中的叙事意义，解说或补充画面展示中的事件，以及披露画面背后的事件。

例如，在短片《盲人调音师》文学剧本第3场景中，编剧虽然用外部描绘与内部刻画的方式描述了短片场景的室内环境与人物状貌，然而这个短片场景中正在发生的事件却是由阿德里安说的以下旁白来解释的：

> 突然地，就在那一天，所有一切都崩塌了。谎言曾使我们心存希望，让我们感到自己是特别的存在。
>
> 再次孤零零的，一个被失败的幽灵所纠缠的人。坠入无底的深渊。
>
> 我勉强地活过来了。我成了钢琴调音师。

编剧通过以上三段阿德里安的旁白说明了场景画面展示中正在进行的事件，即阿德里安的钢琴比赛失败后他的女友也离开了他，于是他决定从事钢琴调音师的职业。因此，编剧在用画面展示与话语讲述的叙事方式的时候，通常将话语讲述的短片对白服从于画面展示中的“视觉图像”。并且，在短片文学剧本的场景框架基本确定以后，剧作者也应该采用“从里到外”的写作路径，即先写场景描述，后写短片对白。

二、导演的短片叙事方式

在叙事短片的策划和制作过程中，导演与编剧虽然可以由一人兼任，然而两者却往往被分解为两个工作环节。与编剧的故事策划和剧本写作不同，导演更加侧重于叙事短片的拍摄和剪辑，所以，导演的影像叙事方式也与编剧有所区别。

麦茨曾从导演或摄影师的角度提出了三种电影叙事的方法，并以摄影机拍摄一支骆驼商队经过沙漠的镜头为例，加以解释。一是画面，摄影师用单个镜头拍摄静态的沙漠，就形成了电影画面，其叙事方式是以空间的

---

① 博格斯，皮特里.看电影的艺术.张菁，郭侃俊，译.北京：北京大学出版社，2010：237.

② 当然，短片对白中的“叙事性对白”有时能摆脱场景中画面展示的视觉图像。参阅本书第九章第二节。

方式展示空间的画面，即摄影机的固定镜头拍摄出空间中的静态沙漠。二是描述，摄影师用连续几个镜头从不同角度拍摄这片沙漠时，便形成了电影描述，其叙事方式是以连续镜头组合的时间展示空间的画面，即摄影机的镜头通过移动在不同角度拍摄而具有了时间性，尽管被拍摄的沙漠依然是处于空间之中的静态物象。三是叙述，摄影师用连续几个镜头从不同角度拍摄一支骆驼商队走过沙漠的过程，便形成了电影叙述，其叙事方式是以摄影机的连续镜头组合的时间来展示时间中移动位置的一支骆驼商队，即镜头通过不同角度的连续拍摄而具有了时间性，被拍摄的一支骆驼商队走过沙漠的过程也具有了时间性。[①]其实，麦茨的三种电影叙事方式也适用于短片导演叙述故事。

本章从摄影镜头与拍摄对象两个层面上将导演的影像叙事方式分为两组四种，即定格画面与描述画面、聚焦影像与叙述影像，并以短片《邻居的窗》为例，具体探讨导演的短片影像叙事方式。

1. 定格画面与描述画面

当拍摄对象处于静止状态的时候，导演可以用两种方式叙述短片故事，即以摄影机镜头静止或移动的方式拍摄短片中的静止对象，进而构成两种影像叙事方式：定格画面与描述画面。

（1）定格画面，是导演用摄影机镜头的固定方式拍摄静止的对象，旨在引发观众感悟特定短片画面的叙事意义。

定格画面通常表现为特写镜头或定格镜头。其中，特写镜头是短片拍摄技术，主要通过拉近拍摄距离等方式而放大呈现被定格的画面，如人的脸部特写等。定格镜头是短片剪辑特效技术，通常通过非线性编辑软件将一个或一组关键帧设置为延时若干秒而构成静止画面的影像特效，造成瞬间或短暂的视觉停顿效果。

例如，短片《邻居的窗》临近结尾时，女主人公艾莉看到医务人员将对楼邻居丈夫的遗体搬上车运走后，从对楼的年轻妻子那里得知她的丈夫病故了。那位年轻的妻子跟艾莉含泪表白：她经常通过窗口窥探艾莉家，并十分羡慕艾莉拥有三个孩子的家庭生活。接着，导演将画面切换至艾莉家的客厅，并用两个分别延时 2～4 秒的定格镜头展示艾莉独自深思

---

① 梅茨.电影的意义.刘森尧，译.南京：江苏教育出版社，2005：18–19.

的场面。前一个定格镜头是艾莉前方的地板上散乱地堆放着玩具火车；后一个定格镜头则是艾莉坐在客厅沙发上注视着这些散乱在地板上的玩具火车，双手托着下颌，凝神思索。因此，导演通过定格画面的叙事方式，不仅展示了画面中的艾莉正在凝神反思对楼邻居妻子羡慕自己家庭生活的坦言，而且也诱导观众从艾莉凝神反思的画面中感悟短片所要传递的叙述话语。

扫码观看短片
《邻居的窗》
片段1

（2）描述画面，是导演用摄影机镜头的移动方式拍摄静止的对象，目的是引导观众从不同视点或不同层面浏览系列短片画面的状貌。

与定格画面相同，描述画面的拍摄对象都是静止的，但与定格画面相区别的是，描述画面是通过摄影机的镜头移动拍摄对象。

例如，在短片《邻居的窗》的开篇，导演将摄影机的镜头从一座多层公寓摇动拍摄至对面的一座多层公寓。这两座公寓是静态的建筑物，导演通过摄影机镜头的平移拍摄两座公寓的外貌，没有聚焦于公寓里面或公寓外面的活动物象，只是通过摄影机的镜头从右侧移至左侧拍摄了一轮明月悬挂在两座公寓之间，以及两座公寓的几家窗口透出灯光。因此，导演通过描述画面的影像叙事方式拍摄了短片开篇不久的画面，使观众能浏览短片故事发生地的建筑外景风貌。

扫码观看短片
《邻居的窗》
片段2

2. 聚焦影像与叙述影像

与定格画面和描述画面不同，聚焦影像与叙述影像的叙事方式有个前提，即拍摄对象都是活动的画面，因而其自身具有叙事功能。所以，聚焦意味着导演是用摄影机镜头的固定方式拍摄影像的，因而聚焦影像是纯客观地记述影像；而叙述则是导演有所选择地拍摄影像，因而叙述影像总是带有叙述者的主观色彩。

（1）聚焦影像，是导演把摄影机镜头固定在某个角度，客观地拍摄活动影像中正在发生的事件。

例如，在短片《邻居的窗》结尾处，导演将摄影机镜头固定在特定的位置上，透过对楼公寓窗口的灯光拍摄了女主人公艾莉一家五口的活动场面，即艾莉和抱着婴儿的丈夫在屋内行走，他们的两个孩子也在屋内走动玩耍。虽然与定格画面相似，摄影机的镜头是不动的，导演将摄影机的镜头固定地对准对楼公寓的窗口拍摄，然而聚焦影像的特点是拍摄对象是活动的，即艾莉与家人的活动影像，因而具有了影像叙述的特性。也就是说，虽然与该短片的情节开篇相似，都是从外部拍摄公寓窗口的镜头，然而不同的是，在情节开篇时短片拍摄的公寓窗口及其室内的灯光是静态的，而在情节结尾处短片拍摄的是艾莉一家人在自家客厅里的活动，因而镜头透过公寓窗口的室内灯光所呈现的是动态的影像。可以说，导演通过聚焦影像的叙事方式，使观众在静观艾莉一家人幸福美满的生活景象的过程中生发出羡慕之情。

扫码观看短片《邻居的窗》片段3

（2）叙述影像，是导演通过摄影机镜头的移动方式，有所选择地拍摄活动影像中正在进行的事件。

与聚焦影像相同，叙述影像拍摄对象是活动的影像，自身具有叙事功能，但与聚焦影像相区别的是，叙述影像时摄影机的镜头是移动并有所选择的。所以，叙述影像在两个层面上叙述短片：一个是从拍摄对象的活动影像层面上，叙述影像的对象是短片场景中正在发生的事件；另一个则是通过摄影机镜头的选择性移动，叙述影像的叙述者可以从不同视角和不同身份来叙述短片场景中正在发生的事件。

例如，在短片《邻居的窗》开始不久，在拍摄女主人公艾莉蹲在自家客厅的餐桌下面用双手捡起孩子们散落在地板上的玩具火车时，导演用摄影机镜头跟随艾莉在地板上捡东西的动作过程，随后将镜头从地板上推升至艾莉的脸部，以及拍摄艾莉从餐桌下面起身的过程。因此，导演用不加切换的长镜头跟拍，拍摄了艾莉在地板上捡拾玩具火车，从餐桌下面站起身子，以及站立在餐桌前面的整个过程。这里，叙述影像的叙事方式表现为被拍摄的人物艾莉是活动的，摄影机的镜头也是跟随艾莉的活动而选择跟拍的移动拍摄。显然，在女主人公艾莉首次出场时，导演通过跟拍的叙述影像方式细致地展示了艾莉俯身在地板上捡拾自己孩子散落的玩具，起身时头部碰撞餐桌，以及站立后脸上露出的疲惫神情，使观众切身地感受到故事主人公艾莉承受着家庭主妇的操劳。

扫码观看短片《邻居的窗》片段4

由此可见，我们可以从编剧与导演两个方面探讨叙事短片的影像叙事方式。其中，外部描绘与内部刻画、画面展示与话语讲述是短片编剧常用的叙事方式，而导演则往往采用定格画面与描述画面、聚焦影像与叙述影像的叙事方式叙述短片故事。

第三节　短片叙事的情节化路径

叙事作品需要经历一个从故事到情节的情节化过程，叙事短片也不例外。我们可以从连续式画面序列、段落式画面序列到切换式画面序列三个方面探讨短片叙事的情节化轨迹。

一、通过连续式画面序列构成故事序列

大家知道，单幅静态的绘画作品是无法通过视觉符号叙述故事的，只有当一系列静态的画面被注入了时间的要素之后，才有可能在活动的影像中叙述短片故事。我们将这种连续式画面序列称为“短片画面的故事序列”。

连续式画面序列是指编导将一系列静态的画面按照自然的时序连续地衔接成活动影像的短片故事序列。在电影产生之初，卢米埃尔兄弟拍摄的早期电影《火车进站》《水浇园丁》就是采用连续式画面序列，将场景中的一系列事件按照自然的时间时序连续拍摄和不间断衔接起来后，创造了活动影像的叙事电影。

其实，叙事短片的编导也经常使用连续式画面序列来策划和制作故事序列。例如，动画短片《父与女》叙述了一个女儿思念父亲的感人故事。在短片开篇部分，编导通过一系列连续画面叙述了父亲离别年幼女儿的场景：在《多瑙河之波》手风琴背景音乐的烘托下，一位身材高大的父亲和其幼小的女儿各自骑着单车去海边，两人把单车停放在海岸的树旁后，父亲一个人在海边找到了一只小船，便转身跑上岸。父亲激动地抱起女儿，依依不舍地注视着怀里的女儿，最后放下女儿，独自走向海边并划走了小船。女儿独自在岸边看着父亲划着小船远去，随后一个人在岸上眺望着大海，左右翘盼，期待着父亲归来。在短片开篇，编导通过以下四个画面叙述了一个完整而独立的场景：

（1）父亲转身后向女儿伸出双手示意拥抱。

（2）父亲依恋地抱起女儿，双手举起并注视女儿。

（3）父亲独自划着小船离别女儿。

（4）年幼的女儿独自在海岸上翘首期待父亲归来。

扫码观看短片
《父与女》
片段1

短片故事开始的上述四个动作性场面，生动而细腻地叙述了父女惜

别的感伤情景。在这个动画短片开始的场景里，父亲转身向女儿伸手做拥抱状、父亲抱起女儿、父亲划船离别和女儿岸上翘首期盼四个场面是核心的影像画面。虽然在这些父女离别的场面里，编导没有配置父女之间的人物对话，也没有引入画外音的旁白或解说词，却在《多瑙河之波》手风琴背景音乐淡淡的哀愁旋律里，通过活动的影像画面完美地展示了父女惜别的故事场景，传递出令人感伤的故事基调。也就是说，动画短片《父与女》的故事是虚构的，可是，短片叙述父亲与女儿离别的场景却是以写实化情节的方式叙述的，并且编导通过不间断的顺时序方式将四个关键帧画面连续成画面序列，叙述了父亲如何无奈地离别年幼的女儿，以及女儿如何真切地期待父亲归来的情景。因此，我们将这种画面序列称为“连续式画面序列”。

二、用段落式画面序列突破故事序列

与连续式画面序列不同，段落式画面序列是由一系列画面序列按照分段切割自然时序的方式衔接而成的短片画面序列。一个重要的变化是，编导从叙事短片的情节结构上设计短片画面的叙事序列，而不再满足于将静态的画面连接成活动画面。因此，段落式画面序列的出现意味着编导开始有所选择地拍摄和裁剪叙事短片的画面序列，叙事短片的画面序列也因此而初步表现出由故事序列向情节序列变化的情节化取向。

例如，在动画短片《父与女》中，在父女惜别的开篇场景之后，编导设计了一系列小规模的画面序列，并通过切分时间段落的方式组接起来，构成短片的情节主线。这些小规模的画面序列构成以下五个叙事片段：

（1）刮风下雨的岁月里，女儿一个人骑单车前往当年父亲离别的海边，独自思念父亲。

（2）上学以后，女儿与同学一起骑单车前往当年父亲离别的海边，独自思念并等待父亲归来。

扫码观看短片《父与女》片段2

（3）恋爱以后，女儿乘坐男友骑的单车前往当年父亲离别的海边，独自思念并等待父亲归来。

（4）成家以后，女儿和家人一起骑单车前往当年父亲离别的海边，独自思念并等待父亲归来。

（5）年迈以后，女儿一个人骑单车前往当年父亲离别的海边，独自思念并等待父亲归来。

在上述五个由画面序列呈现的叙事片段中，每个叙事片段都叙述了一个相对完整而独立的叙事段落，即女儿如何骑着单车（或乘坐男友骑着的单车等）来到当年父亲离别的海边，独自眺望海面，思念并等待父亲归来。编导将这五个小规模的叙事段落顺时序地连接起来之后，便构成了短片的情节主线，叙述了女儿一生都没有忘记父亲的离去，并经常来当年父亲离别的海边，独自思念并等待父亲归来。因此，这五个小规模的叙事段落就构成了段落式场景序列。虽然编导是按照故事主人公从小到老的人生时间顺序来设计五个小规模叙事段落的，因而也是以顺时序方式前后衔接的，但是这五个小规模的叙事段落却是编导从主人公的一生中选取的标志性人生阶段，并通过主人公独自思念并等待父亲归来的主控母题串联起来。所以，这五个小规模的叙事段落已不再是通过顺时序不间断方式来构成短片故事中的某个场面，而是从叙事短片的情节出发，在短片故事中抽取几个标志性的事件，进而将这些画面序列衔接成叙事段落，浓缩地展示了主人公在不同的年龄阶段骑着单车，以不同的方式前往当年父亲离别的海岸边，独自眺望远方。也就是说，这五个叙事段落是以分时段切换方式衔接起来的，而每个叙事段落之间呈现为间断式时序衔接。我们将其称为“段落式画面序列”。

总之，连续式画面序列和段落式画面序列是编导叙述短片故事的两种基本的叙事技术。一方面，连续式画面序列可以把一系列静态的影像画面通过不间断的顺时序连接构成活动场面；另一方面，段落式画面序列则是利用一系列小规模的叙事段落通过间断性时序方式叙述短片情节主线。因此，编导通过连续式画面序列叙述短片的故事序列，而用段落式画面序列设计和叙述短片故事时，则表现出突破短片故事序列的取向。

三、在切换式画面序列中建构情节序列

从连续式画面序列到段落式画面序列，叙事短片中画面序列的重心已经开始从故事转为情节，即画面序列的组接方式由不间断时序的连接方式变为间断式时序的切换方式，这一定程度上表现出编导是用情节而不是故事的叙事思维方式设计和叙述短片故事的。

短片叙事情节化的标志是，编导能够自觉运用切换式画面序列的方式来设计和叙述影像叙事作品，进而使画面序列构成情节序列。平行剪辑和交叉剪辑是画面序列的两种基本的切换方式。与段落式画面序列不同的是，切换式画面序列（即平行切换与交叉切换）是通过画面序列的来回切换方

式重组短片情节序列的。其中，平行切换方式侧重于切换出两条各自独立进展的情节序列，而交叉切换方式则在两条情节线索之间建立起因果等叙事逻辑关系，进而驱动和激化两条情节线之间的矛盾冲突。

例如，《你能型》是一部广告叙事短片，编导巧妙地叙述了一名聋哑女孩在流浪艺人的引导下顽强地练习小提琴并获得成功的励志故事。我们可以用该短片的第10场景与第11场景的案例分析，阐释编导如何使用平行切换与交叉切换这两种画面序列的切换方式。

1. 画面序列的平行切换

画面序列的平行切换是指，编导将两个各自独立的画面序列通过前后切换而组成双线平行展开的情节序列。

例如，广告叙事短片《你能型》完成本的第10场景和第11场景开篇部分叙述如下：

10. 街上 外 日

聋哑女孩和流浪艺人一起在街上演奏小提琴卖艺时，引来许多人驻足欣赏。

学钢琴的女同学乘坐的私家车刚好经过，她透过车窗看到了聋哑女孩与流浪艺人在街上演奏的场面。

11. 客厅 内 日

学钢琴的女同学坐在自家客厅的钢琴凳前练习演奏钢琴，站在边上的中年女陪练师，看到她弹错了音符，想上前辅导，却被她蛮横地用手推开。

学钢琴的女同学独自在自家客厅里练钢琴，想到了聋哑女孩与流浪艺人一起演奏小提琴卖艺的情形。

【闪现】

聋哑女孩与流浪艺人在街上演奏小提琴卖艺。

扫码观看短片
《你能型》
片段1

在上述引文中，编导采用了画面序列的平行切换方式，在叙述聋哑女孩与流浪艺人在街上演奏小提琴的卖艺场景时，引入了对手女同学的情节线索。具体表现如下：

- 在第10场景里，聋哑女孩与流浪艺人在街上卖艺，引来许多人驻足欣赏，切出对手女同学从驶过的私家车里看到这一场面。

- 在第11场景开篇，对手女同学在自家客厅里练习钢琴弹奏时，生气地挥手拒绝女陪练老师指导练琴的场景，切出聋哑女孩与流浪艺人在街上卖艺，并引来许多人驻足欣赏。

这是一种平行切换的画面序列，编导在两个相同时间段的不同空间的场景之间进行来回切换，分别叙述了两条情节序列：一是女主人公与流浪艺人在街上卖艺的场景所构成的情节线；二是对手女同学在自家客厅里练习钢琴弹奏的场景所构成的情节线。因此，编导希望读者和观众能同时了解两条情节序列在相同时间里正在进行的状况。

2. 画面序列的交叉切换

与画面序列的平行切换不同，画面序列的交叉切换的特点是，编导将两条平行展开的画面序列，通过频繁而快速的相互交叉切换方式，在短片情节线上构成因果、矛盾等叙事逻辑关系。

例如，广告短片《你能型》完成本的第11场景叙述如下：

11. 客厅 内 日

扫码观看短片
《你能型》
片段2

学钢琴的女同学坐在自家客厅的钢琴凳前练习演奏钢琴，站在边上的中年女陪练师，看到她弹错了音符，想上前辅导，却被她蛮横地用手推开。

学钢琴的女同学独自在自家客厅里练钢琴，想到了聋哑女孩与流浪艺人一起演奏小提琴卖艺的情形。

【闪现】

聋哑女孩与流浪艺人在街上演奏小提琴卖艺。

【切回】

学钢琴的女同学独自在自家客厅里，用力地弹奏着钢琴，想象着聋哑女孩卖艺时遭暴徒捣乱的情形。

【闪现】

聋哑女孩和流浪艺人一起演奏小提琴时，遭暴徒捣乱的混乱场面。

【切回】

学钢琴的女同学独自在自家客厅里练习钢琴，脸上露出得意的神色。

【闪现】

聋哑女孩和流浪艺人一起演奏小提琴时，捣乱男子夺走聋哑女孩手里的小提琴，并砸在地上。

在上述引文中，在叙述对手女同学独自在自家客厅里练习弹奏钢琴的场景时，编导通过两条情节线上的画面序列快速切换的方式将画面序列的平行切换转入交叉切换，即在对手女同学在自家客厅里练习钢琴与聋哑女孩在街上卖艺时遭暴徒捣乱的两个场景之间进行快速交叉切换。我们可以将其概述如下：

- 对手女同学独自在自家客厅里练习钢琴弹奏。
- 聋哑女孩与流浪艺人在街上卖艺时，几个男子上前捣乱。
- 对手女同学在自家客厅里用力地弹奏着钢琴。
- 聋哑女孩与流浪艺人在街上卖艺时，遭暴徒捣乱的混乱场面。
- 对手女同学在客厅里练习钢琴弹奏，脸上露出得意神色。
- 聋哑女孩与流浪艺人在街上卖艺时，捣乱男子夺走聋哑女孩手里的小提琴，并砸在地上。

这是一种交叉切换的画面序列。在两个相同时间段落不同空间的场景之间的来回切换中，编导不仅加快了切换的速度和频率，而且引入了戏剧性冲突。一方面，在主人公聋哑女孩与流浪艺人街头卖艺的场景里，从遭暴徒捣乱、抢夺小提琴到砸坏小提琴，意味着女主人公参加古典音乐比赛的困难越来越大；另一方面，对手女同学从在自家客厅里练习弹奏钢琴到在古典音乐比赛场上演奏钢琴，一路顺利。因此，编导通过交叉切换的叙述方式，在对比的叙事逻辑关系中凸显了叙事短片情节上的戏剧性冲突，而对手女同学在客厅里练习钢琴时脸上露出得意神色的场面，与对手女同学在驶过的私家车里发现女主人公街头卖艺的场面形成关联，暗示后者指使人去捣乱和破坏聋哑女孩与流浪艺人的街头小提琴演奏。

应该看到，从画面连接（连续式画面与段落式画面）到画面切换（平行切换与交叉切换）是短片叙事的情节化轨迹。这样，编导可以在两个层面上设计和叙述短片故事：一个是故事层面上，用连续的方式把若干个画面组成故事中的画面序列，将静态的画面组合成活动的影像，进而在画面序列的前后连接中叙述故事中的事件；二是情节层面上，用画面切换的方式将若干个画面序列组接为情节序列，进而在叙事逻辑的关联中重组短片故事中的事件。

值得指出的是，纪录短片在策划和制作过程中也有一个情节化的路径。从策划文案上，我们将纪录短片分为文本策划类与流程策划类。在短片策划环节，文本策划类纪录短片是有剧本或脚本的，编导可以根据剧本或脚本拍摄和制作纪录短片，如历史性纪录短片、传记性纪录短片等；而流程策划类纪录短片却是在实地采访与拍摄过程中制作的，编导难以预先撰写纪录短片的剧本或脚本，但通常会为纪录短片的采访和拍摄的工作流程撰写一些简要的策划文案，如调查性纪录短片、访谈性纪录短片等。而所有纪录短片都有一个后期剪辑的环节，即使流程策划类纪录短片也不例外。在后期剪辑环节，纪录短片的编导总是需要对现场拍摄的画面和同期声音进行情节上的剪裁和组接等加工处理。从这个意义上说，所有类型的叙事短片都有一个情节化的路径，即在短片情节线索合理而完整的基础上，适当地关注短片故事中人物与事件的矛盾与冲突。我们可以将此称为“短片叙事的情节化路径”。

第四节　短片的蒙太奇叙事结构

蒙太奇，是法语montage的音译，原是建筑学术语，意为构成和装配，后被引用在电影的剪辑技术上，表示镜头的组接。从影像叙事上讲，蒙太奇是指两个不相关的镜头组接之后产生第三种意义。我们可以从视听符号的镜头组接上将蒙太奇分为两种：画面组接的水平蒙太奇与声画组接的垂直蒙太奇。

一、画面组接的水平蒙太奇

电影蒙太奇的较早实验案例被称为“库里肖夫效应”。20世纪初，电影导演列夫·库里肖夫将著名演员莫兹尤辛一个没有表情的特写镜头分别和一碗汤、一口安放死者的棺材和一个小女孩的镜头剪辑在一起，使这张原本没有表情的脸部特写分别显示出饥饿、悲伤及愉悦的感情。库里肖夫的这一实验证明，电影的蒙太奇技术可以将两个不相关的镜头组接以后产生原有镜头所不具有的新的含义。其实，库里肖夫的实验是一种画面组接的水平蒙太奇，即将两个或更多不相关的镜头画面在水平方向的情节线上组接成画面序列。

例如，广告短片《你能型》临近结束时，在古典音乐比赛的舞台上，聋哑女孩表演小提琴乐曲《卡农》独奏时，编导插入了一个蝴蝶破蛹飞向远方的画面影像。短片文本叙述如下：

扫码观看短片《你能型》片段3

【切回】

在比赛舞台上，聋哑女孩舞动着秀发，继续演奏《卡农》乐曲。

【切出】

田野的树枝上有一只蛹茧。

【切回】

在比赛舞台上，聋哑女孩舞动着秀发，继续演奏《卡农》乐曲。

【切出】

在野外蒿草丛中，聋哑女孩独自边走边演奏小提琴。

树枝上的一只蛹茧破裂后，飞出一只蝴蝶。

【切回】

在比赛舞台上，聋哑女孩舞动着秀发，继续演奏《卡农》乐曲。

【切出】

一只破蛹而出的蝴蝶迎着阳光，飞向远方。

【切回】

在比赛舞台上，聋哑女孩舞动着秀发，演奏完《卡农》乐曲的最后一个音符。

台下一片寂静，评分台上的专家和台下观众都露出惊呆的神情。

突然，场内响起热烈的掌声，全场起立祝贺。

在上述引文中，聋哑女孩在古典音乐比赛舞台上表演小提琴独奏《卡农》时，编导反复并快速地使用切出与切回的手法，将比赛场景外的画面影像引入情节之中，即田野的树枝上一只破蛹而出的蝴蝶迎着阳光飞向远方。显然，这是影像修辞手法，隐喻聋哑女孩克服自身的残障缺陷，战胜学钢琴的女同学的歧视和打压。而编导为了强化这一影像修辞的视觉冲击力，将蝴蝶破蛹而出并飞向远方的画面影像切分成三个片段，并将其与聋哑女孩在比赛舞台上的独奏表演的画面影像来回切换。因此，这是一种画面组接的水平蒙太奇。

二、声画组接的垂直蒙太奇

与水平蒙太奇不同的是，垂直蒙太奇是一种声音与画面之间的影像组接技术，即声音序列以垂直插入的方式植入水平方向上的画面序列而构成的画面序列。爱森斯坦曾经指出，垂直蒙太奇是“把前进中音乐的每一个句子同平行前进的造型图像即镜头的每一个句子‘垂直地’即同时地组合起来”。[1]其实，叙事短片也可以用声画组接的垂直蒙太奇技术来叙述故事。

例如，在广告短片《你能型》中，有两个叙事序列贯穿短片情节的始终：一个是水平方向的画面序列，叙述聋哑女孩在流浪艺人的勉励下刻苦学习演奏小提琴，并摆脱了学钢琴的女同学的讥讽和阻扰，最终在古典音乐演奏大赛上赢得了大奖；另一个是水平方向的声音序列，即《卡农》小提琴乐曲以垂直插入的方式在画面序列的主要场景或场景序列中片段式植入。

我们可以将广告短片《你能型》的情节主线概括为以下十八个叙事序列：

（1）女主人公是一名穷人家的聋哑女孩，从小喜欢小提琴演奏。一次，她在街上聚精会神地聆听流浪艺人演奏小提琴，《卡农》小提琴旋律的背景音乐响起。

扫码观看短片《你能型》片段4

（2）聋哑女孩独自在马路上行走，回想起自己学习小提琴时遭学钢琴女的同学歧视的情形：在两人练琴时，学钢琴的女同学当面训斥，聋哑人不该学拉小提琴；聋哑女孩在教室里独自对着小提琴垂泪，《卡农》小提琴旋律的背景音乐响起。

（3）聋哑女孩看着流浪艺人在街上演奏小提琴卖艺，听到流浪艺人用手语询问是否在学小提琴时，流下了伤心的流泪，《卡农》小提琴旋律的背景音乐响起。

（4）在《卡农》小提琴旋律的背景音乐中，聋哑女孩听了流浪艺人的谆谆教导，要用自己的心来聆听音乐的旋律，便决心继续练习小提琴。

扫码观看短片《你能型》片段5

（5）在《卡农》小提琴旋律的背景音乐中，聋哑女孩在简陋的阳台上独自练习小提琴演奏，准备参加古典音乐大赛。

（6）在《卡农》小提琴旋律的背景音乐中，学钢琴的女同学在自家客厅里弹奏钢琴，女陪练老师站在边上，关注着她的弹奏。

（7）在《卡农》小提琴旋律的背景音乐中，聋哑女孩站在简陋的阳台上，沐浴着阳光，独自练习着小提琴。

（8）在《卡农》小提琴旋律的背景音乐中，聋哑女孩手抱小提琴盒，前往报名参加古典音乐大赛，学钢琴的女同学也前来报名参赛，并对聋哑女孩投去歧视的目光。

---

① 爱森斯坦.蒙太奇论.2版.富澜，译.北京：中国电影出版社，2003：400.

（9）在《卡农》小提琴旋律的背景音乐中，在学校食堂里，聋哑女孩手中盛满饭菜的盆子被学钢琴的女同学故意撞翻，但没有动摇她参加古典音乐大赛的决心。

（10）在《卡农》小提琴旋律的背景音乐中，聋哑女孩站在简陋的阳台上，独自练习着小提琴。

（11）在《卡农》小提琴旋律的背景音乐中，聋哑女孩与流浪艺人一起在街上演奏小提琴，赢得了围观众人的赞许，恰巧被学钢琴的女同学乘坐私家车路过时看到。

（12）学钢琴的女同学在自家的客厅里练习钢琴演奏，生气地拒绝女钢琴陪练老师的辅导。

（13）聋哑女孩与流浪艺人一起卖艺演奏小提琴时，遭学钢琴的女同学指使的暴徒殴打，聋哑女孩的小提琴被暴徒砸坏。

（14）学钢琴的女同学在古典音乐大赛上演奏完毕，台下响起观众的掌声。

（15）报幕员宣布最后一名参赛者表演后，聋哑女孩站在古典音乐大赛的舞台上，在《卡农》小提琴旋律的背景音乐中，她想起了探望因和自己在街上卖艺而遭暴徒打伤躺在病床上的流浪艺人的情形。

（16）聋哑女孩演奏小提琴乐曲《卡农》，影片追叙聋哑女孩在学小提琴时所经历的坎坷挫折和顽强不屈。

扫码观看短片
《你能型》
片段6

（17）在《卡农》小提琴旋律的背景音乐中，聋哑女孩继续在台上演奏小提琴，画面呈现蝴蝶破蛹远飞的景象。

（18）聋哑女孩演奏小提琴乐曲《卡农》表演结束，评委和观众报以热烈的掌声。聋哑女孩在古典音乐大赛中获胜。

在这部真人广告叙事短片里，《卡农》小提琴乐曲的音乐旋律是短片情节主线上重要的声音序列，编导主要通过两种垂直蒙太奇手法将《卡农》小提琴乐曲的音乐旋律进行垂直性插入：

- 一个是作为画面序列的背景音乐。在叙事序列（1）至（3）中，编导在画面序列的延续中持续性地垂直插入《卡农》小提琴旋律的背景音乐；在叙事序列（4）至（11）中，编导在《卡农》小提琴旋律的背景音乐的引领下，由画面序列叙述情节。
- 另一个是作为画面序列的演奏乐曲。其中，在叙事序列（16）（17）中，《卡农》小提琴乐曲的声音序列由背景音乐变为演奏的乐曲，画面序列几乎是随着乐曲的声音序列而以追叙或象征的方式叙述情节。

也就是说,《卡农》小提琴旋律的背景音乐几乎贯穿整个短片情节主线，并且,《卡农》小提琴乐曲是在短片情节的结尾中作为女主人公的演奏乐曲而出现的。因此，这部广告短片是由画面序列中的聋哑女孩练习演奏小提琴的励志故事，与音乐序列中的《卡农》小提琴乐曲进行声画垂直组合而构成的，即通过垂直蒙太奇叙事技术在声画互动中创造出复调结构的短片影像叙事作品。如果进一步分析的话，在整部短片中,《卡农》小提琴乐曲的声音序列最初是以背景音乐的方式在画面序列的场景展示中插入的，并且，在垂直插入的方式上，由画面序列带出背景音乐变为背景音乐引领画面序列；而临近情节结尾的高潮时,《卡农》小提琴乐曲的声音序列不仅由背景音乐变为前景演奏乐曲，而且在画面序列展示女主人公演奏现场的过程中，叙述事件是在《卡农》小提琴乐曲的旋律中被引出的。正是因为编导将声音序列的《卡农》小提琴乐曲与画面序列进行垂直蒙太奇组合，并贯穿情节主线的始终，所以，这部真人广告叙事短片又被称为“泰国潘婷洗发液广告《卡农篇》”。

第五节　短片的影像叙事修辞

修辞学最初是语言学的分支学科，主要研究如何使语言表达得准确、鲜明而形象生动。在叙事短片中，编导使用影像修辞法手法叙述故事，不只是要使画面和声音表达得准确、鲜明而形象生动，更是因为其致力于影像叙事的创意表达。法国学者利科曾用“活的隐喻”一词强调隐喻的创意修辞功能，即“活的隐喻”能够通过话语的虚构想象作用，在相似性中赋予对象新的意义。[①]其实，影像修辞就是一种借助于形象而生动的画面和声音创造出新的叙事意义的叙事手法。

一般来讲，影像修辞涉及三个方面：喻体、喻本和喻指。其中，喻体是由画面与声音构成的鲜活而生动的影像事件，喻本是该影像事件所意指的对象（具体的事件或抽象的观念等），而喻指则是喻体与喻本之间的意指或解释项，影像修辞通过喻指的视听传达而将喻体与喻本连接起来。因此，编导总是借助于鲜活而生动的影像事件的喻体，传递出具有叙事创意的喻本所蕴含的修辞意味。

---

① 利科.活的隐喻.汪堂家，译.上海：上海译文出版社，2004：292–296.

在叙事长片的影像修辞研究中，麦茨曾在《隐喻与换喻或想象界的参照物》一文中提出电影作品中的隐喻和换喻，并区分出两种隐喻和换喻，即组合地呈现的隐喻与换喻、聚合地呈现的隐喻与换喻。[①]我们将根据短片叙事作品中的影像修辞案例，探讨编导如何使用两组影像叙事修辞方式，即影像隐喻与影像换喻、影像寓意与影像象征。

一、影像隐喻与影像换喻

影像隐喻与影像换喻都是一种喻指较为明确的影像叙事修辞技术，即编导通过声音与画面的视听化喻体在影像叙事逻辑的创意上喻指某个喻本。区别在于，影像隐喻的喻指是相似性的，即编导需要激活影像喻体的叙事想象，建立起喻体和喻本之间的相似性喻指关系；而影像换喻的喻指是临近性的，即编导主要通过从属或因果等叙事逻辑关系唤起影像喻体的叙事想象，进而使喻体与喻本能建立起临近性喻指关系。

1. 影像隐喻

在叙事短片中，影像隐喻是指编导借助影像喻体，在叙事短片的情节线上构成相对独立的画面序列或场景序列，并通过在视觉传达的想象或联想活动中形成的喻指，与处于叙事短片之内或之外的影像喻本之间建立起相似性的影像修辞关系。

例如，短片《邻居的窗》叙述了两对夫妇通过自家的窗口窥探并羡慕对楼邻居家庭生活的故事。短片的主人公艾莉是一个中年母亲，她对养育三个年幼孩子和繁杂的家务感到厌倦，也对婚后失去激情的夫妻感情生活心生沮丧。一次偶然的机会，艾莉透过自家客厅的窗户发现对面楼里一对年轻夫妇过着激情浪漫的生活，颇受震撼和吸引。于是，艾莉情不自禁地在自家的客厅里窥探起对楼邻居的窗口。短片完成本的第6场景叙述如下：

扫码观看短片
《邻居的窗》
片段5

6. 艾莉公寓的客厅 夜 内

客厅里没有开灯，在昏暗中艾莉一边用左手抱着最小的孩子睡觉，一边用右手举起双筒望远镜，独自注视着对楼邻居的窗口。

雅各布走进客厅，发现妻子用望远镜聚精会神地窥探着对楼邻居的窗

---

① 麦茨.想象的能指：精神分析与电影.王志敏，译.北京：中国广播电视出版社，2006.

口，便在客厅门口注视了一会儿后，转身离开了客厅。

在上述引文中，编导叙述了两个事件：一个是艾莉独自站在自家的客厅里，右手抱着自己的婴儿，左手拿着一只望远镜神情专注地看向前方；另一个是，雅各布走进客厅，看到妻子在昏暗的客厅里窥探着对楼邻居家的窗口，便悄悄地离开。在短片的叙事层面上，这个场景只是叙述了艾莉正独自窥探对楼邻居，她的丈夫雅各布看到后没有上前打扰。但是，编导显然并不满足于表达这一叙事含义，而是将第6场景设计为影像修辞的喻体，旨在表现艾莉对对楼邻居夫妇生活的羡慕之情。从这个意义上说，编导用第6场景来修饰短片第3场景中发生的事件。

短片的第3场景是在艾莉和丈夫雅各布看到对楼邻居夫妇裸体拥抱接吻的激情场面后的第二天，艾莉因为带了一天的孩子感到十分疲惫，回家后却看到雅各布在自家客厅里办公，没有帮助自己照看孩子，并误以为雅各布又在偷窥对楼邻居的窗口，就大发牢骚。短片完成本叙述如下：

艾莉走到临窗的桌前，一边收拾起两只空啤酒瓶，一边看向对楼邻居的窗口，大声嚷了起来。

艾莉：三个月了，他们还不明白这里住着一整栋楼的人，我真觉得对面的人是故意的。

雅各布：我认为你可能反应过度了。

艾莉放下手上正在整理的东西，站起身面对着丈夫。

艾莉：哦，你呢，这副双筒望远镜是我送给你的生日礼物，你喜欢吗？（艾莉把桌子上的两只购物袋放到地上后，起身看向雅各布）我知道自己回不到二十岁了，我总是觉得很累。你羡慕别人的样子让我感觉很难过。

雅各布：等一下，我不认为我是唯一被对楼吸引的人。

艾莉：你就是经受不住他们的诱惑。好吧，一个美丽性感的诱惑。

扫码观看短片
《邻居的窗》
片段6

在上述引文中，艾莉跟雅各布说“你羡慕别人的样子让我感觉很难过”，而雅各布却回答“我不认为我是唯一被对楼吸引的人”。应该说，在第3场景中，艾莉并没有直接说自己羡慕对楼邻居夫妇的生活，而只是责怪雅各布羡慕对楼邻居。为此，编导用雅各布的回答加以校正，暗示艾莉夫妻两人内心深处都十分羡慕对楼邻居夫妇的浪漫生活。从这个意义上说，在第3场景中，艾莉与丈夫的上述对话透露出，这对夫妻对对楼邻居夫妇生活心生向往却都没有正面承认。所以，在后续的第4场景和第5场景中，编导通过艾莉关注并欣赏对楼邻居夫妇生活的神态和举动，从多个侧面表露艾莉对对楼邻居夫妇的浪漫生活是心向往之的。这就使艾莉对对楼邻居的窥探不同于对人家隐私的偷窥。

由此可见，编导将第6场景中艾莉独自窥探对楼邻居的窗口与雅各布看到后悄然退去的场景设计成影像隐喻的喻体，在叙事语义的相似性上去修饰喻本，即第3场景中艾莉夫妻所说的话，即艾莉对对楼邻居夫妇的生活十分羡慕。所以，这是一种“组合呈现的隐喻”，即影像喻本设置在短片之内的影像隐喻。

2. 影像换喻

与影像隐喻不同，影像换喻表现为编导在情节主线上设计影像喻体，并通过视觉创意的临近性喻指，与位于叙事短片之内或之外的影像喻本之间建立从属或因果等叙事逻辑意义上的影像修辞关系。

扫码观看短片《父与女》片段3

例如，在动画短片《父与女》临近结尾时，年迈的女儿独自前往当年父亲离别的海边，走下干枯的海滩，并在海滩的芦苇丛中发现一只破损的小木船，然后在小木船里躺下睡去。编导将这个场景设计为短片的影像喻体，即年迈的女儿在一只破损的小木船里躺下睡去的场景。其喻本是动画短片开篇不久，女儿的父亲当年独自划着小木船离别的场景。

扫码观看短片《父与女》片段4

虽然两个场景中的小木船之间具有某种影像外观上的相似性关联，但编导显然不只要用影像外观的相似性来隐喻短片情节始尾两个场景中的小木船，即女儿临死前睡在了与父亲当年离别时划走的小木船相似的小船上，还要将破损的小木船与父亲当年离别的场景建立起某种临近性关系，即破损的小木船从属于父亲当年乘坐小木船离别的感伤往事。所以，年迈的女儿在一只破损的小木船里睡觉，意味着她临死之前还在思念“父亲离别的感伤往事”。也就是说，年迈的女儿躺下睡觉的小木船已不再只是一只破损的小木船，它喻指父亲当年离别的无奈场景及女儿的感伤记忆。从这个意义上说，短片将近结尾时，年迈的女儿躺下睡觉的那只破损的小木船是影像喻体，其喻指是通过某种从属性的临近关系指向女儿父亲当年离别的感伤往事的喻本，进而在短片情节的首尾两个场景之间建立起影像换喻。因此，这是一种“组合呈现的换喻”，即影像喻本设置在短片之内的影像换喻。

值得注意的是，编导巧妙地用小木船来连接短片《父与女》的开篇与结尾两个场景，实际上是穿越时空和生死之隔，将父亲当初的离别与女儿一生的思念紧密地联系起来，再次传递出叙事短片所要表达的感伤情怀。

二、影像寓意与影像象征

在修辞学研究史上，人们总是在比较中探讨象征与寓意。德国学者歌德较早地探讨诗歌创作中的寓意与象征问题。他指出："寓意把现象转化为一个概念，把概念转化为一个形象，但是结果是这样：概念总是局限在形象里，完全拘守在形象里，凭形象就可以表现出来。象征把现象转化为一个观念，把观念转化为一个形象，结果是这样：观念在形象里总是永无止境地发挥作用而不可捉摸，纵然用一切语言来表现它，它仍然是不可表现的。"[①]在歌德看来，寓意与象征是两种不同的诗歌创作方法，寓意是"为一般而找特殊"，所以，诗人用特殊的形象表征一般概念的时候，其概念总是能被形象所表现出来的；相反，象征是"在特殊中显出一般"，所以，诗人用特殊的形象表征一般观念的时候，其观念却往往超出形象之外，并且难以言传。继歌德之后，不少学者从修辞学的意义上进一步探讨了象征修辞的原理。法国学者托多罗夫认为："一个象征能指表示好几个象征所指，原因并不是缺乏系统，而是因为每个象征所指又可以转变成象征能指。"[②]而意大利学者艾柯也指出："象征暗示出存在着可能被说出的某种东西，但这样的东西从不可能说出一次就定终身，除了象征在那一点上不再说它。"[③]因此，寓意与象征是两种喻指不同的修辞方式，本书将寓意修辞的喻指命名为"索引式喻指"，即寓意的喻体往往喻指某种人们熟悉的喻本，而把象征修辞的喻指称为"开放式喻指"，即象征的喻体总是喻指某种多义性而陌生化的喻本。

因此，与影像隐喻和影像换喻一样，影像寓意与影像象征是一种由影像喻体、喻本和喻指三个要素构成的影像修辞技术。然而不同的是，在影像寓意与影像象征中，编导侧重于喻指的索引式与开放式连接路径，而不是相似性与临近性的连接关系。

---

① 朱光潜.西方美学史：下卷.北京：人民文学出版社，1984：417.

② 托多罗夫.象征理论.北京：商务印书馆，2004：310.

③ 埃科.符号学与语言哲学.王天清，译.天津：百花文艺出版社，2006：302.

1. 影像寓意

影像寓意是在喻指的索引式原则下，编导将叙事短片情节线上的喻体指向某个确定而熟悉化的喻本，进而激发读者和观众从中感悟和反思某种熟悉化的人生情怀和价值观念。

例如，在动画短片《父与女》中，编导通过以下五个小规模的叙事段落顺时序地切换衔接，构成叙事短片情节上的影像寓意修辞：

扫码观看短片《父与女》片段5

（1）刮风下雨的岁月里，女儿独自骑单车前往当年父亲离别的海边，独自思念父亲。

（2）上学以后，女儿与同学一起骑单车前往当年父亲离别的海边，独自思念并等待父亲归来。

（3）恋爱以后，女儿乘坐男友的单车前往当年父亲离别的海边，独自思念并等待父亲归来。

（4）成家以后，女儿和家人一起骑单车前往当年父亲离别的海边，独自思念并等待父亲归来。

（5）年迈以后，女儿独自骑单车前往当年父亲离别的海边，独自思念并等待父亲归来。

在上述五个段落式叙事序列里，编导在女儿的一生中选取了几个标志性的人生阶段，并以重复切换的方式叙述女儿在不同的年龄阶段骑着单车前往当年父亲离别的海边，独自眺望远处。虽然编导并没有用旁白或解说词直接表述女儿用一生来思念父亲，只是用五个小规模的叙事段落叙述女儿在不同的人生阶段骑着单车来到父亲当年离别的海边，独自远眺父亲曾经划船离去的海面，但是这五个小规模的叙事段落却在以段落式切换方式连接起来之后，形成了一种影像寓意的修辞效应。也就是说，每一个叙事段落都意指女儿的不同人生成长阶段，而五个叙事段落衔接起来就构成一个大规模的情节序列。因此，编导将女儿用一生来海边思念父亲的大规模情节序列设置为短片的影像喻体，其喻指是通过某种索引式的修辞取向，指向儿女思念父母这一熟悉化的人生情怀的影像喻本，进而唤醒读者和观众由此感悟和反思。

2. 影像象征

影像象征是在喻指的开放式原则下，编导将叙事短片情节线上的影像喻体指向一系列相关而不确定的影像喻本，进而使读者和观众从中获得某种陌生化的人生启示或情感体验。

例如，短片《邻居的窗》叙述了两对夫妇通过自家的窗口窥探并羡慕对楼邻居婚后生活的故事。短片编导为这部叙事短片配置了明暗两条情节主线。在明线上，编导用画面展示的方式叙述了女主人公通过窗口窥探并羡慕对楼邻居夫妇生活的故事序列；而在暗线上，编导用人物的话语讲述方式概述了艾莉对楼邻居的年轻妻子也时常通过窗口窥探并羡慕女主人公家庭生活的故事序列。在短片情节临近结尾的第12场景中，编导叙述如下：

12. 对楼邻居公寓楼下 夜 外

扫码观看短片《邻居的窗》片段7

艾莉独自快步走到公寓对楼门口不远处，停住了脚步。她看着邻居丈夫的担架车被抬上了一辆救护车。邻居妻子站在门口，目送着救护车离开。

艾莉立刻走到邻居妻子的面前，望着邻居妻子伤心的样子。

艾莉：你还好吗?

邻居妻子突然认出了艾莉。

邻居妻子：你是住在我对面那栋楼里的吗?

艾莉有些惊讶，然后点头。

邻居妻子：我想我们的房间可能面对面。

艾莉（有些尴尬）：真的?

邻居妻子：你有一个小女孩，还有一个男孩和一个婴儿。我希望这不会让你感到害怕。

艾莉：不会的。

邻居妻子：你的孩子真的、真的非常可爱，也很好玩。我和我丈夫……

艾莉见邻居妻子哽咽着说不下去，想要上前安慰。

邻居妻子：我的丈夫病得很重。然后，我们会非常羡慕你的孩子们。我猜是你晚上还给宝宝喂奶。

艾莉上前拥抱邻居妻子，两人久久难以分开。

在上述引文中，对楼邻居妻子说出自己和丈夫曾经也经常窥视主人公艾莉的家，并坦言："你的孩子真的、真的非常可爱，也很好玩。我和我丈夫……我的丈夫病得很重。然后，我们会非常羡慕你的孩子们。"这实际上表露出对楼邻居夫妇也十分羡慕艾莉一家人的生活。所以，编导不仅通过对楼邻居妻子的话揭示了一条情节暗线，即对楼邻居夫妇也经常窥探艾莉的家，并非常羡慕艾莉一家五口人的家庭生活，而且在短片情节的明线与暗线的反转中设置短片情节的高潮场景，并巧妙地传递出短片《邻居的窗》的故事主题。从影像修辞上看，短片第12场景中对楼邻居妻子跟艾莉的表白，与前叙情节主线上艾莉羡慕对楼邻居夫妇生活之间形成反转高潮的影像喻体，其喻指是通过某种开放性修辞取向，指向一系列不确定的影像喻本，其中至少涉及以下几种象征意味的喻本：

- 当你羡慕他人的生活时，他人也在羡慕你的生活。
- 每个人都不应该只羡慕他人的美好生活，却看不到他人生活中的缺憾。
- 人们往往因羡慕他人的美好生活而忽视了自己生活中的美好。
- 不要用美妙的回忆去挤压当下生活中的美好。

由此可见，在短片第12场景中，编导借助于对楼邻居妻子的表白而营造情节反转高潮，旨在传递一系列陌生化的人生哲理或令人反思的人生态度。当然，这种开放式喻指是由编导在影像喻体中规定了的影像象征修辞取向，即在短片故事相关的取向下延伸出的多种人生哲理。

本章概要

本章探讨叙事短片与短片叙事的一般原理，从叙事短片的界定、编导的短片叙事方式、短片叙事的情节化路径、短片的蒙太奇叙事结构与短片的影像叙事修辞五个方面，初步探讨了两个问题：一是何谓叙事短片；二是短片是如何叙事的。

本章将叙事短片定义为以虚构或非虚构方式策划和制作的具有独立而完整情节结构的影像叙事作品，短片时长通常为30分钟以内。此外探讨了叙事短片的“仿像叙事”作品形态特征和视听语言的符号介质特征，并从主要角色、叙事方式和叙事目标方面，将叙事短片分为动画短片与真人短片、剧情短片与纪录短片、广告叙事短片与艺术叙事短片。

本章以编导的短片叙事方式为题，分别论述了编剧与导演的影像叙事方式。一方面，从文学叙事的意义上提出了两组四类的编剧叙事方式，即外部描绘与内部刻画、画面展示与话语讲述；另一方面，从影像叙事的角度分析了两组四类的导演叙事方式，即定格画面与描述画面、聚焦影像与叙述影像。

本章从短片叙事的情节化路径探讨了叙事短片在画面序列上的情节化

轨迹。一方面，通过短片《父与女》的案例分析，讨论叙事短片如何用连续式画面序列叙述短片故事，而在段落式画面序列中表现出突破故事序列的取向；另一方面，以短片《你能型》的场景分析，论述编导如何借助切换式画面序列的方式建立情节序列，进而使叙事短片完成从故事序列到情节序列的转换，在画面序列的结构性配置上确立起情节短片的基础。

本章提出了两种短片蒙太奇叙事结构，一种是画面组接的水平蒙太奇，另一种是声画组接的垂直蒙太奇，并进行了案例分析。

本章简单地论述了短片的影像叙事修辞原理，用案例分析的方法阐释了两组常用的短片影像修辞方式，即影像隐喻与影像换喻、影像寓意与影像象征。

思考题

1. 如何定义叙事短片？
2. 为什么说切换式画面序列意味着叙事短片在情节结构上的成型？
3. 举例说明短片的编导叙事方式。
4. 举例说明叙事短片中的影像隐喻与影像换喻。
5. 举例分析叙事短片中的影像象征。

课外作业

1. 观看真人短片《邻居的窗》《另一只鞋》。
2. 观看动画短片《包宝宝》。
3. 撰写真人短片《盲人调音师》的故事概述。

拓展阅读

1. 麦茨.想象的能指：精神分析与电影.王志敏，译.北京：中国广播电视出版社，2006.

2. 梅茨.电影的意义.刘森尧，译.南京：江苏教育出版社，2005.

3. 约翰逊.短片剧本写作.余韬，译.北京：世界图书出版公司北京公司，2017.

第二章 短片剧本写作实训的基本原理

电影制作者揭示人物内心真相的最直接的办法，就是以看得见或听得见的方式，带我们进入角色的心灵深处，从而让我们看到或听到角色所想、所忆或所思。

——约瑟夫·M. 博格斯、丹尼斯·W. 皮特里：
《看电影的艺术》

本书主要从两个方面探讨虚构类短片剧本写作实训的基本原理。一方面，短片剧本写作实训是一种跨界叙事行动，包含了三种叙事取向，即文学叙事、表演叙事与影像叙事。另一方面，它是一种艺术创作实训活动，所以，与传统的剧本写作实训相区别，本书引入艺术创作实训的“艺术作品临摹”方式，提出了“影像临摹”的短片完成本实训概念，并倡导短片剧本写作实训从短片完成本写作开始。

我们将从短片文本类型、短片文学剧本的三种叙事取向、短片剧本的写作实训策略与短片剧本的写作格式四个方面阐释虚构类短片剧本写作实训的基本原理。

第一节 短片文本类型

在剧本篇幅、影片时长和制作规模等方面，叙事短片都比叙事长片要短或小许多，但是，一部叙事短片却依然涉及三大环节——策划编剧、演示拍摄和读片剪辑，并由此区分出三类短片文本，即策划编剧环节的短片文学剧本、演示拍摄环节的短片脚本以及读片剪辑环节的短片完成本[①]。也就是说，短片文本可以分为三种类型，即短片文学剧本、短片脚本和短片完成本，而短片文学剧本与短片完成本则可以命名为“短片剧本”。

一、短片文学剧本

短片剧本写作实训的最终目标是讲解和辅导剧作者策划和写作短片文学剧本，所以，我们首先要探讨短片文学剧本的含义与特点。

1. 短片文学剧本的含义

短片文学剧本是一种基于文学叙事并面向影像叙事的创作性短片剧本。与短片完成本不同，短片文学剧本是短片影像作品制作之前的短片文本，是“制前短片剧本”；与短片脚本相区别，短片文学剧本是剧本体裁的文学作品，是“短片剧本”。

应该看到，改革开放以来，随着我国的电影制片制度由传统的导演制引入制片人制，文学剧本在电影生产领域的权威性受到了一定程度的冲击，而互联网和移动通信网的传播技术又带来了叙事影像作品的短片化潮流，以微电影、短视频和视频日志等为代表的网络叙事短片的崛起，挑战着短片文学剧本在视频叙事产业的地位。一方面，短片脚本正在挤压短片文学剧本的生存空间，人们甚至可以跳过短片文学剧本的创作或改编环节，直接从策划短片故事进入短片脚本的撰写环节，并根据短片脚本制作叙事短片；另一方面，在短片制作完成且正式公映后，各种形式的短片完成本通过“拉片”方式撰写而成，正在改变着传统的电影完成本的场记功能，以至于人们经常将短片完成本视作一种短片文学剧本，其结果是削弱或遮蔽了短片文学剧本的诗性意味，而大量“段子式”短视频缺乏完整的情节结构。本书认为，只有具有情节结构的影像作品才称得上是叙事短片，而任何基于情节结构的影像叙事作品都需要文学剧本的文学性支撑。可以说，在叙事短片创作流程中，短片文学剧本的叙事创意有着不可低估的价值和

---

① 过去，在电影剪辑读片时，电影完成本通常由场记根据试映影片的“读片”而撰写，因而被称为“场记剧本”。进入视频时代以来，许多电影爱好者对网络上传输的各类电影、微电影等进行“拉片”，撰写各种文体的电影完成本。叙事短片由此也形成了一种短片完成本的短片文本类型。尽管短片完成本越来越游离于叙事短片的制作流程，但其正在成为短片剧本写作实训的重要部分。

意义。正是从这个意义上说，在创意写作实训领域短片剧本写作实训显得尤为必要与紧迫。

2. 短片文学剧本的特点

（1）文本特质上，短片文学剧本是编剧撰写的创作性短片剧本。

与长片文学剧本一样，短片文学剧本也涉及原创与改编两种类型。一方面，就原创类短片文学剧本而言，编剧往往承担了从创意策划、故事构想到剧本写作的前期策划工作；另一方面，对于改编类短片文学剧本来说，编剧也会与导演或制片人一起讨论对原作的改编工作，并承担剧本的写作任务。因此，无论是原创类还是改编类短片文学剧本，都是编剧创作的文学叙事作品。

（2）文本结构上，短片文学剧本的结构性叙事元素是场景。

短片文学剧本是一种面向影像叙事的文学作品。一方面，与文学叙事的小说用章节设计情节框架不同，短片文学剧本的结构性叙事元素是场景，在将短片故事进行情节化设计的时候，编剧总是用一系列场景来设置情节框架；另一方面，与表演叙事的戏剧剧本用幕场配置情节框架相区别，短片文学剧本引入了影像叙事的场景范畴，因而往往需要突破舞台表演的时空限定。因此，场景是短片文学剧本的结构性叙事元素。

（3）写作任务上，短片文学剧本是创作面向读者和观众的文学剧本。

无论是原创类还是改编类短片文学剧本，剧作者都是通过文学叙事创意的方式创作面向影像叙事的剧本的。短片文学剧本的写作任务不只是面向读者的欣赏性阅读和写作性解读，也为导演、摄影师和演员等短片组创人员的叙事再创造提供文学读本，因而也是面向叙事短片的潜在观众的。

二、短片脚本

本书主要探讨短片剧本写作实训活动，因而不涉及短片脚本的写作实训活动。但是，为了阐释短片剧本与短片脚本的区别，我们有必要概述短片脚本的含义与特点。

1. 短片脚本的含义

短片脚本并不是短片剧本，却是短片制作之前不可或缺的文本。所以，我们将其视作短片文本类型。简单地讲，短片脚本是一种基于影像镜头并面向短片制作的实操性短片文本，又称为“分镜头短片脚本”。

近些年来，短片脚本的文本形态出现了较大变化，在格式化的文字类短片脚本与绘画式故事板脚本之后，一种由视频、音乐和文字组合而成的短片视频脚本正在成为短片脚本的新形态。因此，本书将短片脚本分为三类：文字脚本、故事板脚本和短视频脚本。

2. 短片脚本的特点

（1）文本特质上，短片脚本是导演策划的制作性短片工作台本。

撰写短片脚本主要是导演的工作任务，也可以由短片编导一人完成。一般来讲，在短片创作流程中短片脚本是短片文学剧本的后续文本，是导演参照短片文学剧本以及小说原著、故事大纲、导演阐释等前置文本，面向拍摄、表演和剪辑等短片影像作品的制作环节撰写而成的工作台本。

（2）文本结构上，短片脚本的结构性叙事元素是镜头。

短片脚本是根据镜头的序列撰写的短片文本，因而又称为分镜头剧本。所以，与以场景为情节单位的短片剧本不同，导演主要是从拍摄叙事短片的角度撰写短片脚本的。无论是文字脚本、故事板脚本还是短视频脚本，导演都是根据分镜头方式撰写短片文字脚本、绘制短片故事板脚本或者制作短片短视频脚本。

（3）写作任务上，短片脚本是策划面向拍摄剪辑的短片制作执行底本。

短片脚本的写作任务是为短片制作提供实操性制作底本。例如，短片文字脚本是依据一定的格式编写的可执行文字文本，一个完整的短片文字脚本通常涉及十个左右的影像制作要素，并根据镜号序列排列脚本的结构性框架顺序。我们可以概述为表2–1。

表 2–1 短片文字脚本要素

镜号	机号	景别	摄法	画面	解说和 / 或对白	音乐	音效	特效	时长

在表2–1所示的短片文字脚本的表格中，导演通常配置十个方面的分镜头脚本要素，其基本含义如下：

（1）镜号，镜头的顺序编号。按拍摄镜头的先后顺序，用数字标出。

拍摄时不必依照顺序号，而编辑时必须按顺序号进行。

（2）机号，摄影机的顺序编号。用两台或更多摄影机同时进行现场拍摄时，机号表示镜头由哪一号摄影机拍摄。

（3）景别，摄影镜头的类别。有远景、全景、中景、近景、特写等，代表在不同距离观看拍摄对象，进而根据情节等要求拍摄对象的整体或局部。

（4）摄法，摄影机镜头在拍摄时的运动技巧，如推、拉、摇、移、跟等。

（5）画面，摄影机镜头拍摄的视觉内容，诸如画面里场景的内容和变化，以及简单的构图等。

（6）解说和/或对白，对应一组镜头画面内容的解说词，以及演员的对白台词。分为同期声与配音声。

（7）音乐，注明音乐的内容及起止位置。

（8）音效，标明使用的效果声，如雷声、雨声等。

（9）特技，指后期制作时用非线性软件剪辑镜头的特技效果。一是镜头画面的组合技巧，如分割画面和键控画面（抠像）等；二是镜头之间的组接技巧，如淡入淡出、叠化等。

（10）时长，指镜头画面的时间长度，常以秒为单位标明。

三、短片完成本

短片完成本由场记读片记录向研习者“拉片”描述的拓展，突破了短片创作与短片研习的传统壁垒，并在短片剧本写作实训活动中发挥着十分重要的作用。因此，我们将短片完成本视作短片文本类型。

1. 短片完成本的含义

简单地讲，短片完成本是基于叙事短片的“读片”或“拉片”方式而撰写的完成性短片剧本。一方面，短片完成本是短片剧本，与短片脚本相区别，剧作者用文学剧本的体裁描述和记述短片影像作品；另一方面，短片完成本是“制后短片剧本”，与短片文学剧本不同，这是剧作者根据制作完成的短片影像作品撰写的短片影像文学记录本，因而一般称为“短片完成本”。

值得指出的是，短片完成本是研习短片影像作品的重要剧本类型。尤其对于那些没有撰写短片文学剧本而制作的短片作品，人们可以通过对公映短片的解读和“拉片”撰写短片完成本，这不仅弥补了这些短片影像作品创作流程中的文学剧本缺失，而且有助于叙事短片的创作界和研究界深入解读和仔细研习短片作品。由于不少短片影像作品直接从短片故事大纲撰写短片脚本，并没有短片制作前的文学剧本，因而使短片影像作品制作后的短片完成本成为这些短片唯一的短片文学剧本。也就是说，一些没有“制前短片剧本”的短片影像作品，其短片完成本（即“制后短片剧本”）就成为十分重要的短片剧本。

2. 短片完成本的特点

（1）文本特质上，短片完成本是场记或研习者记述叙事短片而撰写的完成性短片剧本。

与短片文学剧本和短片脚本不同，短片完成本是短片制作完成后撰写的场记剧本。所以，撰写短片完成本是短片制作流程中的最后一个环节，短片完成本通常由场记根据短片拍摄过程中每个镜头的情况以及后期剪辑合成的记录，在短片试映后撰写而成。近些年来，由于影像作品的短片化以及视频作品的传播和观看技术的发展，人们可以在视频网络上直接收看叙事短片等影像作品，并能用逐格或逐帧地反复观看和倒回的方式进行文本细读，从而产生了一种基于“拉片”而撰写的短片完成本。

（2）文本结构上，短片完成本的结构性叙事元素是场景。

目前，通过对公映的叙事短片进行“拉片”而撰写的短片完成本中，存在着各种文本形态，有的是在短片画面的图像截屏中配置解读性或评价性文字而撰写的图文文本形态；有的是以短片画面的时间标识为框架，描述影片内容的文字文本形态；有的是用短片分镜头格式撰写的分镜头文本形态；也有的是用分场景撰写的剧本形态。从短片剧本写作实训的意义上讲，短片完成本是短片剧本，其结构性叙事元素是场景。

（3）写作任务上，一是用剧本体裁记述短片影像作品，二是为短片剧本写作实训提供一种“影像临摹”的研习读本。

作为短片影像作品完成后的场记剧本或读片剧本，短片完成本可以记述导演、演员、摄影师和剪辑师等制片团队成员在短片影像作品制作过程中的叙事创造性。与此同时，短片完成本也能够成为短片剧本写作实训的研习读本，并提供一种“影像临摹”的短片剧本实训方法。应该看到，通过短片影像作品的读片或“拉片”方式撰写短片完成本，实际上是一种类似于绘画和书法实训领域习作者对原作进行临摹的实操活动，因而可以被命名为“影像临摹”。因此，本书倡导短片剧本写作实训活动从撰写短片完成本开始的实训策略，实际上是从艺术创作实训方法的意义上，把绘画、书法等视觉艺术的临摹实训方法引入短片剧本写作实训的创意写作活动领域。

第二节　短片文学剧本的三种叙事取向

剧本最初是表演叙事艺术的文学体裁，而短片文学剧本则是面向影像叙事的剧本。所以，剧作者写作短片文学剧本，实际上是在文学叙事的基点上面向表演叙事与影像叙事的跨界叙事行动。下面我们将以短片《盲人调音师》文学剧本为例，分别探讨短片文学剧本如何展现文学叙事、表演叙事和影像叙事这三种叙事取向。

一、文学叙事取向

在写作短片文学剧本的时候，剧作者总是优先考虑如何在短片剧本中使用文学叙事取向。基本的做法是，在书面语言的“读”与“听”中，用文学诗性的叙事取向唤醒读者和观众对短片故事的叙事感知和叙事想象。也就是说，短片文学剧本不仅在故事呈现的符号介质上是文学艺术的诗性语言，而且在叙述故事的叙事方式上也具有文学诗性的特点。

例如，在短片《盲人调音师》文学剧本的第1、2场景中，我们至少可以找出以下两个方面的文学叙事取向。

1. 在场景的细节描写中传递文学意味

例如，在《盲人调音师》文学剧本的第1场景中，编剧写道：

1. 夜晚 – 公寓

在一个奥斯曼风格的大公寓里，隐约可见一段阴暗的长廊。大理石地板，白色墙面，装潢十分阔绰。人们可以听到某个房间传来莫扎特的钢琴奏鸣曲，长廊就通向那里。房间里没有开灯，仅有屋外的路灯透进些许光亮。就在这昏暗之中，一个男人安静地坐在长沙发上，似乎正在聆听美妙的音乐。

在上述引文中，剧作家具体而又细致地描写了公寓的室内环境：从公寓的建筑风格到大理石地板和白色墙面，以及阔绰的室内装潢；从阴暗的长廊尽头的房间里传来莫扎特的钢琴奏鸣曲，屋外的路灯透进一些光亮，到昏暗中一个男人安静地坐在长沙发上，似乎正聆听着美妙的音乐。如果说，阴暗的长廊与昏暗的房间制造了恐怖气氛的话，那么一个男人坐在沙发上安静地聆听莫扎特钢琴奏鸣曲的美妙旋律，则跟昏暗而恐怖的氛围形成不协和的对比，并为后续情节做了铺垫。因此，在上述案例中，我们不难看出剧作者在细节描写的字里行间所流露出的文学叙事取向。

2. 通过文学视像来描述人物的内心活动

例如，在《盲人调音师》文学剧本的第2场景中，剧作家写道：

2. 白天－音乐厅

【闪回】

阿德里安身着演出服，向舞台上的三角钢琴走去。

阿德里安：去年，我还被视作一个天才，我也自认为前途无量。十五年来我所有的准备只为实现一个目标：伯恩斯坦音乐大赛。

评委们坐在阴暗的大堂里。人们仅能察觉到从他们的眼镜片上反射出的令人恐慌的白光，他们手上微小的笔灯，以及圆珠笔滚动时弹簧发出的细微摩擦声。

阿德里安：是我前夜的女友吗？

此时人们耳边传来了男女做爱时床铺发出的特有的嘎吱响声。

阿德里安：或者是钢琴的凳子？

阿德里安试图调整钢琴脚凳的高度，又不满意坐垫：凳子发出来的嘎吱声响简直和床的一致。

阿德里安：总而言之，我失败了。

刚坐到钢琴前，阿德里安便感到一阵恐慌袭来。他的心脏剧烈地跳动着，响声如同那张床和凳子的。他汗流满面，乐谱也在眼前变得越来越模糊。

阿德里安重重按了钢琴的一个键，没有发出声音，再次按到它的时候却发出了极不协调的嘎吱声。这个按键如同点燃了可怕的导火索，瞬间引爆了他眼前的钢琴，阿德里安被击晕在钢琴键盘上。

在上述引文中，阿德里安走上舞台后心里就开始紧张，甚至产生一时的幻觉。在钢琴比赛台上的一架三角钢琴前坐下后，阿德里安十分恐慌，心脏剧烈跳动，满脸流汗，以至于眼前的乐谱也模糊起来。开始演奏后，当他用力按下一个琴键时，钢琴却没有发生声音，轮到再次按下该琴键时，钢琴突然发出不协调的响声，他几乎晕倒在钢琴键盘上。剧作家通过阿德里安满脸流汗的外观描述其内心的恐慌；用他两次弹奏同一个琴键时出现意外状况的细节，既间接地描述了阿德里安因恐慌而过于用力按琴键的行为，又直接地展示其再次按琴键时发出的不协调声音，导致其在钢琴演奏比赛中的败北。因此，剧作家巧妙地运用了文学视像的方式生动而形象地展示了阿德里安的内心感受。值得注意的是，在上述引文的最后一句话中，剧作家采用了文学修辞方式："如同点燃了可怕的导火索"是一种比喻，而"阿德里安被击晕在钢琴键盘上"则是一种夸张，描述了阿德里安惊慌而无奈地在钢琴比赛中败北。

二、表演叙事取向

虽然短片文学剧本并不是面向舞台叙事表演的剧本，但往往也需要借助演员的肢体语言叙述情节。所以，在短片文学剧本写作实训中，剧作者应将短片故事中人物的性情趣味、欲望动机和情感思想等通过演员扮演角色的言行举止展示出来。

例如，在短片《盲人调音师》文学剧本的第2场景和第10场景中，我们至少找到以下两个具有表演叙事取向的案例。

1. 在人物动作的演示过程中叙述场景中正在进行的事件

例如，在《盲人调音师》文学剧本第2场景的上述引文中，为了展示主人公阿德里安上台参加伯恩斯坦钢琴比赛的场景，剧作家主要叙述了阿德里安从走上剧场舞台到演奏钢琴过程中的四个行动序列：

- 走上舞台。"阿德里安身着演出服，向舞台上的三角钢琴走去。"
- 调试钢琴脚凳的高度。"阿德里安试图调整钢琴脚凳的高度，又不满意坐垫"。

- 坐到钢琴脚凳上。“刚坐到钢琴前，阿德里安便感到一阵恐慌袭来。他的心脏剧烈地跳动着，响声如同那张床和凳子发出的。他汗流满面，乐谱也在眼前变得越来越模糊。”
- 弹奏钢琴。“阿德里安重重按了钢琴的一个键，没有发出声音，再次按到它的时候却发出了极不协调的嘎吱声。这个按键如同点燃了可怕的导火索，瞬间引爆了他眼前的钢琴，阿德里安被击晕在钢琴键盘上。”

在上述案例中，剧作家叙述了主人公阿德里安上台参加伯恩斯坦钢琴比赛的场景，并从表演叙事的意义上具体而详细地描述了阿德里安的“走台”、占位，以及弹奏钢琴前的准备与弹奏钢琴中的失误，即在人物动作的演示过程中叙述场景中正在进行的事件。

2. 用场面调度驱动场景中的情节变异

例如，在短片《盲人调音师》文学剧本的第10场景中，阿德里安去最后一个客户家调音时无意中遇到了客户家发生的凶杀事件，于是，编导设计了这家女客户不得已才准许阿德里安进家门的场景。剧作家写道：

10. 晚上 – 大厦

阿德里安按下了门铃，这扇双开的门是奥斯曼风格的。没有人回应。

阿德里安再一次按下门铃，依然毫无反应。他从包里拿出笔记本，核实了预约名单上Fontrailles的名字和门铃上的是一致的。突然，他听到从房间里传来了声音。他急忙戴上眼镜，把笔记本塞到大衣的口袋里。门背后传来了一个女人惊慌的、不安的声音。

女人的声音：什么事？

阿德里安：我是调音师，夫人。

女人的声音：谁？

阿德里安：钢琴的调音师。

一阵沉默。门没有打开。

女人的声音：我丈夫不在家。请改天再来吧。

阿德里安：夫人，我给钢琴调音不需要您的丈夫在场。

女人的声音：这不重要。如果您愿意，你可以收取出访费。

阿德里安：夫人，这个不是问题。我是个盲人，来到您家是很不容易的。您和您的丈夫都没有取消这次来访。我感到不快，你打开门向我解释一下，应该不难吧。

阿德里安等待了几秒。他再次按响门铃，比上次时间更长。在他身后，邻居的门打开了。从微微张开的门背后露出了一张被惊动的老妇人的脸。

又过了一会儿，阿德里安正准备转身下楼的时候，门终于打开了。第1场景中的女人站在了他的面前。

女人（对阿德里安说）：对不起，我没有准备。我没料想到您的来访。我的丈夫并没有事先告诉我。

阿德里安：我们不必多说了。

女人站在半掩的门前，仔细地打量着阿德里安，直到肯定他是盲人后，才满意地侧开身子让路给他。同时，她的视线越过阿德安的肩膀望向后方，看到邻居老妇人消除了疑虑，把门合上。

女人（对阿德里安说）：来吧，请进。

阿德里安进入客户家门之前，编导借助邻居老妇人被惊动的事件设计了场面调度的场景，并通过以下事件序列加以表现：

- 第一，通过阿德里安三次按客户家门铃、查看自己的日程本以及核对客户家门铃旁的住址名单等行为，借助人物动作与场景道具之间的场面调度，演示假装盲人调音师的阿德里安是如何确认预约钢琴调音的客户住址的。
- 第二，从女客户在自家房门背后借故谢绝阿德里安的托词，借助人物言说与其在场景中所处的空间位置之间的场面调度，暗示客户家里可能发生不寻常的事件。
- 第三，借助两次描述邻居老妇人被惊动的事件，通过人物之间看与被看的场面调度，从侧面展示女客户害怕惊动邻居的心理活动。其中，一次是阿德里安第三次按门铃时，邻居家开门后，露出一张被惊动的老妇人的脸；另一次是女客户开门发现阿德里安是盲人并让其进门的同时，女客户看到邻居老妇人消除疑虑并合上门。

因此，在上述三个场面调度事件中，前两个事件主要起铺垫作用，剧作家主要用邻居老妇人被惊动的事件来展示场面调度中的戏剧性效应，即阿德里安按女客户家的门铃声惊动了邻居老妇人，实际上是为女客户允许阿德里安进自己的家门提供了一种戏剧性触发动因。女客户准许阿德里安进自己的家门，既说明她初步确认阿德里安是个盲人调音师，也是意识到邻居老妇人消除了疑虑。[①]由此可见，短片《盲人调音师》的文学剧本用场面调度的表演叙事方式，利用场景的戏剧性机制来驱使短片情节的进展。

三、影像叙事取向

短片文学剧本是一种纸面上的短片影像作品，所以，剧作者需要通过场景切换和画外音等基本的影像叙事技术来叙述短片故事，并尽可能地用文学视像的方式表达画面与声音的影像叙事效应。

例如，继续看短片《盲人调音师》文学剧本的第2场景（见62页第2场景），剧作家虽然只是标识了闪回的影像叙事手法，但其实主人公阿德里安言说的三句话都采用了画外音的影像叙事技术。也就是说，在短片文学剧本中，剧作家在阿德里安的短片对白中隐含了画外音的影像叙事技术。为此，我们将具体分析上述引文中的影像叙事取向。

1. 在“闪回”中追叙情节的背景信息

在第2场景开始，剧作家用“闪回”的标识追叙短片情节的背景信息。所以，第2场景中的事件发生在主人公阿德里安假装盲人调音师之前，叙述阿德里安在伯恩斯坦音乐大赛中败北的经历，其叙事意义在于交代阿德里安假装盲人而从事调音师职业的缘由之一。显然，闪回是影像叙事技术，剧作家将其标识在短片文学剧本的第2场景标题下面，旨在用追叙方式叙述该场景之前发生的事件。

2. 用“画外音”的“解说词”讲解画面中的事件等

解说词是影像叙事技术，通常表现为用画外音的方式解说画面中的事件。虽然，在短片《盲人调音师》文学剧本的第2场景中剧作家并没有给阿德里安的对白明确标识画外音或解说词的影像叙事术语，但是阿德里安说的下面两句话可以理解为画外音的解说词：

- 去年，我还被视作一个天才，我也自认为前途无量。十五年来我所有的准备只为实现一个目标：伯恩斯坦音乐大赛。

---

① 这个场面调度的表演叙事手法，在短片《盲人调音师》的影像作品中表现得尤为明显，因而短片完成本将其描述为：“突然，对面邻居的房门打开了，一位老妇人疑惑地探头张望。女客户看了邻居老妇人一眼，立刻就侧身让阿德里安进屋。”

- 总而言之，我失败了。

上述两段话是阿德里安说的画外音，均来自画面之外，即在阿德里安参加那次音乐大赛现场的画面之外配置的，是向读者或观众说的话。并且，这两段画外音是阿德里安以故事叙述者“我”的身份说的解说词，尤其最后一句话，是阿德里安在钢琴比赛失败之前说的。

3. 用“画外音”的“旁白”表达画面中人物的幻觉等

解说词与旁白是一种画外音的影像叙事方式。其中，旁白通常是场景中人物背着场景中其他人物而对自己说话，或者对读者和观众说话，因而短片剧作者往往将其表现为场景中人物默默自语的画外音。

在短片《盲人调音师》文学剧本的第2场景中，阿德里安参赛时心里十分恐慌，当他刚走上剧场舞台，听到舞台下面的评委手中的圆珠笔发出的细微摩擦声时，就产生了幻觉。剧作家用画外音的旁白方式叙述阿德里安内心的自言自语：“是我前夜的女友吗？”接着叙述了阿德里安的瞬间幻觉：“此时人们耳边传来了男女做爱时床铺发出的特有的嘎吱响声。”由此可见，这是一句阿德里安默默自语的话，表达了阿德里安参赛时的幻觉，并且剧作家采用了以画外音方式叙述的人物旁白。也就是说，阿德里安的这句自言自语不是他在钢琴演奏比赛现场发出的声音，而是来自画面之外。当然，剧作家用画外音的旁白方式叙述这句话，不只展示了阿德里安参赛时的默默自语，一定程度上也向读者和观众展示了阿德里安因参赛的恐慌心理而产生的幻觉，渲染了其在比赛之前手足无措的状态。①

值得注意的是，在《盲人调音师》短片文学剧本的上述两个案例中，剧作家没有用画外音的解说词或画外音的旁白加以辅助标识，甚至没有标识为画外音，这在一定程度上表明，剧作者在创作短片文学剧本的过程中优先关注文学叙事创意，而影像叙事取向可以隐含在文学剧本的字里行间，为导演制作短片影像作品预留影像叙事的想象空间②。

---

① 在短片《盲人调音师》的影像作品中，编导删去了阿德里安的“旁白”及其产生幻觉的场景描述，而将阿德里安说的两段解说词拆分为二，中间插入了阿德里安表现出的紧张神态和调节钢琴脚凳高度的慌张动作。所以，短片《盲人调音师》完成本将插入的一段场景描述为：“阿德里安坐到钢琴前的脚凳上，双手紧紧地抓住脚凳两侧，并用右手调节着脚凳，脸色显得十分紧张。”

② 当然，剧作者通常应该在短片文学剧本中标明画外音等一些常用的影像叙事辅助标识。

第三节 短片剧本的写作实训策略

无论在思维方式还是实训方法上，短片剧本写作实训都有一个策略问题。我们将从短片剧本写作实训的入门要点、从短片完成本写作开始、两种短片剧本的故事写作、“从里到外”的短片剧本写作路径四个方面，探讨短片剧本的写作实训策略。

一、短片剧本写作实训的入门要点

我们已经知道，短片文本可以分为三种类型，即短片文学剧本、短片脚本与短片完成本。短片剧本写作实训需要确立两个基本的区别：一个是短片剧本与短片脚本的区别，另一个是短片文学剧本与短片完成本的区别。也就是说，我们首先应该意识到，短片文学剧本与短片完成本都是一种文学叙事的剧本体裁，因而在叙事思维上与短片脚本之间有着实质性的区别。本章从短片剧本写作实训活动中常见的问题出发，从以下三个方面简要阐述短片剧本写作实训的入门要点。

1. 多一些文学叙事的剧作语汇，少用影像制作的分镜头技术术语

短片剧本与短片脚本的写作格式有着显著的区别，短片脚本是短片文本，而不是短片剧本。可是，近些年来各种文字类编剧软件的出现和传播，正在通过电子文档的格式化制式影响着短片的剧作界和剧作教学界。对于短片剧作者来说，编剧软件无疑是一种简便而实用的写作实操工具。可是，相当多的编剧软件在引入影像制作技术术语的过程中，一定程度上遮蔽或消解了短片剧本的文学叙事特性与创意写作取向。因此，我们有必要强调，在短片剧本写作实训活动中，应该多一些文学叙事的剧作语汇，少用影像制作的分镜头技术术语。

一般来说，短片剧本写作的初习者应该注意场景描述与辅助描述的以下几个方面：

- 一是人物描写时，剧作者需要对故事主人公首次出场进行必要的文学性描写，如人物年龄、性别、身份、相貌和服饰等。

- 二是场景描写时，剧作者需要对自然环境、人文环境和场景氛围进行文学性描写。
- 三是人物动作叙述时，剧作者要关注人物的行动、表情背后的行为动机、情感诉求的文学性叙述等。
- 四是辅助描述中，短片剧本的辅助性标识一般不采用分镜头技术语言，诸如“远景”“全景”等景别，或“推”“拉”等拍摄方法，通常会使用一些人们较为熟知的影像叙事语言，诸如“闪回”“画外音”“切出”“切回”“闪现”等。

2. 多一些折射人物内心活动的外观描述，避免缺乏人物心理复杂性的外在状貌描写

短片剧本与短片影像作品是两种叙事艺术样式，因而在符号媒介和表达方式等方面存在着区别。一般认为，电影的美学表达能力取决于自然的表达能力——风景或脸孔，但文学的美学表达能力则取决于约定俗成的语言系统。[①]所以，“电影制作者揭示人物内心真相的最直接的办法，就是以看得见或听得见的方式，带我们进入角色的心灵深处，从而让我们看到或听到角色所想、所忆或所思”[②]。也就是说，影像叙事侧重于故事中“可见的”事件，而文学叙事则关注故事中“不可见的”事件。因此，在短片剧本的人物描写与动作叙述中，剧作者应该将场景描述中“可见的”与“不可见的”巧妙地结合起来，充分发挥影像叙事可以直观捕捉的叙事特质，以及文学叙事能够想象性揭示的叙事优势。

短片剧本写作是一种基于文学叙事并面向影像叙事的跨界叙事行动。因此，在短片剧本写作实训中，剧作者应该尽可能地避免两个极端：一个是沉迷于描写人物的内心活动，忽视了人物心理活动的外观展示；另一个是机械地描述人物的外部动作，没能挖掘其精神和情感层面的内在支撑，以及人物的行为欲望和动机。进一步说，剧作者应该从短片剧本写作的跨界叙事意义上，尽可能地发挥文学叙事与影像叙事在短片故事叙述方面的优势，并将两者紧密而有机地结合起来，从“可见的”事件中传递“不可见”的意味，使读者和观众可以从人物的外部状貌体验和理解其内心的细腻情感和复杂思想。

---

① 梅茨.电影的意义.刘森尧，译.南京：江苏教育出版社，2005：68.

② 博格斯，皮特里.看电影的艺术.张菁，郭侃俊，译.北京：北京大学出版社，2010：59.

3. 多一些影像叙事的创意想象空间，防止过度“越界”的写作冲动

在短片剧本写作实训中，无论是短片文学剧本还是短片完成本，剧作者都应该确立叙事创意的写作动机和写作目标。不同的是，对于短片文学剧本而言，剧作者主要考虑的是如何设计具有创意价值的故事骨架，如何用叙事创意的方式叙述短片故事；而对短片完成本来说，剧作者则要发现并记述短片影像作品中的叙事创意。从这个意义上说，短片剧本写作实训实际上是创作和发现影像叙事的创意想象空间。

当然，在短片文学剧本的具体写作实训活动中，剧作者的叙事创意还面临着这样一个问题：如何把握跨界叙事的边界，防止过度“越界”。正如麦基所言，电影剧作者“应尽可能给演员的创造力预留空间，因为摄影机可以将脸放大很多倍超乎现实，思想和感情像海洋的暗涌般，似乎在眼后及皮肤下流动”①。短片剧作者也不例外，剧作者要将短片文学剧本放在整个短片作品的策划与制作的过程之中，为短片制作的组创团队提供创意想象和个性化拓展的空间，包括导演撰写短片脚本、演员表演短片角色、摄影师拍摄短片情节以及剪辑师合成短片作品等。

因此，在进行短片剧本的场景描述与辅助描述时，初习者应该至少注意以下两个方面：

- 不要使辅助描述重复人物对话的内容，给演员的表演叙事提供创意想象空间。例如，“他（生气地）：你不用说了。我听了就很生气。”中辅助标识“（生气地）”就可以删除。
- 不要在辅助描述中过度“越界”，给导演、摄影师和演员留有一定的叙事创意的想象空间。例如，短片文学剧本通常止于“画外音”辅助标识，可以不具体区分“旁白”与“解说词”。当然，剧作者应该从自己的短片文学剧本出发，自觉而巧妙地使用这些影像叙事技术，无须用辅助标识标明，旨在为读者和短片制作者提供影像叙事的想象空间。

---

① 麦基.对白：文字·舞台·银幕的言语行为艺术.焦雄屏，译.天津：天津人民出版社，2017：108.

二、从短片完成本写作开始

从短片完成本写作开始，是短片剧本写作实训的框架性写作实操策略。从短片完成本写作开始，意味着短片剧本写作实操的第一步是短片作品的“影像临摹”。当然，影像临摹是由绘画临摹等“艺术作品临摹”引申的短片剧本写作实训概念。一方面，影像临摹类似于绘画临摹的实训方法，即对短片作品进行模仿研习；另一方面，影像临摹又区别于绘画临摹，是用文学剧本的方式模仿影像作品。因此，短片剧本写作实训活动从短片完成本研习的影像临摹开始，我们可以从以下几个方面对此简要阐述。

1. 影像临摹可以培养影像叙事的思维习惯

短片剧本写作实训的最终目标是辅导学生独立创作短片文学剧本，所以阅读和撰写短片文学剧本无疑是十分重要的。然而本书与传统的剧本写作教材不同，倡导短片剧本写作从短片完成本开始的实训策略，即先要引导学生观看一定数量的优秀叙事短片，并能从短片剧本写作的意义上看懂这些短片影像作品，研习叙事短片的影像临摹。因为影像临摹可以使初习者摆脱文学叙事的惯习，养成影像叙事的思维方式。剧作者可以借助影像临摹，凭借自己对于叙事短片作品的直观感受和视听解读，撰写短片完成本，进而为短片文学剧本写作实训提供基础性的训练环节。

2. 影像临摹能将艺术创作实训的“艺术作品临摹”方式引入短片剧本写作实训领域，直观地训练影像叙事的写作技术

虽然剧作者可以从电影文学剧本与短片文学剧本的阅读中研习短片文学剧本的写作技术，可是这些文学剧本毕竟是影像叙事作品制作之前的文本。而从现有的影像叙事作品来看，几乎所有的文学剧本都在影像作品的制作过程中发生了诸多变化，一个显著的特征便是引入了影像叙事的思维方法与叙事技术。这就要求剧作者将短片剧本写作实训的视野从短片文学剧本拓展到短片完成本，并将影像临摹纳入短片剧本写作的实训方法。

从短片完成本开始的短片剧本写作实训策略，实际上便是主张短片剧本写作实训是艺术创作实训领域的创意写作实训活动之一。如此说来，应该将艺术创作实训的“艺术作品临摹”引入短片剧本写作实训领域，要求学生首先直面短片影像作品，从影像临摹中研习短片文学剧本的写作技术。

3. 影像临摹将为短片剧本写作实训活动开启一种创意写作实训的新路径

短片文学剧本写作实训不仅要从文学叙事的意义上研习电影文学剧本或短片文学剧本，还应该从短片创作的最终成果——优秀的叙事短片作品那里，汲取短片文学剧本写作实训的资源和养料。剧作者可以在对叙事短片作品的影像临摹过程中培育影像叙事的思维习惯，训练影像叙事的写作技术，切实地使短片剧本写作实训活动走出文学叙事的疆界，采取面向表演叙事和影像叙事的跨界叙事行动。剧作者应该先学会撰写短片影像作品的故事概述及其完成本，然后才进入短片文学剧本写作实训环节。因此，影像临摹的短片完成本写作实训，将为短片剧本写作实训活动开启一扇创意写作实训的方便之门。

三、两种短片剧本的故事写作

从短片完成本写作开始，意味着短片剧本写作实训的实操框架上有一个从短片完成本写作到短片文学剧本写作的实训过程。但是，两者都需要经历两个实训阶段：一个是短片故事写作，另一个是短片剧本写作。由于短片文学剧本写作与短片完成本写作的区别，我们将短片故事写作分为短片故事概述与短片故事骨架。

1. 短片完成本的故事概述

短片故事概述是短片完成本的故事概括，是作者在短片影像作品的读片过程中简略撰写的短片故事内容。叙事短片作品是讲故事的作品，所以短片完成本的剧作者要尽可能准确而完整地解读叙事短片中的故事，从故事描述的意义上理解和梳理短片影像作品，进而为短片完成本写作提供基本的叙事思路。因此，撰写短片完成本的第一步是读懂短片影像作品中的故事，并撰写短片故事概述。

一般来讲，短片完成本的故事概述的基本撰写步骤如下：

- 一是从故事的意义上解读短片影像作品，将短片影像作品中的情节序列转换为故事序列。
- 二是找出故事主人公与故事主线，并从场景划分梳理短片影像的故事主线。

- 三是用叙述句概述故事主线上的核心事件，形成若干个故事序列的叙述句。
- 四是根据核心事件的时间先后，依次将叙述句排列成故事概述。

撰写短片完成本的故事概述，不仅能训练短片剧本习作者在理解并概括短片影像作品故事方面的写作技术，而且能为短片完成本的场景设计、场景描述和对白记述等后续写作实训环节确立重要的叙事框架。也就是说，短片完成本的写作就是以短片影像作品的故事概述为先导和参照的。

2. 短片文学剧本的故事骨架策划

短片故事骨架是剧作者在构思短片文学剧本故事框架的过程中撰写的短片故事内容。与短片完成本的故事概述不同，短片文学剧本不是要描述一个已经存在的短片影像作品中的故事，而是要策划一个面向短片文学剧本的故事创意。一般来说，短片文学剧本故事骨架的主要策划步骤可以概述如下：

- 一是找到自己熟悉的或者感兴趣的故事素材。
- 二是用“关键动词+”的方式，从故事素材中发现具有叙事创意点的故事核。
- 三是用故事核的关键词策略配置关键故事序列。
- 四是用关键故事序列撰写故事骨架。

由此可见，短片完成本的故事概述较为完整和具体，通常由一系列叙述句概括整个短片故事；而短片文学剧本的故事骨架则较为简约，往往只是提炼出几个框架性的关键故事序列。

我们以短片《盲人调音师》为例，比较短片完成本的故事概述与短片文学剧本的故事骨架的区别。

从短片完成本的角度看，短片《盲人调音师》可以概述为以下九个故事序列：

（1）主人公阿德里安因钢琴演奏事业上的挫折与女友分手，决定装作盲人，从事起调音师的职业。

（2）阿德里安对盲人调音师的职业感到十分满意，不仅小费高，而且能偷窥客户的隐私，甚至在音乐学院排练室调音时偷窥一个女孩在他面前穿“三点式”跳舞服练舞。

（3）在茶餐厅约见时，阿德里安跟自己的经纪人西蒙谈论起自己假装盲人调音师的各种好处，十分得意。

（4）在过人行道时，阿德里安手持盲人拐杖，戴着盲人眼镜，却调侃地提醒身边的老妇人绿灯亮了，并得意地回想起自己在音乐学院排练室调音时偷窥一个女孩在他面前穿“三点式”跳舞服练舞的情形。

（5）阿德里安根据预约去客户家给钢琴调音，却意外看见了男客户被杀的现场，并脚踩血泊，滑倒在地。

（6）阿德里安看到身沾血迹的男客户死尸躺在沙发上，非常恐惧。

（7）在女客户的要求下，阿德里安脱下因滑倒而弄脏的衣服外套，交给女客户清洗。

（8）阿德里安担心女客户看到自己外衣里的日程本后，会发现自己假装盲人调音师的真相。

（9）阿德里安赤裸上身，穿着短裤，坐在钢琴前调音，女客户在他身后拿着气钉枪瞄准他的后脑。

从短片文学剧本的故事骨架上讲，短片《盲人调音师》编导设计了三个关键故事序列：

- 阿德里安对盲人调音师的职业感到十分满意，不仅小费高，而且能偷窥客户的隐私。
- 在茶餐厅里，阿德里安跟自己的经纪人西蒙得意地谈论起自己假装盲人调音师的各种好处，他甚至在过人行道时，调侃地提醒身边的老妇人绿灯亮了。
- 阿德里安因假装盲人调音师的真相被发现而受到惩罚。[①]

因此，短片剧本有两种故事概括：一种是短片完成本的故事概述；另一种是短片文学剧本的故事骨架。

四、“从里到外”的短片剧本写作路径

短片剧本的写作实训注重创意写作的写作流程，所以，在短片剧本写作实训的实操框架上倡导从短片完成本开始的写作实训策略，而在短片剧本的写作路径上主张“从里到外”的写作实训策略。

在电影剧本的剧作流程上，围绕着剧作者在场景描述与人物对白上的先后撰写问题，通常有两个取向不同的写作路径：一个是“从里到外”的

---

① 参阅本书第五章第二节“配置短片文学剧本的故事骨架”。

写作路径，即先写场景描述，后写人物对白；另一个是“从外到内”的写作路径，即先从人物对白入手，再去撰写场景描述。麦基曾主张电影剧作应该采用“从里到外”的路径。[①]其实，短片剧本的写作路径也应该是“从里到外”。

短片文学剧本是剧作者根据自己策划的故事骨架来撰写的，并且，剧作者经常会在剧本的场景描述过程中丰富和修改既有的故事骨架。因此，剧作者需要在故事骨架的基础上对短片文学剧本进行情节化场景配置，然后进入具体的场景描述，最后才考虑人物对白。正如麦基所言，“明智的作家会尽量推迟对白的写作，因为未成熟的对白写作会窒息创造力”[②]。其实，短片文学剧本撰写也不例外。在场景描述与人物对白之间，剧作者应该先根据场景的情节需要以及人物在场景中的具体状况来设计和撰写人物对白。场景描述有一个设计的问题，人物对白也需要设计，剧作者要在搞清楚了人物在场景中遭遇什么和如何应对之后才去撰写具体的人物对白，因为人物要说什么话，以及如何说话，总是由人物与场景的关系决定的。

与短片文学剧本不同的是，短片完成本是用剧本体裁记述完成后的短片影像作品。所以，人物对白在短片完成本写作实训活动中显得十分重要。短片完成本的场景描述要依赖于场景中的人物对白，而以画外音的解说词和旁白出现的短片对白，甚至会决定短片场景的叙述人称。例如，第三人称叙述视野采用全知叙述者（即大影像师）的解说词，而第一人称叙述视野则使用故事叙述者“我”的解说词等。因此，人物对白在撰写短片完成本的过程中举足轻重。当然，从短片完成本的写作路径上讲，剧作者也应该优先选择“从里到外”的写作路径，即先写场景描述，后写人物对白。也就是说，在故事概述和场景划分之后，剧作者需要从整体上解读短片影像作品，进而从场景描述、人物对白到辅助描述的路径撰写短片完成本。

总之，无论是短片文学剧本还是短片完成本，都应该采用“从里到外”的剧本写作路径，使短片对白服务于短片场景描述中的“视觉图像”。[③]

---

① 麦基.故事：材质、结构、风格和银幕剧作的原理.周铁东，译.天津：天津人民出版社，2016：450.

② 同①.

③ 博格斯，皮特里.看电影的艺术.张菁，郭侃俊，译.北京：北京大学出版社，2010：237.

第四节　短片剧本的写作格式

基于现有影视剧本与短片剧本的常用写作格式，我们将短片剧本的写作格式分为场景标题、场景描述、人物对白、辅助描述四个部分，并探索基本的写作格式[①]。

一、场景标题

短片剧本是分场景剧本，所以，场景标题是短片剧本写作格式的基本部分。一般来说，场景标题是短片剧本的框架式结构布局，即剧作者用具体场景的方式将短片情节中的事件划分出若干个大规模的叙事段落。因此，短片剧本情节线上的所有事件都被配置在一系列场景标题之下。短片剧本场景标题的基本写作格式如下：

- 分行上，居左顶格书写。
- 内容上，分简易与完整两种格式，简易格式一般包含场景的地点、时间；完整格式则涉及场景的地点、空间（内/外景）、时间（日、夜等）[②]。
- 字体上，一般比短片剧本正文字体大半号，通常为黑体、四号[③]。

（1）简易格式是短片文学剧本常用的写作格式。

例如，短片《盲人调音师》文学剧本开篇的场景标题写道：

1. 夜晚 – 公寓

比较而言，在短片文学剧本中，剧作者倾向于用文学叙事的剧本方式

---

① 克劳迪娅·亨特·约翰逊认为，剧本格式非常灵活，并一直在变化和发展。她在《短片剧本写作》一书中主要从五个方面讨论短片文学剧本的写作格式：场标和场景描述；动作描写；说话的角色名；括号内的附加说明、动作指示和对白；场景转换。参阅：约翰逊.短片剧本写作.余韬，译.北京：世界图书出版公司北京公司，2017：84-89.
受版式限制，本书所示剧本的字体、字号与本节所述格式有出入。初习者请依照本节的建议格式进行剧本写作。

② 在短片剧本写作实训活动中，短片剧本的场景标题也可以标识具体场景中的主要角色，通常作为二级场景标题，写在地点、空间与时间的一级场景标题之下，以便于初习者明确每个场景中的主要角色。

③ 本书中，为区别于正文标题，场景标题全部用黑体、五号。

标识场景，通常采用简易格式撰写场景标题，侧重于场景的地点和环境，并且标题的字体为黑体、四号，以区别于短片文学剧本中的正文字体。

（2）完整格式是短片完成本的常用格式。

例如，短片《盲人调音师》完成本开篇的场景标题写道：

1. 某客户的公寓 夜 内

由此可见，与短片文学剧本不同，短片完成本在场景标题的写作格式上显得较为具体，在场景的地点和时间之外增加了场景的空间位置，一定程度上体现了剧作者客观而完整地记述短片影像作品的特点。

二、场景描述

场景描述是位于场景标题下的短片剧本写作部分，主要描述短片情节在具体场景中的事件，涉及场景描写与动作叙述。短片剧本的场景描述写作格式如下：

- 分行上，居左书写，每个自然段的首字空两格。①
- 字体上，短片剧本的正文字体，通常为宋体、小四号②。

在场景描述中，短片文学剧本与短片完成本存在着一些差异，最为明显的是在场景描述的分行格式上短片文学剧本往往采用段式分行，而短片完成本则采用句式分行。

1. 短片文学剧本场景描述的段式分行

段式分行是在场景描述中用文学叙事的自然段落分行，即依照场景中事件之间的因果逻辑等叙事关系划分段落。因为短片文学剧本是基于文学叙事的作品，剧作者侧重于用文学视像的方式进行短片文学剧本的场景描述，所以，在纸面上叙述短片影像作品时，剧作者需要将表演叙事的演示感与影像叙事的镜头感纳入文学叙事之中，因而使场景描述的自然段落在

① 因为短片完成本的场景描述采用句式分行的写作格式，所以，一些剧作者往往采用与短片文学剧本不同的分行首字书写格式，即用每个句式分行的自然段首字顶格书写，并在段首配置辅助标识记号“△”等。本书在短片完成本引文的场景描述中，均采用较为常用的分行首字书写格式，即每个自然段的首字空两格，而没有采用此种分行首字书写格式。

② 本书中，为区别于正文，场景描述全部用楷体、五号。

字数上显得长短不一、错落有致。也因此，短片文学剧本在场景描述上的写作格式是段式分行。

例如，短片《盲人调音师》文学剧本的第1场景中写道：

1. 夜晚－公寓

在一个奥斯曼风格的大公寓里，隐约可见一段阴暗的长廊。大理石地板，白色墙面，装潢十分阔绰。人们可以听到某个房间传来莫扎特的钢琴奏鸣曲，长廊就通向那里。房间里没有开灯，仅有屋外的路灯透进些许光亮。就在这昏暗之中，一个男人安静地坐在长沙发上，似乎正在聆听美妙的音乐。

阿德里安：我很少出现在大庭广众之下，除非真的是特殊的场合或者观众，就像今晚。

在男人的对面，一个年纪二十来岁的漂亮男子，正坐在施坦威小三角琴前演奏，他就是阿德里安。

阿德里安：这个男人是谁？我不认识。我甚至看不见他。我是盲人。

阿德里安淡蓝而近乎灰白的眼睛怪异地凝滞着不动。

阿德里安：其实我不是为他演奏。我是为了某个人演奏，这个人此刻就站在我的身后。为什么我会出汗？真的有如此热吗？

阿德里安实际上已经近乎赤裸地在演奏，身上仅着一条短裤，但他依然大汗淋漓。他的身后站着一位四十来岁年纪的优雅的女人，犹豫不决，手里持着一把钉枪。

阿德里安：我是盲人。我不可能知道谁在我背后策划着什么。我不可能知道她拿着一把钉枪正瞄准我的颈背。既然我什么都不知道，我就应该放轻松。

阿德里安的手在键盘上快速地移动着。女人的食指已经放在了钉枪的扳机上。

在上述引文中，剧作家采用段式分行格式，第一个自然段的场景描述用了五个叙述句子，较为详细地描写了短片开篇的场景环境，随后对场景中的阿德里安与女客户的年龄、外貌和表情等也进行了场景描写，最后叙述了阿德里安在钢琴调音时的手指动作，以及女客户拿着钉枪准备扣动扳机的动作。

2. 短片完成本场景描述的句式分行

与短片文学剧本场景描述的段式分行不同，短片完成本场景描述的句式分行表现为剧作者要兼顾表演叙事逻辑（短片演示的情理关系）与影像叙事逻辑（短片镜头的光影关系），往往用一两个叙述句来撰写场景描述的自然段落，因而显得段落较短、分行较为频繁。在这个意义上，我们将短片完成本的场景描述写作格式命名为"句式分行"。

例如，短片《盲人调音师》完成本的第1场景叙述如下：

1. 某客户的公寓 夜 内

一架三角钢琴正弹奏着舒缓的旋律。灯光下，一根根错落有致的琴弦在钢琴架中上下起伏。

阿德里安【画外音】：我很少在公众前演奏，除非是特殊场合或观众，就比如今晚。

屋内墙角边一只台灯的昏暗光线下，依稀可以看见一个男人安静地坐在长沙发上，似乎正在聆听调音师弹奏的美妙音乐。

阿德里安【画外音】：这个男人是谁？我不认识。我甚至看不见他。我是盲人。

年轻的钢琴调音师阿德里安身穿短裤，赤裸着上身，坐在钢琴前的脚凳上调音。他背对着沙发，注视着正前方，眼神黯淡无光。

阿德里安【画外音】：再说我也不是为了他演奏，而是为了我身后的人。

阿德里安在给钢琴调音，身后站着一个身穿黑色上衣的女人，手持一把钉枪，正对着阿德里安的后脑。

【字幕】调音师

虽然《盲人调音师》的短片完成本与其短片文学剧本的写作格式基本相同，但在场景描述中，短片完成本的剧作者较为注重场景描写与动作叙述中影像叙事的镜头感、表演叙事的演示感，并用句式分行的格式撰写场景描述的段落，即每个场景描述的自然段通常限制在一两个叙述句之内。

三、人物对白

场景描述与人物对白是短片剧本写作的主体部分。在对白言说的对象上，独白是人物对自己说话；对话是人物对他人说话；解说词是故事叙述者向读者、观众说话；旁白是故事中人物对自己说话①。在对白的声音呈现方式上，画内音是对白的声音源于场景的画面之中，即对话或独白；画外音则是对白的声音源于场景的画面之外，即解说词或旁白。短片剧本人物对白的写作格式，分为居左格式和居中格式。

1. 人物对白的居左格式

人物对白的居左格式以人物对白在分行左侧书写而得名，其基本要求如下：

- 对白的言说者上，"人名+冒号"，通常居左顶格书写，也有的居左空两格书写。字体上用黑体、小四号②。
- 对白的言说内容上，写在"人名+冒号"后面，字体通常是短片剧本的正文字体，即宋体、小四号③。

例如，在短片《盲人调音师》文学剧本的第1场景中，剧作家采用人物对白的居左格式写道：

1. 夜晚 – 公寓

…………

阿德里安：我很少出现在大庭广众之下，除非真的是特殊的场合或者观众，就像今晚。

在上述引文中，短片《盲人调音师》文学剧本采用了人物对白的居左写作格式，并且人物对白的"人名+冒号"采用居左顶格书写，字体为黑体、小四号；人物对白的言说内容的字体是宋体、小四号。

又如，短片《盲人调音师》完成本第1场景开篇的人物对白，用居左格式撰写如下：

1. 某客户的公寓 夜 内

一架三角钢琴正弹奏着舒缓的旋律。灯光下，一根根错落有致的琴弦

---

① 旁白式叙事性对白，则是故事中的人物对场景外的读者和观众说话。参阅本教程第九章第二节之"叙事性对白"。

② 本书中，为区别于正文标题，言说者全部用黑体、五号。

③ 本书中，为区别于正文，居左格式的言说内容全部用楷体、五号。

在钢琴架中上下起伏。

阿德里安【画外音】：我很少在公众前演奏，除非是特殊场合或观众，就比如今晚。

由此可见，短片完成本人物对白的居左格式，与短片文学剧本的居左格式基本相同，"人名+冒号"居左顶格书写，与场景描述的分行格式错开。二者的主要区别是，阿德里安说的那句话的，语音声源来自画外，短片文学剧本没有辅助标识，而短片完成本则用了"【画外音】"的辅助描述及标识。

2. 人物对白的居中格式

人物对白的居中格式以人物对白在分行中间书写而得名，其基本要求如下：

- 对白的言说者上，人物姓名居中书写，字体通常是黑体、小四号。
- 对白的言说内容上，处于人物姓名下面，居中撰写，字体通常比短片剧本的正文字体小半号体，即宋体、五号①。

例如，在《天云山传奇》电影完成本的第1场景中，编导用居中格式撰写人物对白：

1. 天云山地委大院 外景 日

风雪中的枯枝，城市雪景。

风雪中的地委大院，一辆邮递员摩托车在地委大楼门前停下来，邮递员下车取出信件，走上台阶，推门而入。大门边悬挂着"中国共产党天云山地区委员会"的招牌。

宋薇（旁白）

我要讲的故事，就是从1978年冬天开始的。

地委的老收发员捧着一堆文件、信、报纸从走廊走来，推开挂着组织部牌子的房间，走了进去。组织部的牌子很醒目。

在上述引文中，《天云山传奇》电影完成本采用居中格式撰写人物对白，只是在人物对白右侧写了辅助描述"（旁白）"。

又如，短片《盲人调音师》完成本第1场景开篇的人物对白，也可以用居中格式撰写如下：

---

① 本书中，为区别于正文，居中格式的言说内容全部用楷体、小五号。

1. 某客户的公寓 夜 内

一架三角钢琴正弹奏着舒缓的旋律。灯光下，一根根错落有致的琴弦在钢琴架中上下起伏。

阿德里安【画外音】

我很少在公众前演奏，除非是特殊场合或观众，就比如今晚。

在上述引文中，短片完成本的人物对白采用居中格式，与短片文学剧本的写作格式没有区别，并标识了“【画外音】”。

四、辅助描述

在短片剧本写作中，辅助描述是对场景描述与短片对白的补充性描述，由“符号标识+文字描述”组成。通常分为三类：人物对白辅助描述、场景切换辅助描述与其他辅助描述。短片剧本是文学叙事体裁，所以，在进行短片剧本的辅助描述时剧作者不直接使用影像制作和舞台表演的技术术语。例如，在进行场景切换辅助描述时，剧作者可以标识场景的转场方式，如闪回、闪现、切出、切回等，但通常不标识镜头的景别如远景、全景、中景、近景、特写等，也不标识镜头的摄法如推、拉、摇、移、跟等。

1. 人物对白辅助描述写作格式

在进行人物对白的辅助描述时，短片文学剧本的写作原则是精简并“留白”。为了能够简要而具体地说明和提示人物对白时的情绪、神态等，剧作者需要用简洁的词语进行辅助描述，与此同时，剧作者应尽可能地给读者和观众提供一定的叙事想象空间，也为导演和演员预留独创性的叙事空间。

短片剧本在人物对白辅助描述方面的基本写作格式是：

- 辅助描述的符号标识，通常用“（ ）”，并在“人名+冒号”之间，或者在人物对话的言说中间位置，将人物对白辅助描述的词语或句子插入符号标识之中。
- 辅助描述的文字描述，字体一般为短片剧本的正文字体，即宋体、小四号[①]。

---

① 本书中，为区别于正文，辅助描述全部用楷体、五号。

例如，在短片《盲人调音师》文学剧本的第4场景中，剧作家写道：

4. 白天 – 茶餐厅

一盘盘盛着各种奶油蛋糕的碟子排列在一张漂亮的白色绣花桌布上，有巧克力的、红色水果的、柠檬的。贪婪的叉子整齐地切开了它们。稠腻的意大利热巧克力溢出阵阵浓香，正从银白色的巧克力壶里缓缓地流出来。

一个不耐烦的服务员粗暴地将两只新碟子放到了桌子上。

阿德里安：瞧瞧这个服务生，多可爱啊。

阿德里安和他的经纪人西蒙坐在餐桌前，他一个人吃着蛋糕。即便他们已经到了室内，阿德里安仍然戴着太阳眼镜。西蒙身着西服，既厌恶又嫉妒地看着阿德里安不停地狼吞虎咽。他的手机响了。

西蒙（盯着自己手机屏幕上一张惹火的照片）：我们生活在怎样的环境里啊，不是偷窥者就是暴露狂。看呐！昨天不过聊了两个小时，看看她给我寄来了什么照片！

阿德里安（瞥了一眼）：我来这里，只是吃饭。

西蒙：少来了，你这年纪难道就没有这种恶习？在这该死的茶餐厅里你打算把糖当饭吃吗！

这个茶餐厅里大部分坐着的都是些上了年纪的贵夫人。

西蒙：算了，我才懒得管你！噎死你吧！ 我不是来参观你那令人作呕的吃相的。（阿德里安耸耸眉毛）我想知道的是，为什么你笔记本上的订单最近竟然增加了一倍！

阿德里安：人们赞赏我的工作，这让你吃惊吗？

西蒙：有那么一点。

阿德里安：有人投诉了吗？

西蒙：还没有。

阿德里安：你要让我滚蛋，就因为我的生意给你带来太多收益？

西蒙：胡扯！今早我收到一通电话，指明要找我的盲人调音师服务。（他盯着阿德里安的黑色眼镜）啊哈，你是不是有什么要对我说？

西蒙下定决心要得到答复。

在上述引文中，在阿德里安和西蒙对话时，剧作家用“（盯着自己手机屏幕上一张惹火的照片）”“（瞥了一眼）”“（阿德里安耸耸眉毛）”“（他盯着阿德里安的黑色眼镜）”等辅助描述，叙述两人对话过程中的表情动作。其中，前两个辅助描述的位置是在“人名+冒号”之间，分别叙述西蒙和阿德里安在对话前的表情动作，而后两个辅助描述的位置则处于西蒙跟阿德里安的谈话之中，其中，“（阿德里安耸耸眉毛）”是描述西蒙说话时阿德里安的神态，而“（他盯着阿德里安的黑色眼镜）”则是描述西蒙说话时的眼神示意。这四个插入人物对话之间的场景描述都是为了辅助描述阿德里安与西蒙在人物对话过程中的表情动作，因而是一种人物对白的辅助描述。

2. 场景切换辅助描述写作格式

场景切换辅助描述主要表现为，在从短片情节上重组短片故事中的事件时，编导在场景中引入影像叙事中声音与画面的切换技术。与短片文学剧本相比，短片完成本较多地使用场景切换的辅助描述，主要原因是前者偏向于文学叙事尤其是文学剧本的书面阅读效应，而短片完成本则侧重于影像叙事，旨在用剧本的体裁客观而准确地记述短片影像作品。

短片剧本在场景切换辅助描述方面的基本写作格式是：

- 辅助描述的符号标识通常用“【 】”，并在场景切换之前的位置居左顶格书写。
- 辅助描述的文字描述，字体一般为短片剧本的正文字体，即宋体、小四号，并根据声音类场景切换或画面类场景切换，将辅助描述的词语插入符号标识之中。

根据声音与画面的区别，场景切换辅助描述可以分为两类：一是画面类场景切换，二是声音类场景切换。

（1）画面类场景切换是指在短片剧本的场景中，编导用闪回与闪现或切出与切回等手法插入另外一个场景或画面，进而使场景呈现为画面切换状态。

例如，在短片《盲人调音师》文学剧本的第6场景中，在叙述在茶餐厅里阿德里安跟经纪人西蒙谈话时，剧作家用闪回的方式插入叙述阿德里安曾在音乐学院的排练室为钢琴调音时偷窥女孩换跳舞服并练舞的场面，编剧写道：

阿德里安：有一天，我为音乐学院的某个彩排调音……

7. 白天 – 音乐学院 – 排练室

【闪回】

音乐学院的某个舞蹈排练室里，四周的墙面上都镶嵌了大镜子。阿德里安正在为一架三角钢琴调音，一个女孩走了进来，似乎还没到二十岁。

女孩：抱歉，已经没有空闲的教室了。你要在这里待很长时间吗？

阿德里安：不会太久。

在上述引文中，“【闪回】”便是场景切换的辅助描述及其符号标识，剧作家借助于这个闪回的影像叙事技术，将短片情节从第6场景（阿德里安与西蒙在茶餐厅谈话）的结尾切换至另外一个场景（第7场景，在音乐学院舞蹈排练室里，阿德里安正在为钢琴调音），进而可以追叙第6场景之间发生的事件，即阿德里安的“偷窥事件”。因此，这是一种画面类场景切换辅助描述。

（2）声音类场景切换是指在短片剧本的场景中，编导用各种画外音的手法插入场景之外的声音，包括语音、音乐、音效等，进而使场景呈现为声音切换状态。

例如，短片《盲人调音师》文学剧本第9场景开篇部分叙述如下：

9. 傍晚 – 马路上

阿德里安走在路上，戴着黑色的墨镜，手持白色的拐杖。

（这段和服务员的对话来自画外音）

阿德里安：服务员！少了一张钞票……不是这一张。它们大小不一样……难道我是盲人，您就能欺骗我吗？我明明给了您五十欧元……够了，我要投诉。在此期间，我要和主管谈一谈……好吧，我接受您的道歉……不，我一定要付款……既然您坚持，您就付吧。

在上述引文中，编剧虽然没有使用声音类场景切换辅助描述的书写格式，而用“（这段和服务员的对话来自画外音）”的辅助描述加以提示，[①] 可是编剧用这句辅助描述的叙述句表明，后续叙述的阿德里安跟服务员的对话声音是一种画外音。也就是说，在第9场景开篇，剧作家叙述阿德里

① 在短片《盲人调音师》的完成本中，编导在阿德里安的画外音基础上，增加了茶餐厅服务的画外音，进而形成两人之间的画外音对话。

安走在路上的场景时插入了阿德里安用画外音所说的一段话。因此，这是一种声音类场景切换辅助描述。

3. 其他辅助描述

与短片文学剧本相比，短片完成本较多使用其他辅助描述。主要原因是，与剧作者不同，导演用影像叙事的镜头叙述短片故事时需要借助文字等说明性标识短片的标题等。所以，其他辅助描述主要涉及短片的题名标识、场景的年代或地点的标识等。

例如，短片《盲人调音师》完成本第1场景叙述如下：

1. 某客户的公寓 夜 内

……

阿德里安【画外音】：再说我也不是为了他演奏，而是为了我身后的人。

阿德里安在给钢琴调音，身后站着一个身穿黑色上衣的女人，手持一把钉枪，正对着阿德里安的后脑。

【字幕】调音师

在上述引文的末尾，“【字幕】调音师”便是短片完成本的其他辅助描述，即用字幕的方式描述并标识短片的片名。

本章概要

本章从短片创作流程三个环节（即短片策划编剧、短片拍摄制作和短片试映场记）出发，把短片文本分为三种类型，即短片文学剧本、短片脚本和短片完成本。短片完成本成为短片剧本写作实训的文本类型。

本章较为完整地论述了短片文学剧本的三种叙事取向，即文学叙事取向、表演叙事取向和影像叙事取向，并举例分析了三种叙事取向在短片文学剧本中的具体表现。

本章在创意写作实训的意义上提出了短片剧本的写作实训策略。首先，从短片文学剧本写作实训中常见的问题出发，提出短片剧本写作实训的入门要点。其次，明确了短片剧本写作实训从短片完成本开始的框架性实操策略，将短片完成本写作定义为短片剧本写作实训中的“影像临摹”实训方法。最后，简要地论述了短片完成本的故事概述与短片文学剧本的故事骨架，以及“从里到外”的短片剧本写作路径。

本章从场景标题、场景描述、人物对白、辅助描述四个部分举例阐释了短片剧本的常用写作格式，旨在探索短片剧本写作形式方面的基本标准，为短片剧本写作实训活动提供具有专业水准的规范写作格式。

思考题

1. 思考短片完成本的含义与特点。
2. 举例分析短片文学剧本的三种叙事取向。
3. 为什么说从短片完成本开始是短片剧本写作实训中的框架性实操策略？

课外作业

1. 观看真人短片《命中注定》。
2. 观看影片《天云山传奇》。
3. 撰写真人短片《邻居的窗》故事概述。

拓展阅读

1. 鲁彦周. 天云山传奇：中篇小说节选. 安徽文学，2013（3）：139–148.

2. 鲁彦周，谢晋，黄蜀芹. 天云山传奇：从小说到电影. 北京：中国电影出版社，1983.

3. 谢晋.《天云山传奇》电影完成本. 马贵平，整理//谢晋. 谢晋电影选集：反思卷. 上海：上海大学出版社，2007.

4. 博格斯，皮特里. 看电影的艺术. 张菁，郭侃俊，译. 北京：北京大学出版社，2010.

5. 陈鸣. 小说写作实训教程. 北京：中国人民大学出版社，2021.

第三章　短片剧本写作实训的双重跨界叙事

在传统电影理论中，交替蒙太奇（或麦茨定义的交替组合段）仅仅作为与平行蒙太奇（或麦茨定义的平行组合段）相区别的对象。人们可能未充分注意到的是，这两者中的每一种范畴可以包含一些不同类型的陈述段，而正是由于这些陈述段，电影才得以离开戏剧性的王国，具有一些文学性或实现影片的文学性表现。

——安德烈·戈德罗：《从文学到影片：叙事体系》

从叙事结构上讲，短片剧本包含文学叙事、表演叙事和影像叙事三种叙事取向。在短片剧本的写作实训中，剧作者总是会在这三种叙事取向之间实施跨界叙事行动，因而往往很难严格地区分先后。然而在剧本历史与剧作分析的意义上，我们可以把从文学叙事到表演叙事视作“一重跨界”，而将从表演叙事到影像叙事称为“二重跨界”。从这个意义上说，短片剧本写作实训的跨界叙事表现为“双重跨界叙事”。

双重跨界叙事意味着我们不仅可以在一般意义上研究短片剧本写作实训中的跨界叙事，而且能够通过从小说作品、文学剧本到完成本的三种作品的案例比较，分析探讨从文学叙事、表演叙事到影像叙事的跨界叙事轨迹。

第一节　双重跨界叙事的一般表现

一、从文学叙事到表演叙事

虽然小说与剧本都是文学叙事作品，但它们毕竟是两种不同的文学体裁，并且剧本最初是面向舞台表演的文学叙事作品。也就是说，在电影剧本产生之前，舞台表演剧本已经十分成熟，因而剧本的文学叙事体裁从一开始就带有了舞台表演的特质。因此，无论是改编类还是原创类的短片文学剧本，剧作者都既要汲取小说作品在文学叙事方面的优势，也要发挥短片文学剧本在表演叙事方面的可能性。在短片剧本写作实训活动中，我们可以把剧作者从文学叙事到表演叙事的跨界叙事行动称为“一重跨界”。

1. 用序列化场景设计情节构架

与小说作品不同的是，短片剧本具有的面向表演叙事的特性，不仅要求剧作者放弃以章回或章节为特点的小说书面布局方式，改用场景序列来设计情节，而且这些场景能够为短片故事中的人物提供演示情节的物理场所。所以，短片剧本虽然也是用书面语言叙述故事，但剧作者却需要在纸面上设计一系列场景，将故事中的人事物纳入这些具体的场景中加以展示，进而要求读者在短片剧本的阅读过程中理解和感受短片场景中正在进行的事件。

如此说来，无论是改编类还是原创类短片剧本，无一例外地采用场景序列的方式设置情节框架，而这正是短片剧本在文学叙事与表演叙事之间的跨界叙事写作表现。可以说，剧本的文学叙事体裁便是从这种跨界叙事写作中诞生的，而在短片剧本写作实训中，剧作者就需要用序列化场景设计情节构架，实施从文学叙事到表演叙事的跨界叙事行动。

2. 凸显故事情节的戏剧性特质

在表演叙事作品中，戏剧性包含三层含义：一个是动作性，演员用肢体语言的动作和神态演示情节；另一个是矛盾性，情节中人物、事件和场景自身或其之间构成的矛盾冲突；再一个是正在进行性，演员用正在进行的方式演示情节中的事件。可在小说的文学叙事中，表演叙事所具有的戏剧性特质却因书面语言符号媒介的间接叙事特质而一定程度上被遮蔽了。所以，在短片剧本写作实训中，剧作者需要在跨界叙事时引入表演叙事的戏剧性特质。

小说作品的文学叙事总是围绕着故事主人公遭遇困境与摆脱困境之间的矛盾冲突设计小说情节主线。然而比较而言，由于受到舞台表演在时间和空间上的限制，表演叙事作品更加注重情节中的戏剧性冲突，剧作者无法像小说作家那样用更多的书面语言和更长的叙事篇幅叙述故事，不得不在有限的时空中叙述故事，因而总是力图在故事的矛盾冲突中找到驱动情节发展的叙事动力，并使情节中的事件具有正在进行的现场感和眼前发生的可视性。即使是情节中的背景信息，剧作者也会尽可能地将之转化为能够推动情节变化或转折的前景化事件。因此，在短片剧本写作实训中，剧作者在文学叙事与表演叙事之间跨界叙事的做法是，凸显故事情节的戏剧性特质。

3. 借助角色的演示活动表演情节

短片剧本在文学叙事与表演叙事之间跨界叙事的又一个特征是，剧作者注重角色表演情节的叙事功能。小说作品主要用文学视像叙述故事，语言符号富有韵律的语音和生动而形象的语义描述，主要诉诸读者的文学阅读和文学想象。“由于小说家掌握一种语言的手段，他在开掘思想和感情、区分各种不同的感觉、表现过去和现在的复杂交错和处理人的抽象物等方面便得天独厚。”①而短片剧本则是面向表演叙事的文学体裁，注重角色的肢体语言在场景中的演示活动。也就是说，与小说作品的文学叙事侧重于“读”和“听”不同，短片剧本中的表演叙事强调“演”和“看”，演员扮演剧中角色，并使角色的表演呈现为可视性的演示活动。所以，剧作者要用演员扮演角色的方式描写短片人物的神态，并在演员演示情节的过程中叙述人物的动作，进而为演员扮演角色提供表演叙事的创意可能性，给读者和观众的欣赏活动开启表演叙事的想象空间。

在短片剧本的写作实训中，剧作者不仅要根据短片情节的需要设计角色的容貌、服饰、身份等，而且要为角色的表演叙事活动设计场景中的空间位置和“走台”路径，叙述角色在具体场景中的细微变化和重要转折。

① 茂莱.电影化的想象：作家和电影.邵牧君，译.北京：中国电影出版社，1989：113.

二、从表演叙事到影像叙事

短片剧本是一种面向影像叙事并具有诗性特质的文学叙事体裁。所以，继文学叙事与表演叙事的跨界叙事之后，剧作者需要考虑如何实现在表演叙事与影像叙事之间的跨界叙事，也就是短片剧本写作实训中的第二个向度上的跨界叙事，即“二重跨界”。我们至少可以从以下三方面阐释剧作者如何实现从表演叙事到影像叙事的“二重跨界”。

1. 情节框架上用场景切换突破舞台演示的时空局限

场景是表演叙事的情节框架，所以，在进行短片剧本的表演叙事跨界写作时，剧作者首先需要用场景方式搭建情节的构架。可是，舞台表演在场景时空等方面不仅规定了剧本中的场景通常表现为幕的结构方式，而且也规定了角色在场景中的叙事表演受制于舞台演示的时空局限。也就是说，面向表演叙事的文学剧本总是通过角色在以幕为单位的舞台场景里叙述情节。所以，一部面向表演叙事的剧本在情节框架上设计若干幕，而每一幕往往就是舞台上的一个场景，角色便在舞台的场景中通过一定长度的演示活动叙述故事。而影像叙事的优势在于，编导可以用时空切换的方式突破场景在舞台表演中的时空限制，通过摄影机的拍摄技术和非线性剪辑技术，将不同时空中的场景连接起来，并把相同时空中的场景切分出来。所以，“舞台上搬演故事的方式与银幕上映剧情的方式便全然不同”①，一个显著的表现是，“时空连续是舞台剧特征；时空不连续是影片的特征”②。其结果是，每一部影像叙事剧本总是配置十余个甚至百余个场景，以满足编导在超时空的场景连接或场景切分中叙述情节。

应该看到，因篇幅短小的限定，一些剧作者用单个场景来叙述整部短片剧本中的故事，如真人短片《命中注定》便将整个故事的情节前景设置在候机室里，真人短片《另一只鞋》也在火车站的场景中叙述故事。尽管这样，剧作家还是会借助奇幻故事世界的叙事场面，或者利用摄影机在单个场景中的场面调度，突破舞台演示情节的时空局限。当然，更多的剧作者则会在十个左右的场景里叙述短片故事，如真人短片《盲人调音师》有十二个场景，真人短片《邻居的窗》有十四个场景。这样，剧作家就可以

---

① 茂莱.电影化的想象：作家和电影.邵牧君，译.北京：中国电影出版社，1989：9.
② 同①10.

不受舞台上连续演示情节的时空限制，能够在不同场景、同一场景不同场面之间的时空切换中叙述短片故事。

2. 叙述方式上由肢体语言的身体表演拓展为镜头语言的影像展示

表演叙事侧重于演员扮演的角色在具体场景中用身体演示来叙述情节，因而演员的肢体语言构成了表演叙事的标志性符号介质。与表演叙事不同的是，影像叙事则主要用镜头语言叙述故事。“电影的特点在于，它以独特而又有效的方式将事件、人物和行动视觉化。”[①]虽然表演艺术与影像艺术都是综合艺术，即使在表演剧本或影像剧本中剧作者也可以在纸面上使用各种符号介质，但是镜头语言的符号介质不仅使影像叙事区别于文学叙事，也使其有别于表演叙事。当然，影像剧本不能像影像脚本那样完全通过分镜头的方式设置和叙述情节，却也不再局限于以角色的肢体语言叙述情节，剧作者总会考虑如何将演员扮演角色和演示情节的肢体语言纳入镜头拍摄之中，借助叙事视角的文学叙事技术体现影像叙事的镜头感。

在短片剧本写作实训中，从文学叙事向表演叙事“一重跨界”，剧作者在文学叙事中引入了表演叙事的思维方式，关注短片故事中的角色如何用自己的肢体语言表达其情感和观念，如何在自己的言行举止中展现其欲望和行动。然而，在由表演叙事向影像叙事的“二重跨界”过程中，剧作者应该确立起摄影机拍摄短片情节的叙事思维，需要考虑如何用镜头语言选择拍摄短片场景中环境、人物和事件的位置、角度与距离，如何在短片故事中捕捉画面的光影效果与声音旋律节奏。当然，与短片剧本相比，短片完成本的剧作者在“拉片”的过程中总是更加注重编导如何根据镜头的变化描述短片影像作品，因而采用句式分行格式描述场景，也较多地使用辅助描述及其符号标识。

3. 叙事技术上充分发挥画面与声音的蒙太奇叙事优势

小说作品的文学叙事方式是讲述和展示以及两者的组合，所以，小说作者不得不依赖于书面语言的“述说”，而“影片有别于小说，就在于它能够展现行动，而不必述说它们”[②]。虽然，表演叙事也可以通过演员扮演角

---

① 卢特.小说与电影中的叙事.徐强，译.北京：北京大学出版社，2011：183.

② 戈德罗，若斯特.什么是电影叙事学.刘云舟，译.北京：商务印书馆，2005：47.

色的肢体语言展示故事，但是影像叙事不仅能用镜头语言拍摄演员的肢体语言所演示的故事中的事件，而且可以用画面与声音的蒙太奇方式展示情节。因此，蒙太奇是影像叙事特有的叙事技术，与文学叙事与表演叙事相比，蒙太奇无疑有着得天独厚的影像叙事优势。

在纸面上叙述短片影像故事的时候，剧作者需要考虑如何在自己的短片剧本中使用蒙太奇的影像叙事技术。当然，从表演叙事向影像叙事的跨界叙事，不只是剧作者在叙事技术上的跨界诉求，还应该从短片剧本的故事和情节的叙事逻辑出发，使用蒙太奇影像展示方式。例如，用“闪回”“闪现”叙述短片剧本中画面的场景切换，或者用“画外音”叙述短片剧本中声音的场景切换。

需要指出的是，在短片剧本写作实训活动中，无论是从文学叙事到表演叙事还是从表演叙事到影像叙事，都是基于剧本体裁的文学叙事基础上的跨界叙事行动，剧作者既要考虑如何通过表演叙事与影像叙事来展示短片故事中“可演的东西”和“可见的东西”，更要发挥文学叙事在“可演的东西”和“可见的东西”中传递“不可见的东西”，挖掘文学叙事中的诗性特质。因此，剧作者不能逾越短片剧本与短片脚本之间的文本疆界，短片剧本的场景描述要注重字里行间和文学视像上的跨界叙事，避免在辅助描述中直接套用表演叙事或影像叙事的技术术语。从这个意义上说，剧作者应该在短片剧本的表演叙事和影像叙事取向上开启跨界叙事的可能性和引导性，为读者和观众的欣赏和解读提供叙事想象空间，也为导演和短片制作团队的短片制作预留叙事再创造空间。

第二节　案例分析：从小说、电影文学剧本到电影完成本

在简要阐述了短片剧本写作实训中双重跨界叙事的一般表现之后，我们需要结合优秀的影像剧本作品，用案例比较的文本细读方法阐释双重跨界叙事的具体表现，而《天云山传奇》为我们提供了一个从小说、电影文学剧本到电影完成本的比较分析案例。

《天云山传奇》是作家鲁彦周1979年发表的中篇小说作品，1981年由鲁彦周改编成电影文学剧本，并由谢晋导演摄制成电影《天云山传奇》，后

由马贵平整理成电影完成本。虽然《天云山传奇》是一部长片电影，可是我们可以从其的小说作品、电影文学剧本和电影完成本的案例比较分析中探讨电影文学剧本如何在文学叙事中引入表演叙事技术，以及电影完成本又是如何展示影像叙事的可能性的。

一、从小说作品到电影文学剧本

小说《天云山传奇》叙述了一个发生在天云山的悲剧故事。女主人公宋薇毕业后去了天云山综合考察队，和年轻的考察队政委罗群相爱结婚。1957年，天云山特区党委领导吴遥诬陷罗群是反党分子，宋薇迫于压力而与罗群划清界限。宋薇的同学冯晴岚毅然嫁给了罗群。“文革”结束后，宋薇决心为罗群改正错划问题，却遭到丈夫吴遥的反对，两人感情破裂。党的十一届三中全会后，罗群的冤案得到改正，而饱受磨难的冯晴岚却病重去世。

《天云山传奇》的小说作品与电影剧本都是由鲁彦周创作和改编的，我们以两个文学作品的开篇部分为例，探讨鲁彦周是如何在文学叙事与表演叙事之间进行跨界叙事的。

1.《天云山传奇》小说原作的开篇部分案例

鲁彦周在小说《天云山传奇》的开篇写道：

引　子

心灵上的琴弦，一旦被拨动了，就难以停止它的颤动。

我没有想到，事隔二十年的今天，我这个四十多岁的女人，已经担任了地委组织部副部长的人，生命中的某一根琴弦忽然被拨响了。我更没有想到，这次触发，竟给我的生活，带来了这么大的变化。

一

一九七八年冬天的一个晚上，我吃过晚饭，照例拿出从办公室带回的各种申诉材料，细细翻读。最近一个时期，因为中央有了实事求是、纠正错案冤案的精神，这类申诉材料多得惊人。这对我这个到组织部还不到半年的人来说，确实是一个巨大的压力。我读着这些沉痛的文字，想到一些同志的悲惨遭遇，心情总是感到异常沉重。我恨不得一下子就能把这些问题全部解决掉。但我这种心情在部里却遭到冷淡、窃笑。同志们把我这种心情看成是“不成熟的表现”，是“不熟悉组织工作的新手的急躁病”。而对我嘲笑得最凶的却是我的丈夫，分管组织工作的地委副书记吴遥。他说我有点像刚到医院实习的学生，看到病人多就大惊小怪，一个有经验的大夫，是不会因为病人多就产生这种情绪的。

对这种嘲笑，我内心是反感的，我反唇相讥。我说，也可能正因为我是新手，我才没有学会你们那种麻木不仁的态度。但是，口头的辩论，并不能解决问题，我批的材料，还是被封锁在各人的写字台里。

这天晚上，我的情绪特别不好。外面正下着大雪，雪花无声地落在窗台上、玻璃上，从楼上望去，整个城市已经被白雪覆盖了。因为丈夫到南方养病，女儿又出去复习功课去了，我也就没给屋子生火，空荡荡的房间里，显得特别冷。我望着纷纷扬扬的雪花，想起办公室里一些人对问题的冷漠态度，又从他们身上，想到我的丈夫。那些人都是我的丈夫一手培养起来的，他们对我的调来，似乎很明白内幕，我不过是我丈夫放在组织部的一个工具，我的意见是无足轻重的，关键还是要看吴遥书记的态度。每当我一想到这里，心里就感到堵得慌。

正当我对着卷宗发愣的时候，有人敲了一下门，我应了一声，门被推开了。只见一个黑影子站在走道上，正在扑打着身上的雪花。

我急忙问了声：“谁呀？请进来！”

很快，一个年轻的姑娘走了进来。这姑娘叫周瑜贞，是我们地区规划小组的一个技术干部。她今年还不到三十岁，用她自己常用的口头禅来说，是“受了洗礼的一代人”。她是中央某部门一位负责同志的女儿，是不久前才调到我们这个地区工作的。我丈夫吴遥曾是她父亲的下级，我去世的父亲也认识她的父亲，所以她也就成了我们家的常客，来往像自己家一样。她虽是学技术的，可是却喜欢议论政治。而议论起来又尖锐泼辣、毫无顾忌，有时，把人们都回避的一些问题，也会一下子赤裸裸地端出来，常常弄得对方张口结舌，只好设法岔开她的话题。她对吴遥和我们的工作，也经常挖苦、嘲笑，说我们是“离了本本就是瞎子”，是“冰库里的鱼，又冷又看不见天”。她连我们那空得可怜的书架，也不放过。她非常奇怪，我们的精神食粮那么少，又那么单调，怎么又能自以为高人一等，决定别人的命运？总之，这是一个有点与众不同的姑娘。[①]

① 鲁彦周.天云山传奇：中篇小说节选.安徽文学，2013（3）：139–148.

2.《天云山传奇》电影文学剧本的开篇部分案例

在电影文学剧本《天云山传奇》的开篇，鲁彦周将自己的同名小说改编如下：

1. 风雪，城市街道

雪花纷纷扬扬无声地飘落着。

在雪花飞舞中，渐渐显出一座中等城市，在这个城市中心，有一所突出的大楼——地委办公大楼。

画外，一位女同志的声音："我要讲的故事，就是从1978年冬天开始的。"

随着画外声，我们看到在挂着"组织部"牌子的门口，一个送信的收发员捧着一大包信件推门走了进去。

2. 地委组织部办公室

组织部办公室，里面坐了七八个人，有的在看报纸，有的在闲谈，有的在商谈着什么事情。室里的气氛是轻松愉快的。

带烟囱的煤炉上的水壶正开着，铁壶嘴里喷出一股热气，壶盖发出嘭嘭的声音，但谁也不来管它。

送信的人，把一大包申诉信件堆到桌上。

画外声继续："粉碎'四人帮'已经两年了，我们的国家已经发生了多大的变化，然而在我们这个地委组织部，却依旧冷冷清清，停滞不前……"

一位四十来岁的女同志，从办公室的一个里间走出来。她穿了件素花袄，脖子上搭了条青色围巾，显得很素雅端庄，可以看出她年轻的时候是很漂亮的。她就是组织部副部长宋薇。

她走到堆着申诉材料的桌子前面，看了看那些信，皱着眉头和一个干部谈了句什么，那个干部做了个"用不着着急"的表情。宋薇看了这个干部一眼，不满地放下手里的信。

宋薇的画外声："我这个不久前才提升为组织部副部长的人，面对这大批错案冤案的申诉材料，虽然心急如火，却无能为力。因为一切要听我的丈夫、地委书记兼组织部部长吴遥同志的，而他又到外地去休养了。"

3. 地委大院

宋薇在地委大院里走着。

一座讲究而又带有土气的小楼。

宋薇推门走了进去。

4. 宋薇家的会客室

这是相当考究的会客室，红漆地板，沙发和书架都很精致，但只有少得可怜的书，墙上除了一张毛主席、华主席像外，没有别的装饰，整个房间给人的感觉是一种冷调子。

宋薇走进会客室，她把卷宗搁到茶几上，一个十五六岁俊秀的小姑娘从里屋走出来。她看见宋薇亲热地喊："妈！"

宋薇："小琴，你要出去了？"

小琴："我去复习功课，这里有封信，爸爸寄来的。"

小琴指指茶几上的信封，背起书包匆匆跑下楼去。

宋薇拆信看着，她生气地摇了摇头，把信扔回到茶几上，朝窗口走去，望着院里的雪花。

宋薇画外声："我丈夫来信了，他反而批评我有急躁病，这使我的心情更为不快……"

5. 地委大院宋薇家门前

院子里，积雪的路上，一个人朝宋薇家走来。

宋薇在楼上望着，她的脸色舒展了，向来人招了招手。

来人渐渐走近，我们这才看清了她，原来这是一个二十七八岁的姑娘，她头上戴了一顶只有大城市姑娘们才戴的天蓝色滑雪帽，围了一条鲜红的长围巾，穿了件浅色呢大衣，浑身上下显得非常鲜艳洒脱。

宋薇的画外声："我看见周瑜贞来了。她是我们一位革命前辈的女儿，在我们地区规划小组工作。她开朗、大方、思想解放，完全是新一代人物。我喜欢和她交谈。但是，我万万没有想到，她这次的到来却把我心灵深处的琴弦拨响了。"

周瑜贞走近小楼。

6. 宋薇家的会客室

周瑜贞走进客厅，宋薇帮她取下围巾，她自己取下帽子，露出乌黑的头发。宋薇看着她充满青春活力的神态，不禁有些羡慕地："瞧你，打扮得像一朵春花！"

周瑜贞不回答，睁着明亮的眼睛打量着宋薇。[①]

3.《天云山传奇》电影文学剧本与小说原作开篇部分的案例比较分析

《天云山传奇》的小说作品和电影文学剧本都是作家鲁彦周创作和改编的。然而在与小说的比较中，我们可以发现《天云山传奇》电影文学剧本的开篇部分表现出文学叙事与表演叙事的跨界特点。

（1）主要人物首次出场时的人物外貌描述。

在电影文学剧本的开篇案例中，剧作家设计了两个主要人物初次出场，一个是故事主人公宋薇，另一个是引出故事的周瑜贞。作家都采用了人物外貌描述的手法叙述两人的出场。

首先，主人公宋薇第一次出场时，电影文学剧本写道：

一位四十来岁的女同志，从办公室的一个里间走出来。她穿了件素花袄，脖子上搭了条青色围巾，显得很素雅端庄，可以看出她年轻的时候是很漂亮的。她就是组织部副部长宋薇。

其次，周瑜贞首次出场时，电影文学剧本写道：

来人渐渐走近，我们这才看清了她，原来这是一个二十七八岁的姑娘，她头上戴了一顶只有大城市姑娘们才戴的天蓝色滑雪帽，围了一条鲜红的长围巾，穿了件浅色呢大衣，浑身上下显得非常鲜艳洒脱。

宋薇和周瑜贞是《天云山传奇》故事的主要角色，所以，两人在情节中的首次出场显得较为重要。在小说作品的开篇部分，鲁彦周并没有描写宋薇和周瑜贞的外貌，只介绍了两人的年龄与身份，但在电影文学剧本的上述两个案例中，除了介绍两人的年龄、性别与身份外，鲁彦周还十分细腻地描写了两人身上的服饰。这从一个侧面说明，电影文学剧本比小说作

① 鲁彦周，谢晋，黄蜀芹.天云山传奇：从小说到电影.北京：中国电影出版社，1983：4–5.

品更加注重主要人物的外貌描述，一定程度上表现出表演叙事比文学叙事更加关注主要角色的外部状貌，以便于演员扮演角色时可操作。

（2）在若干个现实场景中展示正在发生的事情。

在小说原著的开篇案例里，小说用宋薇的讲述方式叙述故事，所以，作家并没有明确而具体的场景意识，主要是宋薇的家里，即“一九七八年冬天的一个晚上”，宋薇在自己家里翻看申诉材料的卷宗，后来，年轻的姑娘周瑜贞敲门拜访，而小说开篇中提到的其他场景都是宋薇在翻看申诉材料时的回忆中叙述的。可电影文学剧本的开篇部分设计了六个场景，即城市街道、地委组织部办公室、地委大院、宋薇家的会客室、地委大院宋薇家门前、宋薇家的会客室。这样，剧作家就可以借助这些现实的场景叙述场景中正在发生的事件。

例如，在宋薇家的会客室场景中，电影文学剧本先叙述宋薇走进会客室，把卷宗放到茶几上，接着叙述她的女儿从里屋走出来，然后是母女的对话，交代了场景中的两个后续事件：一个是离开画面的事件，即女儿要去复习功课；另一个是画面中的事件，即女儿提醒宋薇父亲寄来的信件在茶几上，宋薇拆开后看信。因此，在电影文学剧本中，剧作家用表演叙事的方法设计了系列场景，进而将小说作品中通过宋薇回忆追叙的事件转变为电影场景中正在发生的事件，即通过宋薇在这些场景中的言行举止来叙述故事。从这个意义上说，与小说作品相比，电影文学剧本具有了更多的表演叙事取向。

（3）用肢体语言描述故事主人公宋薇在现实场景中的神态动作。

在开篇部分的上述案例中，剧作家将小说作品中以宋薇的回忆方式叙述故事中的背景事件，改变为电影文学剧本中以宋薇的画外音方式解说故事的背景信息，表现了从文学叙事向表演叙事的跨界叙事。而从小说中的单个主要场景拓展为电影文学剧本中的六个场景，也使剧作家能够从用过去式来追叙故事主人公的往事，变为用现在进行式来展示故事主人公正在经历的事件。

例如，在电影文学剧本的第2场景中，在地委组织部里，宋薇从一个办公室里间走出来后，剧作家写道：

她走到堆着申诉材料的桌子前面，看了看那些信，皱着眉头和一个干部谈了句什么，那个干部做了个“用不着着急”的表情。宋薇看了这个干部一眼，不满地放下手里的信。

在上述案例中，宋薇先是走到桌子前面，看了看桌子上的信件，皱起眉头和一个干部模样的人说了句话，看到那人的表情，不满地放下手里的信件，鲁彦周用几个动词（走、看、皱、说、看和放下），借助表演叙事的肢体语言叙述了宋薇首次出场后在地委组织部办公室里经历的事件，以及她的神态和动作。然而在小说作品的案例中，宋薇是在自己的家里，吃过晚饭后，翻看从办公室带回的各种申诉材料。而相关的事件，主要是在宋薇翻看申诉材料时通过宋薇的回忆来叙述的。所以，作家不太可能叙述宋薇在地委组织部办公室里经历的这些具体事件，更不可能叙述宋薇在那里的神态动作。由此可见，与小说作品相比，在电影文学剧本中剧作家会倾向于用表演叙事的手法描述人物的外部神态与动作，尤其是故事主人公在现实场景中的言行举止。

（4）在场景描述中突显场景的现实画面感。

在小说作品的开篇部分，剧作家将以故事主人公讲述的叙述方式回忆情节背景中的事件，变为用全知叙述者展示的叙述方式叙述情节前景中正在发生的事件。这样，与小说的文学叙事相比，剧作家就需要对电影文学剧本中的现实进行必要的场景描述。

例如，在《天云山传奇》小说的开篇部分案例中，作家也有一些室外和室内的环境描写。如宋薇一个人在自己的房间里翻看申诉材料时，作家叙述道：

外面正下着大雪，雪花无声地落在窗台上、玻璃上，从楼上望去，整个城市已经被白雪覆盖了。因为丈夫到南方养病，女儿又出去复习功课去了，我也就没给屋子生火，空荡荡的房间里，显得特别冷。

在上述引文中，作家是借环境描述来烘托宋薇的主观情绪的，因而带有浓厚的主观色彩。但是，在电影文学剧本第2场景和第4场景的案例中，剧作家却用较为客观的方式描述相应的情节，增强了场景描述的现实画面感。

首先，在电影文学剧本的第2场景中，对地委组织部办公室的内部环境，剧作家描述如下：

2. 地委组织部办公室

组织部办公室，里面坐了七八人，有的在看报纸，有的在闲谈，有的在商谈着什么事情。室里的气氛是轻松愉快的。

带烟囱的煤炉上的水壶正开着，铁壶嘴里喷出一股热气，壶盖发出嘭嘭的声音，但谁也不来管它。

其次，在电影文学剧本的第4场景中，对宋薇家会客室的内部环境，剧作家写道：

4. 宋薇家的会客室

这是相当考究的会客室，红漆地板，沙发和书架都很精致，但只有少得可怜的书，墙上除了一张毛主席、华主席像外，没有别的装饰，整个房间给人的感觉是一种冷调子。

在上述引文中，在描述地委组织部办公室的场景时，剧作家不仅描述了办公室里坐着的七八个人正在做什么，带烟囱煤炉上的铁壶嘴里正在喷出的热气，而且也展示了轻松愉快的办公室气氛。而在描述宋薇家的会客室场景时，剧作家更是具体地描绘了红漆的地板，精致的沙发和书架，书架上少得可怜的书，以及墙上挂着的画像，甚至用房间的冷色调来增添场景描述的画面感。因此，在电影文学剧本的第2场景与第4场景的上述两个案例中，剧作家在对地委组织部办公室和宋薇家会客室进行场景描述时，通过办公室内的环境氛围与宋薇家会客室内的具体摆设的文学视像描绘，表现出场景的现实画面感，一定程度上体现了电影文学剧本场景描述中的表演叙事取向。

由此可见，《天云山传奇》是从小说作品改编的电影文学剧本，两部文学作品的名称一致，并且，鲁彦周既是原小说的作者，又是电影文学剧本的改编剧作者。然而，电影文学剧本毕竟与小说作品是两种文学叙事体裁，因而在叙事取向上有所不同。我们选取了《天云山传奇》的小说作品与电影文学剧本的开篇部分的案例，并从上述四个方面进行文本细读的比较分析，不难看出，与小说作品相比，鲁彦周在电影文学剧本中体现了文学叙事与表演叙事之间的跨界叙事取向，并引入了具有表演叙事特点的写作技术。

二、从电影文学剧本到电影完成本

在《天云山传奇》的小说原作与电影文学剧本开篇部分的案例比较分析中，我们阐释了剧作家鲁彦周在电影文学剧本中引入了一系列具有表演叙事特点的写作技术，在与电影完成本开篇案例的比较分析中，我们则可以发现谢晋导演领衔的《天云山传奇》电影组创人员对该电影文学剧本所进行的影像叙事再创造。

1.《天云山传奇》电影完成本开篇部分的案例

《天云山传奇》电影完成本是马贵平根据电影《天云山传奇》的试映场记整理的，其开篇写道：

1. 天云山地委大院 外景 日

风雪中的枯枝，城市雪景。

风雪中的地委大院，一辆邮递员摩托车在地委大楼门前停下来，邮递员下车取出信件，走上台阶，推门而入。大门边悬挂着“中国共产党天云山地区委员会”的招牌。

宋薇（旁白）

我要讲的故事，就是从 1978 年冬天开始的。

地委的老收发员捧着一堆文件、信、报纸从走廊走来，推开挂着组织部牌子的房间，走了进去。组织部的牌子很醒目。

2. 组织部办公室 内景 日

宋薇从自己的办公室走出来边走边向干部交代着什么，又走到朱科长身边，与他谈着什么。

宋薇（旁白）

我到组织部工作还不到半年，可是需要处理的错案、冤案已有无数起。我恨不得一下子就把这些问题全部解决掉。粉碎“四人帮”两年了，我们的国家已经发生了多大的变化，然而我们这里，却依旧冷冷清清，停滞不前。

3. 宋薇办公室 内景 日

宋薇推开自己的办公室的门走进来。她在写字台前坐下来。沉思着，又向另一边的大写字台看去。

宋薇（旁白）

我这个不久前才提升为组织部副部长的人，面对着这么多的申诉材料，虽然心急如焚，却无能为力。因为一切要听我的丈夫……

一张大写字台，桌面满是灰尘，有一只刺目的保温杯，靠墙有一张大藤椅。

宋薇（旁白）

地委副书记吴遥同志的，而他，又到南方休养去了。

4. 宋薇家外 外景 日

天空飘着雪，宋薇走向自己的家。她儿子小钢和几个孩子正在雪地里玩打雪仗，见了她，边朝她跑来边喊。

小钢

妈妈！

小钢躲到宋薇的背后，继续和小朋友丢着雪球，宋薇走进了家门。

5. 宋薇卧室 内景 日

宋薇卧室内墙上挂着宋、吴的合影照。宋薇拿着吴遥的信走向沙发坐下来读着。

宋薇（旁白）

我丈夫来信了，他反而批评我有急躁病，这使我的心情更为不快。

周瑜贞（画外音）

宋薇大姐！

宋薇站起身走向窗，向窗外望去。周瑜贞站在下面，抬头向上招呼着宋薇。

宋薇（旁白）

周瑜贞来了。

宋薇微笑着向周瑜贞招手，离开窗户。

宋薇（旁白）

她是一位革命前辈的女儿。

6. 宋薇家楼梯 内景 日

宋薇高兴地下楼来，向周瑜贞笑着示意。

宋薇（旁白）

她开朗、大方、思想解放，但是……

7. 宋薇家客厅 内景 傍晚

客厅的灯亮了。周瑜贞向宋薇打了个手势。宋薇走进客厅，向周瑜贞走近。

宋薇（旁白）

我万万没有想到，她这次的到来却把我心灵深处的琴弦拨响了。①

2. 电影完成本与电影文学剧本开篇部分的案例比较分析

在《天云山传奇》电影完成本的开篇部分的案例中，谢晋导演的电影《天云山传奇》对电影文学剧本进行了演绎性叙事再创造。我们可以从人物配置、场景描述和故事叙述者身份三方面的比较分析，阐释电影完成本表现出的影像叙事取向。

（1）人物配置上，电影完成本将宋薇的女儿改为儿子，并通过宋薇母子在室外雪景中见面的事件，增添了室外雪景的拍摄场景。

在小说和电影文学剧本中，宋薇有一个女儿小琴，小说作品用宋薇讲述的方式叙述自己回家后，女儿小琴去复习功课了。而电影文学剧本却在宋薇家的会客室里叙述女儿小琴首次出场，剧作家叙述道：

4. 宋薇家的会客室

这是相当考究的会客室，红漆地板，沙发和书架都很精致，但只有少得可怜的书，墙上除了一张毛主席、华主席像外，没有别的装饰，整个房间给人的感觉是一种冷调子。

宋薇走进会客室，她把卷宗搁到茶几上，一个十五六岁俊秀的小姑娘从里屋走出来。她看见宋薇亲热地喊："妈！"

宋薇："小琴，你要出去了？"

小琴："我去复习功课，这里有封信，爸爸寄来的。"

---

① 谢晋.谢晋电影选集：反思卷.上海：上海大学出版社，2007：33–35.

小琴指指茶几上的信封，背起书包匆匆跑下楼去。

但是，剧作家将电影完成本的第4场景设置在宋薇家外，并叙述如下：

4. 宋薇家外 外景 日

扫码观看电影《天云山传奇》片段1

天空飘着雪，宋薇走向自己的家。她儿子小钢和几个孩子正在雪地里玩打雪仗，见了她，边朝她跑来边喊。

小钢

妈妈！

小钢躲到宋薇的背后，继续和小朋友丢着雪球，宋薇走进了家门。

由此可见，电影文学剧本中，剧作家没有改变宋薇有个女儿小琴，甚至也没有改变母女见面时的事件，即宋薇回到家时小琴正要出去复习功课。而电影完成本却对电影文学剧本做了以下两个方面的修改：

一是宋薇的女儿小琴改成了儿子小钢。

二是室内场景中宋薇女儿出去复习功课的事件，变为室外雪景里儿子小钢在雪地里玩打雪仗，并见到宋薇后跑过来叫“妈妈”。

应该看到，电影完成本把宋薇的女儿小琴改为儿子小钢，并且将宋薇母子见面的场景设置在宋薇的家外。而在电影文学剧本中，剧作家虽然宋薇回家单独设置在了第3场景的地委大院，但对宋薇回家路上的场景描述得过于单调，类似于提供有关宋薇家的地理位置（地委大院里）与建筑风貌（一座讲究而又带有土气的小楼）的定场镜头，主要是为宋薇回家的后续情节进行影像叙事方面的场景铺垫。相比之下，电影完成本第4场景开篇描述宋薇回家时，通过叙述儿子小钢放下与伙伴们玩打雪仗的游戏主动跑上前来跟宋薇打招呼的事件，不仅将小说中母女在家里见面的室内场景移到室外，而且改变了电影文学剧本描述宋薇回家时单调的室外定场镜头，使摄影师能在室外雪景中拍摄宋薇母子两人见面的场景。可以说，与电影文学剧本相比，电影完成本在场景的镜头展示上更加自然，并通过在室外与室内两个场景中叙述宋薇与儿子的首次见面，使影片具有较为浓厚的生活气息。

（2）场景描述上，电影完成本增设了短片场景，并改变了短片文学剧本中游移不定的叙事视角，聚焦于宋薇的主观视角描述场景，体现了更为明确的镜头感。

如上所述，在小说原著的开篇里，作家设计了一个场景，即“一九七八年冬天的一个晚上”，宋薇在自己家里阅读申诉材料的卷宗，后来，年轻的姑娘周瑜贞敲门拜访。在电影文学剧本里，编剧设计了六个场景，城市街道、地委组织部办公室、地委大院、宋薇家的会客室、地委大院宋薇家门前、宋薇家的会客室。但是，在电影完成本中，导演将场景增加至七个场景，分别是天云山地委大院、组织部办公室、宋薇办公室、宋薇家外、宋薇卧室、宋薇家楼梯和宋薇家客厅。也就是说，从宋薇听到周瑜贞在自家楼下的呼唤声，到在自家的客厅里两人见面，电影完成本增加了一个场景。

例如，电影文学剧本用两个场景叙述宋薇与周瑜贞的初次见面：

5. 地委大院宋薇家门前

院子里，积雪的路上，一个人朝宋薇家走来。

宋薇在楼上望着，她的脸色舒展了，向来人招了招手。

来人渐渐走近，我们这才看清了她，原来这是一个二十七八岁的姑娘，她头上戴了一顶只有大城市姑娘们才戴的天蓝色滑雪帽，围了一条鲜红的长围巾，穿了件浅色呢大衣，浑身上下显得非常鲜艳洒脱。

宋薇的画外声：“我看见周瑜贞来了。她是我们一位革命前辈的女儿，在我们地区规划小组工作。她开朗、大方、思想解放，完全是新一代人物。我喜欢和她交谈。但是，我万万没有想到，她这次的到来却把我心灵深处的琴弦拨响了。”

周瑜贞走近小楼。

6. 宋薇家的会客室

周瑜贞走进客厅，宋薇帮她取下围巾，她自己取下帽子，露出乌黑的头发。宋薇看着她充满青春活力的神态，不禁有些羡慕地：“瞧你，打扮得像一朵春花！”

周瑜贞不回答，睁着明亮的眼睛打量着宋薇。

但是，电影完成本却用以下三个场景叙述宋薇与周瑜贞的初次见面：

扫码观看电影《天云山传奇》片段2

5. 宋薇卧室 内景 日

宋薇卧室内墙上挂着宋、吴的合影照。宋薇拿着吴遥的信走向沙发坐下来读着。

宋薇（旁白）

我丈夫来信了，他反而批评我有急躁病，这使我的心情更为不快。

周瑜贞（画外音）

宋薇大姐！

宋薇站起身走向窗，向窗外望去。周瑜贞站在下面，抬头向上招呼着宋薇。

宋薇（旁白）

周瑜贞来了。

宋薇微笑着向周瑜贞招手，离开窗户。

宋薇（旁白）

她是一位革命前辈的女儿。

6. 宋薇家楼梯 内景 日

宋薇高兴地下楼来，向周瑜贞笑着示意。

宋薇（旁白）

她开朗、大方、思想解放，但是……

7. 宋薇家客厅 内景 傍晚

客厅的灯亮了。周瑜贞向宋薇打了个手势。宋薇走进客厅，向周瑜贞走近。

宋薇（旁白）

我万万没有想到，她这次的到来却把我心灵深处的琴弦拨响了。

由此可见，在宋薇在自家楼上与周瑜贞打招呼，到宋薇在自家客厅与周瑜贞见面之间，电影完成本增加了第6场景，即宋薇家楼梯的内景。值得注意的是，在叙述两人初次见面的过程中，电影文学剧本的叙事视角较为游移不定，最初剧作家是从宋薇的视角叙述其看到周瑜贞并打招呼的，可在第5场景结尾与第6场景开始，却在“我们这才看清了她”之后，转用全知叙事视角叙述周瑜贞走进宋薇家的小楼，以及走进客厅。在电影完成本中，导演则主要通过宋薇的主观视角，叙述宋薇在卧室听到周瑜贞在楼下的叫唤声音后经楼梯走下客厅并在这个过程中向周瑜贞笑着示意。因此，与电影文学剧本相比，电影完成本表现出更为明确的镜头感。

（3）故事叙述者身份上，电影完成本在宋薇的第一人称“我”的画外音中析离出两种影像叙述者身份，即故事叙述者“我”的解说词与人物“我”的旁白。

在小说作品中，作家主要是根据宋薇的第一人称“我”的回忆性叙述开篇的，在电影文学剧本里，剧作家在用宋薇的画外音方式来叙述故事时，实际上已经包含了宋薇用第一人称“我”的双重身份来叙述。

例如，在电影文学剧本的第1场景开篇，剧作家通过宋薇的画外音说的解说词，实际上是用第一人称“我”中的故事叙述者身份叙述的，剧作家写道：

1. 风雪，城市街道

雪花纷纷扬扬无声地飘落着。

在雪花飞舞中，渐渐显出一座中等城市，在这个城市中心，有一所突出的大楼——地委办公大楼。

画外，一位女同志的声音：“我要讲的故事，就是从1978年冬天开始的。”

又如，在电影文学剧本的第5场景中，当宋薇看到周瑜贞来自己家拜访后，剧作家叙述道：

宋薇的画外声：“我看见周瑜贞来了。她是我们一位革命前辈的女儿，在我们地区规划小组工作。她开朗、大方、思想解放，完全是新一代人物。我喜欢和她交谈。但是，我万万没有想到，她这次的到来却把我心灵深处的琴弦拨响了。”

在电影文学剧本的上述两个案例中，剧作家都是用故事叙述者“我”的身份叙述宋薇的画外音解说词的。宋薇说的这两段话不只是声音来源于画面之外，而且也超出了宋薇的人物“我”所能叙述的视野。所以，一方面剧作家索性用“一位女同志”来取代宋薇，把宋薇说这句话的具体场景也悬置了起来；另一方面，剧作家用预叙的方式引入剧情悬念：“我万万没有想到，她这次的到来却把我心灵深处的琴弦拨响了”。因此，宋薇是以讲故事者的身份站在电影的场景之外，向读者和观众解释电影故事的由来，并提示周瑜贞来访后将会引起电影剧情的开始。

在撰写电影完成本时，剧作者可能意识到宋薇的画外音中有些是以人物“我”的口吻说的，所以用“旁白”标识，却又没能意识到宋薇的画外音中有些是以故事叙述者的身份说的解说词。因此，我们需要用文本细读的方式在宋薇的对白中梳理出两种影像叙述者身份。

首先，在电影完成本中，导演在宋薇的画外音中传递出故事叙述者“我”的解说词。例如，电影完成本第1场景叙述如下：

扫码观看电影《天云山传奇》片段3

1. 天云山地委大院 外景 日

风雪中的枯枝，城市雪景。

风雪中的地委大院，一辆邮递员摩托车在地委大楼门前停下来，邮递员下车取出信件，走上台阶，推门而入。大门边悬挂着“中国共产党天云山地区委员会”的招牌。

宋薇（旁白）

我要讲的故事，就是从1978年冬天开始的。

地委的老收发员捧着一堆文件、信、报纸从走廊走来，推开挂着组织部牌子的房间，走了进去。组织部的牌子很醒目。

在上述引文中，宋薇说：“我要讲的故事，就是从1978年冬天开始的。”虽然剧作者用“旁白”标识，但其实是宋薇用故事叙述者“我”的解说词叙述的。

其次，在电影完成本中，宋薇的画外音里也包含着人物“我”的旁白。例如，电影完成本的第3场景叙述如下：

扫码观看电影《天云山传奇》片段4

3. 宋薇办公室 内景 日

宋薇推开自己的办公室的门走进来。她在写字台前坐下来。沉思着，又向另一边的大写字台看去。

宋薇（旁白）

我这个不久前才提升为组织部副部长的人，面对着这么多的申诉材料，虽然心急如焚，却无能为力。因为一切要听我的丈夫……

一张大写字台，桌面满是灰尘，有一只刺目的保温杯，靠墙有一张大藤椅。

宋薇（旁白）

地委副书记吴遥同志的，而他，又到南方休养去了。

在上述引文中，宋薇坐在自己的写字台前说，“面对着这么多的申诉材料，虽然心急如焚，却无能为力。因为一切要听我的丈夫……”，以及宋薇看着另一边的大写字台说：“地委副书记吴遥同志的，而他，又到南方休养去了。”这些话虽然也是采用宋薇的画外音叙述的，却是宋薇以人物“我”的口吻说的旁白。电影完成本用了“旁白”标识。

因此，在前文提到的《天云山传奇》电影完成本的七个场景里，导演分别用第一人称“我”的双重身份来叙述宋薇的画外音对白，即故事叙述者“我”的解说词与人物“我”的旁白，而电影完成本却只用了“旁白”标识，没有标识其中的解说词部分。

第三节　案例分析：从短片文学剧本到短片完成本

在《天云山传奇》的小说作品、电影文学剧本与电影完成本的案例比较分析中，我们初步了解了电影剧本写作中的双重跨界叙事技术，尤其是通过电影完成本与电影文学剧本的案例比较，更能体会到电影作品的影像叙事取向。其实，短片文学剧本与短片完成本也不例外。这里，我们将通过短片《盲人调音师》的文学剧本与完成本①之间的案例比较分析，具体阐释短片文学剧本中的文学叙事与表演叙事之间的跨界叙事，以及短片完成本中的表演叙事与影像叙事之间的跨界叙事。

① 本书所引用的《盲人调音师》的短片完成本，是本书作者对公映的《盲人调音师》短片影像作品进行“拉片”撰写的。

一、《盲人调音师》短片剧本第2场景的案例比较分析

短片《盲人调音师》的编导采用了倒叙的方式叙述短片故事，短片的第1场景实际上是短片故事结尾的场景。所以，短片文学剧本与短片完成本的正片情节都起始于第2场景。

1. 短片文学剧本的第 2 场景案例

短片《盲人调音师》文学剧本的情节正片开篇是第2场景，即阿德里安独自走上伯恩斯坦钢琴大赛的舞台，剧作家写道：

2. 白天 – 音乐厅

【闪回】

阿德里安身着演出服，向舞台上的三角钢琴走去。

阿德里安：去年，我还被视作一个天才，我也自认为前途无量。十五年来我所有的准备只为实现一个目标：伯恩斯坦音乐大赛。

评委们坐在阴暗的大堂里。人们仅能察觉到从他们的眼镜片上反射出的令人恐慌的白光，他们手上微小的笔灯，以及圆珠笔滚动时弹簧发出的细微摩擦声。

阿德里安：是我前夜的女友吗？

此时人们耳边传来了男女做爱时床铺发出的特有的嘎吱响声。

阿德里安：或者是钢琴的凳子？

阿德里安试图调整钢琴脚凳的高度，又不满意坐垫：凳子发出来的嘎吱声响简直和床的一致。

阿德里安：总而言之，我失败了。

刚坐到钢琴前，阿德里安便感到一阵恐慌袭来。他的心脏剧烈地跳动着，响声如同那张床和凳子的。他汗流满面，乐谱也在眼前变得越来越模糊。

阿德里安重重按了钢琴的一个键，没有发出声音，再次按到它的时候却发出了极不协调的嘎吱声。这个按键如同点燃了可怕的导火索，瞬间引爆了他眼前的钢琴，阿德里安被击晕在钢琴键盘上。

2. 短片完成本的第 2 场景案例

短片《盲人调音师》完成本的第2场景叙述如下：

2. 某剧院 夜 内

扫码观看电影《盲人调音师》片段1

某剧院舞台上正在举办伯恩斯坦钢琴大赛，台下黑压压地坐满了人。灯光照耀的舞台上摆着一架三角钢琴。

年轻的阿德里安身穿黑色西服，系着领带，独自走向钢琴，走到钢琴边上后，朝台下观众鞠躬。

阿德里安【画外音】：去年我被看作天才，我也以为自己前途无量。

阿德里安坐到钢琴前的脚凳上，双手紧紧地抓住脚凳两侧，并用右手调节着脚凳，脸色显得十分紧张。

阿德里安【画外音】：十五年来我所有的努力只为一个目标——伯恩斯坦钢琴大赛。

阿德里安满头大汗，用颤抖的手指按下琴键。

3.《盲人调音师》短片剧本第 2 场景的案例比较分析

（1）叙述方式上，短片完成本删除了短片文学剧本中的闪回标识，通过正在进行的方式叙述短片情节开篇场景中的事件，并引入了语音与画面的垂直蒙太奇影像叙事手法。

在短片《盲人调音师》文学剧本的第2场景中，剧作家用闪回方式叙述情节正片的开篇，短片完成本却没有用这种全知叙述者追叙的方式叙述故事中的事件，而是直接叙述阿德里安如何走上舞台，参加钢琴演奏比赛，以及在调节钢琴凳子时所表现出来的紧张和恐慌的动作。所以，在短片文学剧本中，尽管剧作家用阿德里安的旁白方式来表现阿德里安的内心惶恐引发的幻觉，如“是我前夜的女友吗？”“或者是钢琴的凳子？”，然而闪回的标识却表明，剧作家是用追叙往事的方式将阿德里安的钢琴参赛事件抛向了过往。在短片完成本中，导演把阿德里安参加钢琴比赛的事件放在眼前正在发生的场景之中叙述，并且，用语音与画面的垂直蒙太奇叙事技术，将阿德里安的两句画外音解说词垂直插入场景描述的画面之间。可以说，短片文学剧本用闪回方式叙述短片剧情的开始，虽然用了影像叙事的辅助描述，但在叙述的思维和方式上止步于文学叙事。而短片完成本的跨界叙事表现为：一方面，导演引入了表演叙事的戏剧性特质，进而用正在进行的方式叙述场景中的事件；另一方面，导演用影像叙事的蒙太奇技术叙述短片对白，用垂直蒙太奇手法设计并叙述阿德里安的画外音解说词。

（2）主人公的人物刻画上，短片完成本通过故事主人公阿德里安的动作和神态展示其紧张和惶恐的心情，进而突出表演叙事中的肢体演示感与影像叙事中镜头语言的画面感。

《盲人调音师》的短片文学剧本与短片完成本都叙述了主人公阿德里安走上伯恩斯坦音乐大赛的舞台，以及演奏钢琴的动作过程。然而区别在于，短片文学剧本力图描述阿德里安紧张和惶恐的主观感受，例如“刚坐到钢琴前，阿德里安便感到一阵恐慌袭来。他的心脏剧烈地跳动着，响声如同那张床和凳子的。他汗流满面，乐谱在他眼前变得越来越模糊”，而短片完成本则注重阿德里安的外部动作和神态来加以展示，例如“阿德里安坐到钢琴前的脚凳，双手紧紧地抓住脚凳两侧，并用右手调节着脚凳，脸色显得十分紧张”“阿德里安满头大汗，用颤抖的手指按下琴键”等。准确地讲，短片完成本是通过阿德里安的外部动作来揭示其内心的恐慌的。从这个意义上说，短片文学剧本侧重于文学叙事，表现人物的内心活动；而短片完成本则更加偏向于表演叙事与影像叙事的特点，用肢体语言的演示感和镜头语言的画面感展示人物的外部状貌。

二、《盲人调音师》短片剧本中“偷窥事件”的案例比较分析

短片《盲人调音师》的文学剧本与完成本都叙述了一个“偷窥事件”，即阿德里安在音乐学院排练室给钢琴调音时，偷窥一名女孩在其面前练舞的事件，虽然短片完成本将这个事件设计成女孩穿“三点式”跳舞服练舞，而文学剧本则是设计成女孩解开裙子换舞蹈服后练舞，但是两个短片剧本都叙述了这个阿德里安的“偷窥事件”。

1. 短片文学剧本用一个完整的场景叙述“偷窥事件”

在短片《盲人调音师》的文学剧本第7场景里，阿德里安跟经纪人西蒙在茶餐厅里交谈时，剧作家用闪回方式插入叙述“偷窥事件”，并且，整个第7场景都用于叙述“偷窥事件”。剧作家叙述道：

阿德里安：有一天，我为音乐学院的某个彩排调音……

7. 白天 – 音乐学院 – 排练室

【闪回】

音乐学院的某个舞蹈排练室里，四周的墙面上都镶嵌了大镜子。阿德里安正在为一架三角钢琴调音，一个女孩走了进来，似乎还没到二十岁。

女孩：抱歉，已经没有空闲的教室了。你要在这里待很长时间吗？

阿德里安：不会太久。

阿德里安戴着淡蓝色的隐形眼镜，向女孩转过身去。女孩瞥见他白色的拐杖靠着钢琴。

女孩：如果我在这儿练习的话，会不会打搅到您工作？

阿德里安（微微一笑）：请随意。

女孩也向他报以微笑，觉得他很英俊。阿德里安继续工作。女孩从包里拿出她的舞蹈服，张望着要在哪儿更衣。最后，她转过身去背对着阿德里安。

女孩动手解开裙子的吊带。她犹豫了一会儿，从镜子中观察了一下阿德里安的动静，又瞥了一眼教室的门，确定没有人会经过后，裙子滑落到她的脚下。

阿德里安强装镇定，反复调试的琴音里充满了亢奋之情。人们能听到女孩跳舞时脚步的沙沙声和喘息声。阿德里安开始演奏舒曼的《克莱斯勒偶记》中焦虑与狂乱的片段。阿德里安的目光直视前方凝滞不动。只有当女孩舞进视野范围时，他仿佛在镜子上看到了女孩赤裸的身影。

阿德里安的演奏结束，女孩走近了他，并在他的脸颊上吻了一下，人们仅能看到他满是汗水的面容。

8. 白天 – 茶餐厅

西蒙吃惊地张大嘴巴，努力想要相信阿德里安说的故事。

2. 短片完成本分别在两个场景里叙述“偷窥事件”

与短片文学剧本不同，在短片《盲人调音师》的完成本里，编导对“偷窥事件”是在第4场景与第5场景两个场景中分别叙述的。

（1）在短片完成本的第4场景中，编导叙述“偷窥事件”的前半部分如下：

扫码观看电影《盲人调音师》片段2

阿德里安【画外音】：没那么多提防。我知道别人都不知道的事。

【闪回】

某音乐学院排练室里，阿德里安正在为一架三角钢琴调音，一个女孩走了进来。

女孩【画外音】：介意我在你工作的时候跳舞吗？

阿德里安（抬起头，用一双盲人似的眼睛回应）：不介意。

女孩走过阿德里安身边，她刚要脱下身上的外衣时，回头看了一眼。

女孩看到阿德里安倚在钢琴边的导盲拐杖，才放心地脱下裙子。

阿德里安双目放空地面向前方，十指在琴键上翻滚。

穿“三点式”舞蹈服的女孩在阿德里安面前翩翩起舞。

【切回】

在茶餐厅里，西蒙发现阿德里安为自己假装盲人调音师而自鸣得意，有些生气。

西蒙：你是个偷窥者。

（2）在短片完成本的第5场景里，编导叙述“偷窥事件”的后半部分如下：

扫码观看电影《盲人调音师》片段3

【切回】

阿德里安脸上露出得意的笑容。

阿德里安停下脚步，站在老妇人身边，一起等着人行道信号灯变绿。

人行道信号灯变绿后，阿德里安转身面向老妇人。

阿德里安（调侃）：夫人，需要我扶您过马路吗？

老妇人上下打量了一下阿德里安的盲人装束，一脸诧异和惶恐的神色。

阿德里安回忆起自己在某音乐学院排练室内调音时的情形。

【闪现】

阿德里安两眼放空似的演奏着钢琴，穿“三点式”舞蹈服的女孩在他面前优雅地旋转起舞。

女孩停下舞步后，来到阿德里安身边，在他的脸颊上吻了一下后离开。阿德里安的唇角微微上翘，露出得意的神色。

3.《盲人调音师》短片剧本中“偷窥事件”的案例比较分析

在短片《盲人调音师》的故事层面上，“偷窥事件”是一个连续而完整的事件。在短片文学剧本中，剧作家按照短片故事的方式从头到尾地叙述“偷窥事件”；而短片完成本却将“偷窥事件”拆分为两个部分，在短片情节的不同场景里插入叙述，改变了“偷窥事件”在故事中的叙事序列，并用“闪回”与“闪现”两种影像叙事方式分别叙述。

（1）短片文学剧本用“闪回”方式叙述“偷窥事件”。

在短片《盲人调音师》文学剧本中，剧作家将阿德里安跟西蒙在茶餐厅的谈话分别设计为第4场景、第6场景和第8场景，并用闪回方式插入了第5场景和第7场景，用于追叙阿德里安假装盲人调音师后获得客户的各种“好处”，甚至偷窥客户隐私。而“偷窥事件”是在第7场景里，用闪回的方式叙述的。也就是说，剧作者通过全知叙述者（即大影像师）的追叙视角完整地叙述了“偷窥事件”的整个过程。

（2）短片完成本用“闪回”与“闪现”两种方式叙述“偷窥事件”。

与短片文学剧本不同，短片完成本将阿德里安与西蒙在茶餐厅的谈话设计成独立的第4场景，并且阿德里安跟西蒙吹嘘自己假装盲人调音师后获得客户的各种“好处”，甚至偷窥客户隐私。而“偷窥事件”的前半部分是以闪回方式插入第4场景之中叙述的，然后又切回到第4场景，叙述西蒙对阿德里安自鸣得意的不满，并说：“你是个偷窥者。”也就是说，在短片完成本中，“偷窥事件”的前半部分是用“闪回”方式叙述的。但是，“偷窥事件”的后半部分却是在短片完成本的第5场景里用“闪现”的方式叙述的，即用阿德里安的回忆视角叙述该事件的后半部分。因此，短片完成本分别在两个场景里用闪回与闪现两种方式叙述“偷窥事件”的前后两个部分。

在短片剧本中，闪回与闪现是两种具有影像叙事特点的叙事范畴。大家知道，“闪回”是传统的电影叙事术语。美国编剧家菲尔德认为，“闪回”是用来将时间、地点和动作联结起来揭示有关人物的信息或是推动故事向前发展，[①]并建议在进行电影编剧时，“如果你决定采用一个闪回，就从‘闪现’的角度对其进行思考，问一下自己你的人物是在现在时刻进行思想或感受吗？假如你能进入你人物的头脑中，并且发现某些反映现在时刻的思

① 菲尔德.电影编剧创作指南：修订版.魏枫，译.北京：世界图书出版公司北京公司，2012：130.

想、记忆或事件，尝试着去展示它是怎样影响你的人物的”[①]。麦基也要求电影剧作者“将闪回戏剧化”[②]，实际上也是主张剧作者要从影片场景中具体人物的回忆等活动中引入“闪回”，而不只是将“闪回”用于大影像师追叙情节的方式，被动地交代背景信息。也就是说，菲尔德和麦基两位好莱坞编剧理论家都强调，电影叙事中的“闪回”技术需要改变，更加注重在情节戏剧化过程中的叙事功能，菲尔德索性建议用“闪现”取代“闪回”。

本书认为，“闪回”与“闪现”是两种互相补充的影像叙事技术。我们至少可以从以下三个方面加以阐释：

- 首先，叙述者身份上，“闪回”是指编导用大影像师（即全知叙述者）的视角插入叙述场景外的叙事片段，即以故事叙述者的身份交代影像故事的背景信息；“闪现”则是编导借助于场景中具体人物的视角插入叙述场景之外的事件，即以故事中具体人物的身份叙述影像故事的背景中的事件。因此，“闪回”是以故事叙述者身份追叙短片故事背景信息，而“闪现”则是以故事中人物身份回忆短片故事背景中的事件。
- 其次，叙述路径上，“闪回”是编导在情节序列上通过故事叙述者追叙短片故事的背景信息；而“闪现”则是在故事序列上通过场景中具体人物回忆等方式叙述短片故事的背景信息。因此，“闪回”的叙述路径是在短片的情节序列层面追叙短片故事背景信息，而“闪现”的叙述路径则是通过在短片的故事序列层面回忆等方式叙述短片故事背景中的事件。
- 最后，叙述功能上，“闪回”追叙的故事背景信息并不改变追叙场景中的情节变化，主要诉诸读者和观众，因而增加读者和观众对与短片情节有关事件的了解和理解；而“闪现”通过场景中具体人物的回忆等方式叙述的故事背景中的事件，则首先诉诸场景中“闪现”的具体人物，即该人物通过自己的回忆等活动带来变迁，进而引发场景中的情节变异。因此，“闪回”的叙述功能是使读者和观众借助于大影像师的“闪回”追叙，了解和理解与短片场景情节相

---

① 菲尔德.电影编剧创作指南：修订版.魏枫，译.北京：世界图书出版公司北京公司，2012：132.

② 麦基.故事：材质、结构、风格和银幕剧作的原理.周铁东，译.天津：天津人民出版社，2016：366.

关的背景信息，而“闪现”的叙述功能则是通过场景中具体人物因“闪现”中的事件带来的影响，引发或促进短片场景中的情节变异。

由此可见，《盲人调音师》短片完成本通过将阿德里安“偷窥事件”分为前后两个部分，并在两个不同的场景里用“闪回”与“闪现”的方式插入，实际上是用两种影像叙述方式在短片的两个叙事层面上巧妙地展示了影像叙事取向。与短片文学剧本相比，短片完成本用“闪现”方式叙述“偷窥事件”的后半部分，不仅表现出阿德里安对该事件的记忆，而且突出了阿德里安对自己假装盲人调音师而能偷窥他人隐私的得意心理。

总之，短片剧本写作实训中的跨界叙事，要求剧作者既要发挥文学叙事的优势，把握和叙述人物的内心思想情感，又要意识到表演叙事的特点，注重演员扮演角色和演示情节的戏剧性机制，并要捕捉影像叙事的取向，积极探索画面和声音在叙述短片情节方面的蒙太奇叙事功能。因此，剧作者要从短片剧本的故事与情节的叙事逻辑出发，从叙事思维与写作技术两个方面进行双重跨界叙事。

本章概要

本章在短片剧本三种叙事取向的基础上，简要地论述了短片剧本写作实训中双重跨界叙事的一般表现，并通过长片剧本《天云山传奇》与短片剧本《盲人调音师》的案例分析，在短片剧本写作实训领域内倡导创意写作实训的跨界叙事理论。

本章探讨了短片剧本写作的双重跨界一般表现，一是从序列化场景设计、戏剧性事件、角色演示情节三个方面，简要阐释了从文学叙事到表演叙事的“一重跨界”叙事；二是从场景切换、镜头语言的影像展示、画面与声音的蒙太奇叙事手法三个方面，初步论述了从表演叙事到影像叙事的“二重跨界”叙事。

为了能够较为完整地比较分析短片剧本写作的双重跨界叙事，本章选取了电影《天云山传奇》的小说作品、电影文学剧本和电影完成本的部分文本案例，具体探讨了从小说作品到电影文学剧本，以及从电影文学剧本到电影完成本的双重跨界叙事。

本章以短片《盲人调音师》的文学剧本与完成本为例，分别对短片剧本的第2场景和“偷窥事件”两个案例进行比较分析，论述了短片剧本写作实训中的双重跨界叙事。

思考题

1. 举例分析文学叙事、表演叙事与影像叙事的特质和优势。
2. 举例分析短片剧本的双重跨界叙事。
3. 改编类与原创类短片文学剧本在写作上的异同。

课外作业

1. 观看真人短片《听我说》。
2. 撰写广告短片《你能型》的故事概述。
3. 举例分析“闪回”与“闪现”的影像叙事技术。

拓展阅读

1. 戈德罗. 从文学到影片：叙事体系. 刘云舟，译. 北京：商务印书馆，2010.

2. 瓦努瓦. 书面叙事·电影叙事. 王文融，译. 北京：北京大学出版社，2012.

第四章　短片完成本的写作实训

电影剧本的本质就是同影像打交道。如果非要给它下个定义，那么，我们可以说：一部电影剧本就是一个由画面讲述出来的故事，还包括语言和描述，而这些内容都发生在它的戏剧性结构之中。

——悉德·菲尔德:《电影剧本写作基础（最新修订版）》

我们已经知道，短片剧本写作的实训策略是，短片剧本写作的实操活动应该从短片完成本写作实训开始。在短片文学剧本普遍缺失的情况下，短片完成本写作实训就显得尤为重要。因此，在阐释和辅导短片文学剧本写作实训之前，我们将从故事概述、场景划分、场景描述和对白记述四个方面探讨短片完成本的写作实训。

第一节　短片完成本的故事概述

在对短片作品进行影像临摹之前，剧作者先要了解短片作品讲了什么故事。因此，与绘画等美术作品的视觉临摹不同，短片剧本写作实训的第一步就是要概述短片影像作品的故事。

一、故事概述的特点

与一般的短片简介不同，短片完成本的故事概述旨在简要概括短片作品的故事，并为短片完成本撰写故事纲要，而不是宣传短片作品。因此，我们至少可以从以下三个方面阐述短片完成本故事概述的特点。

1. 对象上，短片完成本故事概述是短片影像作品的故事序列概述，而不是镜头概述

虽然镜头是最小的影像叙事单位，也是短片影像作品的最小叙事单位，然而短片完成本是剧本，剧作者需要用剧本体裁撰写短片完成本。所以，在短片影像叙事作品的“拉片”过程中，剧作者先要概述短片影像故事中的事件，即故事序列的概述，而不是镜头概述。也就是说，要从镜头叙述的故事事件中寻找并概括出若干个故事序列。因此，短片完成本的最小叙事单位是事件，而不是镜头。俄国学者普罗普曾在《故事形态学》一书中将故事中的事件命名为“功能”，认为故事中的功能是从人物行动的意义上定义的角色行为，并用动词命名功能，如从打破禁忌、离家出走到惩罚敌人、举行婚礼。[①]因此，短片完成本的故事概述就是要从短片影像作品的故事中找到功能性事件，而不是画面或声音的镜头，并将这些事件在叙事时间和叙事逻辑的关系中串联成故事序列。

2. 取向上，剧作者应通过短片作品的影像临摹方法撰写故事概述，而不是对短片作品进行影片评述

短片完成本的写作任务是记述短片影像作品，而短片完成本写作实训的影像临摹方法，实际上是一种艺术创作的基础性实训方法。所以，短片完成本写作的前提是尊重并看懂短片影像作品，并能够概述短片故事。不少短片爱好者通过“拉片”撰写短片完成本，对短片进行分析评述，与套用现有的电影理论进行的短片批评相比，基于“拉片”的影片评述较为具体，也更具针对性。但是影片评述毕竟采取的是文艺批评的态度，往往因批评的解读取向而缺乏对短片故事的应有重视，缺乏剧本写作实操上的叙事解读。在短片完成本的写作实训活动中，初习者不应该对短片作品采取评头论足的态度，尤其不应该在没有完全弄懂短片的故事之前就急于表达个人的价值评判。相反，在短片完成本的写作实训中，剧作者应该尊重叙事短片，选择一些自己喜欢的短片作品、经典或流行的短片作品，用创意发现的思维方式和研习态度进行影像临摹，而短片的故事概述便是短片影

① 普罗普.故事形态学.贾放，译.北京：中华书局，2006：18-20.

像临摹的第一步。

3. 功能上，短片故事概述是从短片写作的意义上概述短片故事，而不只是观影者的影片观感概述

应该看到，从创意写作实训的意义上认识和实施短片剧本写作实训活动，就是要求剧作者把短片文学剧本写作和短片完成本写作都视作创意写作实践。一方面，用短片完成本的剧本形式记述短片影像作品，剧作者是在用文学剧本的书面语言转述短片作品的视听语言中的故事，这本身就是一种演绎性创意叙事活动；另一方面，短片完成本的故事概述不只是用书面语言将影像故事中的事件梳理并概括出来，而且剧作者要在叙事短片作品的影像临摹过程中发现编导的核心叙事创意，进而撰写短片完成本的故事概述。可以说，短片完成本写作不是机械刻板地记述短片影像作品，短片完成本的故事概述也不只是剧作者个人的主观观感，剧作者应该通过影像临摹的文本细读和创意发现的方式，在短片完成本的故事概述中提炼出短片影像作品的故事主线及其核心的叙事创意。因此，短片完成本的故事概述并不只是一种影片观感的概述，它要求剧作者通过媒介演绎和创意发现等途径，概述短片故事中的核心叙事创意。

二、故事概述的方法

与所有叙事作品的故事概述一样，短片完成本的故事概述需要剧作者经历一种“逆向”的解读过程，即把短片影像作品中的事件从情节结构转入故事结构之中，并从这些事件中找出重要的叙事序列，然后按照故事结构的时间顺序将这些重要的叙事序列先后排列而撰写故事概述。当然，短片完成本的故事概述的对象是叙事短片，因而剧作者需要在影像临摹过程中寻找短片影像作品的故事结构，在视听语言的影像叙事解读过程中完成情节结构至故事结构的转换。我们可以从以下四个方面阐释短片完成本的故事概述方法。

1. 用叙述句概述短片完成本的故事

与短片分镜头脚本不同，短片完成本是分场景剧本。所以，在对叙事短片的影像事件进行概述时，不能采用分镜头的时间标识，而要用叙述语句型概述叙事短片中的影像事件。虽然人们也可以采用关键词型对短片完

成本进行故事概述，但是叙述句型故事概述是短片剧本写作实训活动推荐的方法。一方面，叙述句型故事概述能够较为具体地概括短片故事，剧作者可以通过一系列叙述句来表述短片作品中的故事序列；另一方面，叙述句型故事概述可以更为完整地概括短片故事，剧作者既能概述短片故事中“可见的”外部事件，也可以表述短片故事中“不可见的”内部事件。因此，在撰写短片完成本的故事概述时，剧作者应该用叙述句来梳理并概括短片故事。

2. 找出短片完成本的故事主人公，并围绕主人公的人物主线概述短片完成本的故事序列

一般来说，叙事短片作品通常叙述主人公的故事，所以在撰写短片完成本的故事概述时，剧作者先要从短片影像作品中找出故事主人公，围绕主人公的行动找出一系列重要的事件，然后通过叙事逻辑的关系将重要的事件撰写成短片完成本的故事序列。即使是一部双主角或多主角的叙事短片，剧作者也应该围绕短片故事的主要角色来撰写短片故事概述。因此，在撰写短片完成本的故事概述的过程中，剧作者应该围绕故事主人公来概括短片的故事序列。

3. 用叙事时态排列短片完成本的故事序列

故事是在时间中发生、展开和结束的。所以，在撰写短片完成本的故事概述时，剧作者需要用叙事时态的方式排列故事序列。一方面，用叙述句概括短片故事中的事件，本身具有时间意味，这些叙述句是叙事短片中的叙事序列；另一方面，这些叙事序列必须按照时间先后的顺序排列起来，才能构成短片完成本故事概述意义上的故事序列。因此，短片完成本的故事概述是根据时间的先后次第，将一系列叙述句在时间轴上依次排列，进而由一系列故事序列形成故事概述。

4. 在故事的完整性原则下，明确短片完成本故事的开头与结局

亚里士多德在论述古希腊悲剧的定义谈到，悲剧是对一个严肃、完整、有一定长度的行动的模仿，而一个完整的事件由起始、中段和结尾组成。[①]其实，与古希腊悲剧相似，任何一部叙事作品都应该有一个包含起始、中

① 亚里士多德．诗学．陈中梅，译．北京：商务印书馆，1996：63.

段和结尾的故事。这就使短片完成本的故事概述区别于一些叙事短片的介绍性文体，如叙事短片简介等。一般来说，叙事短片简介主要的功能是介绍和宣传短片作品，因而可以根据宣传的功能有所侧重地概括短片故事中的事件，并不需要将短片故事完整地概述出来。但是，短片完成本的故事概述却必须从完整性的意义上概述短片故事。所以，短片完成本的故事概述要围绕故事主人公的行动来寻找重要的事件，进而形成故事主线，并且将其排列成一个完整的故事序列，尤其要注重短片故事的开头与结尾。这是因为短片情节往往会打破故事的时间顺序，用“从尾写起”“从中间写起”等方式将故事中最后发生的事件或中间发生的事件设置在短片情节的开篇，或者在短片情节的结构中用闪现、闪回或切出、切回等插入叙述手法改变短片故事中事件的时间顺序。因此，短片完成本的故事概述需要遵循故事的完整性原则，正确地把握故事的开头与结尾，即将叙事短片故事序列中最早发生的事件设置为故事概述的第一个故事序列，而把其最后发生的事件安排为故事概述的最后一个故事序列。

三、故事概述的案例分析

为了进一步阐释短片完成本的故事概述的特点与方法，我们将以真人短片《邻居的窗》等四部叙事短片为例，具体阐释如何撰写短片完成本的故事概述。

1. 动画短片《父与女》的故事概述

动画短片《父与女》的故事可以概述为以下八个故事序列：

（1）在《多瑙河之波》手风琴背景音乐下，一位身材高大的父亲和其幼小的女儿各自骑着单车去海边。女儿看着父亲独自划小船远去后，便一个人站在岸边期待父亲归来。

（2）刮风下雨的岁月里，女儿独自骑单车前往当年父亲离别的海边，独自思念父亲。

（3）上学以后，女儿与同学一起骑单车前往当年父亲离别的海边，独自思念父亲。

（4）恋爱以后，女儿乘坐男友骑的单车前往当年父亲离别的海边，独自思念父亲。

（5）成家以后，女儿与家人一起骑单车前往当年父亲离别的海边，独自思念父亲。

（6）老年以后，女儿一个人骑单车前往当年父亲离别的海边，独自思念父亲。

（7）晚年之时，女儿独自推着单车来到当年父亲离别的海边，在一只搁浅在滩涂的破损小木船里睡下。

（8）年迈的女儿从小木船里起身，突然发现站在远处滩涂上的父亲，便立刻迎着跑去，她的外貌在奔跑中由老年快速变成少女，最后与父亲拥抱。

动画短片《父与女》完成本的故事概述，至少体现了以下特点：

首先，每一个故事序列中的事件都包含了时间与逻辑的关系，如父亲与女儿一起去海边，父亲独自划着小船远去，年幼的女儿一个人站在岸边期待父亲归来。其中包含的时间关系是，先是父女去海边，接着是父亲划小船远去，最后是女儿期待父亲归来。而逻辑关系是，父亲划小船远去，所以女儿期待父亲归来。

其次，第一个故事序列是短片故事中最早发生的事件，而第八个故事序列则是最后发生的事件。也就是说，动画短片《父与女》的情节是从故事的起始开始的，即父亲离别女儿是短片故事中最早的事件，而女儿与父亲重逢是短片故事中最后的事件。

最后，上述八个故事序列是按照时间先后顺序排列的，并且这八个故事序列跟叙事短片的情节进展基本符合。所以，编导不仅采用了“从头写起”的方式叙述故事，而且短片的情节主线也是顺着故事的时间顺序来叙述的。

2. 真人短片《邻居的窗》的故事概述

真人短片《邻居的窗》的故事可以概括为以下九个故事序列：

（1）艾莉是有两个孩子的中年家庭主妇，又怀了第三个孩子，她对丈夫雅各布照看孩子颇有微词。

（2）一天夜晚，艾莉夫妇坐在自家客厅里，突然从对楼窗口的灯光下隐约看见一对新搬入的年轻夫妇正脱去上衣，拥抱亲热。两人十分震惊，却在好奇心驱使下，关上了客厅的灯，情不自禁地窥探起来。

（3）艾莉带两个孩子外出回家，看到丈夫坐在客厅里办公，误以为丈夫又在偷窥对楼邻居。两人发生口角，各自对近来的夫妻生活发牢骚，并透露出对对楼夫妻生活的羡慕之情。

（4）圣诞前夕的夜晚，艾莉用红色的圣诞彩带装点自家客厅的窗子时，看到对楼邻居正在举办舞会，十分欣赏。

（5）一天深夜，艾莉独自起身走到阳台上，无意中看到对楼的妻子坐到丈夫的身边，并在丈夫的耳边细语安慰，颇感惊疑。

（6）一天傍晚，艾莉坐在自家客厅的沙发上，突然发现对楼邻居有异常情况，就拿起望远镜窥视。只见对楼的丈夫躺在床上，有一对夫妇前来探望，对楼的妻子在访客离开后，和衣在丈夫身边躺下。

（7）一天夜晚，艾莉在自家客厅看到对楼邻居家发生了可怕的一幕，两个男子把对楼的丈夫装在一个黑色的袋子里，并搬到担架上抬走。对楼的妻子在一旁流泪，后随担架一起离开屋子。

（8）艾莉立刻赶到对楼公寓楼下的门口，看到对楼的妻子含泪目送丈夫的遗体被送上专用车子，想要上前安慰。对楼的妻子认出了艾莉，并说自己和丈夫曾经常从自家窗口看到艾莉一家人的生活，非常羡慕她有3个孩子。

（9）夜晚，艾莉独自坐在自家客厅的沙发上，注视着散乱在地板上的基本型儿童玩具火车，默默地思考着对楼邻居妻子跟自己说的话：他们也十分羡慕艾莉家人的生活。雅各布带着三个孩子回家，艾莉家的客厅灯光给漆黑的夜色带来了温馨的亮光。

在短片《邻居的窗》完成本的故事概述中，我们可以找出以下特点：

首先，编导采用了“从头说起”的情节设计模式，所以，第一个故事序列和第九个故事序列概述了短片故事的开始和结尾，并且也是短片情节的开篇和结尾[①]。但是，短片故事中有关窥探邻居家的事件却包含了两条主线：一条是女主人公艾莉窥探对楼邻居家的窗口；另一条是对楼邻居夫妇窥探艾莉家的窗口。而编导在短片情节中正面叙述了艾莉窥探对楼邻居家窗口的故事序列，却没有直接叙述对楼夫妇窥探艾莉家窗口的故事序列，而是通过对楼的妻子说出来的。所以，短片《邻居的窗》在情节上构成明线与暗线两个情节主线，短片完成本故事概述主要概括了短片明线上的情节主线，而在第八个故事序列中侧面提到了短片暗线上的情节主线。

---

① 编导为短片《邻居的窗》的开篇与结局分别设计了两个情节外场景，因而从情节主线上讲，短片编导采用了“从头说起”的情节方式设置情节框架。参阅本章第二节之“情节内场景与情节外场景”的案例分析。

其次，第二个故事序列是短片故事的引发事件，故事主人公艾莉从自家客厅的窗口看到对楼新搬来的一对夫妇激情拥吻，导致艾莉对对楼夫妻生活的羡慕。所以，在后续故事序列中，艾莉与丈夫互相抱怨近来的夫妻生活缺乏激情，艾莉经常关注对楼邻居的窗口。

再者，第七个故事序列是短片故事的转折点，艾莉发现对楼的丈夫去世，非常震惊。第八个故事序列是短片故事的高潮点，艾莉从对楼的妻子那里得知，原来对楼夫妇两人也经常窥视艾莉家的窗口，羡慕艾莉夫妇养育了三个儿女。

3. 真人短片《盲人调音师》的故事概述

真人短片《盲人调音师》故事可以概述为以下九个故事序列：

（1）主人公阿德里安因钢琴演奏事业上的挫折与女友分手，决定装作盲人去当钢琴调音师。

（2）阿德里安对盲人调音师的工作感到十分满意，不仅小费高，而且能偷窥客户的隐私，甚至在音乐学院排练室调音时偷窥一个女孩在他面前穿“三点式”跳舞服练舞。

（3）在茶餐厅约见时，阿德里安跟自己的经纪人西蒙谈论起自己假装盲人调音师的各种好处，十分得意。

（4）在过人行道时，阿德里安手持盲人拐杖，戴着盲人眼镜，却调侃地提醒身边的老妇人绿灯亮了，并得意地回想起自己在音乐学院排练室调音时偷窥一个女孩在他面前穿“三点式”跳舞服练舞的情形。

（5）阿德里安根据预约去客户家给钢琴调音，却意外看到了男客户被杀的现场，并脚踩血泊滑倒在地。

（6）阿德里安看到身沾血迹的男客户的尸体躺在沙发上，非常恐惧。

（7）在女客户的要求下，阿德里安脱下因滑倒而弄脏的外套，拿给女客户清洗。

（8）阿德里安担心女客户看到自己外衣口袋里的日程本后，会发现自己假装盲人调音师的真相。

（9）阿德里安赤裸上身，穿着短裤，坐在钢琴前调音，女客户在他身后拿着气钉枪瞄准他的后脑。

短片《盲人调音师》完成本的故事概述体现出以下特点：

首先，从故事序列上看，编导围绕故事主人公阿德里安假装盲人调音师的故事主线，用因果叙事逻辑配置事件，所以，故事概述中的每个故事序列都由因果叙事逻辑将两个或更多事件组合成叙述句。

其次，从故事序列的首尾布局上讲，短片的情节上有一个序幕，叙述主人公阿德里安假装盲人调音师坐在钢琴前调音时，女客户在他身后拿着气钉枪瞄准他的后脑，直到正片开始才叙述阿德里安十五年前参加伯恩斯坦钢琴比赛的事件。因此，这部短片采取了“从尾写起”的倒叙情节模式。也就是说，短片情节序幕中发生的事件是短片故事中的最后一个故事序列，而短片故事概述中的第一个故事序列却在短片情节上成了第二个情节性场景。

最后，从故事序列排列上看，编导在情节主线上重组了故事序列的时间顺序。例如，在故事概述中，阿德里安在茶餐厅里约见经纪人西蒙，并谈论起自己假装盲人调音师后的得意经历，是短片故事中的第三个故事序列。而在第三个故事序列中，阿德里安所谈论的那些自鸣得意的经历是此前发生的事件，包括阿德里安在音乐学院排练室调音时偷窥一个女孩在他面前穿“三点式”跳舞服练舞。所以，在故事概述中是第二个故事序列。但是，编导却在短片情节上把故事概述第二个故事序列中发生的事件移至第三个叙事序列之后，变成阿德里安在茶餐厅跟自己的经纪人约见时候的谈资。因此，在撰写真人短片《盲人调音师》完成本的故事概述时，需要改变短片影像作品中叙事序列在情节结构中的排列，根据短片中故事序列的时间顺序来概述故事。

4. 广告短片《你能型》的故事概述

《你能型》是一部时长较短的广告短片，只有四分钟。但是，编导却叙述了一个完整而具有双重反转情节的故事。我们可以将广告短片《你能型》的故事概括为以下十八个叙事序列：

（1）女主人公是一名穷人家的聋哑女孩，从小喜欢小提琴演奏。一次，她在街上聚精会神地聆听流浪艺人演奏小提琴，并有了学小提琴的愿望。

（2）聋哑女孩独自在马路上行走，回想起自己学习小提琴时遭到学钢琴的女同学歧视的情形：在两人练琴时，学钢琴的女同学当面嘲讽聋哑人不该学拉小提琴；聋哑女孩在教室里独自对着小提琴垂泪。

（3）聋哑女孩再次观看流浪艺人在街上演奏小提琴，在流浪艺人用手语询问后，聋哑女孩流下了伤心的流泪。

（4）聋哑女孩听了流浪艺人的谆谆教导，要用自己的心来聆听音乐旋律，便决心继续练习小提琴。

（5）聋哑女孩在简陋的阳台上独自练习小提琴，准备参加古典音乐大赛。

（6）学钢琴的女同学坐在自家客厅里弹奏钢琴，女陪练老师站在边上，关注着她的弹奏。

（7）聋哑女孩站在简陋的阳台上，沐浴着阳光，独自练习小提琴。

（8）聋哑女孩手抱小提琴盒，去报名参加古典音乐大赛，学钢琴的女同学也前来报名参赛，并对聋哑女孩投去歧视的眼神。

（9）在学校食堂里，聋哑女孩手中盛满饭菜的盆子被学钢琴的女同学故意撞翻，但这没有动摇她参加古典音乐大赛的决心。

（10）聋哑女孩站在简陋的阳台上，独自练习小提琴。

（11）聋哑女孩与流浪艺人一起在街上演奏小提琴，赢得了围观路人的赞许，恰巧被学钢琴的女同学乘坐私家车路过时看到。

（12）学钢琴的女同学在自家的客厅里练习钢琴，生气地拒绝女陪练老师的辅导。

（13）聋哑女孩与流浪艺人一起在街上演奏小提琴时，遭到受学钢琴的女同学指使的暴徒殴打，聋哑女孩的小提琴被暴徒砸坏。

（14）学钢琴的女同学在古典音乐大赛上演奏完毕，台下响起观众的掌声。

（15）报幕员宣布最后一名参赛者表演后，聋哑女孩站在古典音乐大赛的舞台上，她想起了探望因和自己在街上卖艺而遭暴徒打伤躺在病床上的流浪艺人的情形。

（16）聋哑女孩演奏小提琴乐曲《卡农》，影片追叙聋哑女孩在学小提琴过程中经历的喜怒哀乐场面。

（17）在《卡农》小提琴乐曲中，聋哑女孩继续在台上演奏小提琴，画面呈现蝶蛹破茧远飞的景象。

（18）聋哑女孩演奏《卡农》结束，评委和观众报以热烈的掌声。聋哑女孩终于在古典音乐大赛上获胜。

广告短片《你能型》完成本的故事概述至少表现出以下特点：

首先，在故事序列的组合上，虽然短片作品中有大量的画面切换和场景切换，但剧作者抓住了故事主人公聋哑女孩的人物主线，并通过因果逻辑关系找出聋哑女孩主线上的事件，概括出故事序列。

其次，在首尾故事序列上，编导采用了“从头写起”的情节模式，所以，短片情节的第一个场面就是故事概述中的第一个故事序列，而第十八个故事序列也是短片情节的最后一个事件。

最后，在故事序列的编排次第上，编导运用了大量切换式叙述方式叙述短片故事，尤其是从第十二个故事序列至第十四个故事序列，以及第十五个故事序列到第十七个故事序列，画面切换的频率更多并更快。所以，在撰写故事概述时，剧作者需要从故事序列的时间先后上加以重组和编排。也就是说，广告短片《你能型》虽然采用“从头写起”的情节模式，然而短片的剧情却因画面切换频繁而打破了短片故事的时间线索。因此，短片完成本的故事概述并没有完全根据短片的情节序列，而是依照叙事序列的时间先后关系，排列出十八个前后相继的故事序列，并组成故事主线的框架。

第二节　短片完成本的场景划分

短片完成本是以场景为结构性情节框架的。所以，在对短片影像作品的故事进行概述之后，剧作者就需要进入场景划分的环节。“每一个场景都要完成一个任务，或是需要完成一个任务。这个任务除了需要用语言生动形象地描述布局和场景之外，还应推动故事情节发展，而不是粗略地一带而过。”[①] 因此，我们有必要从情节主线、情节的主次关系和情节的呈现方式上，具体探讨剧作者如何进行短片完成本的场景划分。

一、情节内场景与情节外场景

从场景与情节主线的关系上，短片场景可以分为情节内场景与情节外场景。所以，剧作者主要从情节内场景来梳理短片情节，并把情节外场景从情节主线上剥离出来。

1. 情节内场景

情节内场景是短片情节主线上的场景，编导借助情节内场景来构建和叙述短片情节。所以，在短片情节主线上，情节内场景是不可或缺的。

例如，短片《邻居的窗》的编导以艾莉家的客厅为重心，设计了一系

① 布鲁克斯.故事工程：掌握成功写作的六大核心技能.刘在良，译.北京：中国人民大学出版社，2014：237.

列情节内场景。在短片完成本的第2场景中，编导叙述道：

扫码观看短片《邻居的窗》片段1

2. 艾莉公寓的客厅 夜 内

艾莉是个中年家庭主妇，整天忙于照看自己的两个孩子。这时，她正蹲在餐桌的下面，捡拾着孩子们白天玩耍时散放在木地板上的玩具火车。

起身时，艾莉的头撞到了餐桌。她一边用手抚摸着被撞的头部，一边站起身来。

繁重的家务和抚养孩子的操劳已在艾莉的脸上留下了痕迹，褐色的长发被仓促地盘在了脑后，并用头绳胡乱地扎起，加上略显苍白的脸色，使她看上去像个疲惫不堪的家庭主妇。

艾莉的丈夫雅各布走进客厅。这是个健壮的中年男子，身穿T恤和齐膝短裤。

雅各布见到妻子后，高举双手，暗示自己总算摆脱了两个孩子的纠缠，并露出一副解脱轻松的神态。

艾莉：哇，他们完事了吗？

雅各布点点头。

艾莉：这么简单，也太快了吧。

雅各布（走向妻子）：是的，他们在大喊大叫。

艾莉一边在餐桌上摆放晚餐，一边跟雅各布闲聊刚才两人跟孩子玩游戏的事情。

见雅各布在餐桌前坐下后，艾莉也用手托着自己因怀孕而微微凸起的肚子，走向丈夫。她在雅各布的身边坐下后，看向丈夫酒杯里的红酒。

艾莉：这看起来不错。

雅各布喝了口红酒后，把手里的酒杯递向妻子。

雅各布：来一点吗？

艾莉：我不要。

艾莉坐定后，向前方望去。

艾莉（惊讶地）：这是在做什么？

雅各布（看了眼艾莉）：什么？

【切出】

对楼邻居窗口的灯光下，一对夫妇正在脱去上衣，拥抱亲热。

雅各布【画外音】：哇！

艾莉【画外音】：我的天呐！

【切回】

艾莉突然感到害羞起来，用手遮住自己的脸，并笑着垂下了双眼。

艾莉：噢，我不能看。

雅各布（调侃）：你一直在看。

艾莉索性放下手，笑着注视对楼的邻居夫妇热烈拥吻。

艾莉：说真的，他们需要订购一些窗帘。

雅各布：真丢脸。

艾莉（看了丈夫一眼，讽刺地）：好吧，别再流口水了。

雅各布放下手里的酒杯，侧身吻了一下妻子的脸颊。

【切出】

在灯光下，对楼的邻居夫妇已经全身赤裸，激动地互相拥吻。

雅各布【画外音】：他们在给新公寓洗礼。

【切回】

艾莉（看向对楼邻居的窗口）：你觉得他们真的不知道我们能看见他们吗？还是他们没来得及准备装上窗帘？

雅各布：我只是觉得他们不在乎。

艾莉：哇！

雅各布：哇！这招新鲜，她很灵活。

艾莉（有些不高兴）：你知道，他也很性感。

雅各布：我没说性感，我只说灵活。

从艾莉和雅各布的背后看去，因距离变远，对楼邻居夫妇的激情场面显得十分模糊。

雅各布：你觉得我们应该关灯吗？

艾莉：我们为什么要关灯呢？我们什么也没做。他们才应该关灯。……

艾莉的话刚说出口，突然心有所感，她便起身走到客厅门口，伸手关灯，然后挺着肚子走回来，重新坐在丈夫身边。

从艾莉和雅各布的背后看去，艾莉夫妻两人正在黑暗中偷窥着对楼邻居的窗口，因距离远和灯光昏暗，对楼邻居夫妇的激情场景隐约可见。

在上述引文中，短片完成本叙述了短片《邻居的窗》在情节主线上的核心事件，即艾莉从自家客厅窗口无意中看到对楼新搬来的夫妇的激情场景，短片情节由此正式开始。因此，我们将其称为“情节内场景”。

2. 情节外场景

在短片影像作品中，也有一些具有具体地点和时空位置的场景，然而其却并不具有情节主线上的连接和推进的叙事功能。我们将其称为“情节外场景”。

例如，短片《邻居的窗》完成本的开篇和结尾便是两个情节外场景。

首先，短片《邻居的窗》完成本的开篇场景，编导叙述如下：

1. 江边 夜 外

江边的夜晚，远处高楼林立，一派繁华的都市景色。

【片名字幕】邻居的窗。

都市的夜空，一轮月亮悬挂在天空，两幢公寓楼房隔空相望，公寓中有几户人家的窗口正亮着灯光。

扫码观看短片《邻居的窗》片段2

其次，短片《邻居的窗》完成本的结尾场景，编导叙述如下：

14. 艾莉公寓的客厅 夜 外

都市的夜晚，远处楼宇毗邻，灯光闪烁，近处有几座楼房的窗口零星地亮着灯光。

艾莉家的客厅里，雅各布正抱着最小的孩子，似乎正对着艾莉说什么。他们的两个孩子在客厅里玩耍。

艾莉站在客厅的餐桌前，看着丈夫招呼两个玩耍的孩子离开客厅。

艾莉一家人美满而幸福的生活情景，透过艾莉家客厅的窗口，给漆黑的夜色带来温馨的亮光。

扫码观看短片《邻居的窗》片段3

上述引文也是短片《邻居的窗》情节首尾的两个场景，并且，在结尾的场景中，编导通过展示艾莉一家人的生活情景，传递短片故事的叙述话语。可是，这两个场景都是情节外场景，理由在于：删除第一个场景，不影响短片情节的开始；没有最后一个场景，编导也已完整地叙述了短片故事。因此，这两个场景不是为了叙述短片情节主线中的事件，而是具有情节之外的叙事功能。如，在开篇场景中，从江边的都市繁华夜景，到两座隔空相望的公寓，主要是交代短片故事的所在地，所以摄影师采用了定场镜头拍摄；而在结尾场景里，短片通过艾莉家客厅窗口的灯光映出艾莉一家人温暖的生活情景，传递了短片的叙事主题。

二、核心场景与过渡场景

核心场景与过渡场景是从场景与情节的主次关系上所做的场景分类。剧作者要从短片作品的情节内场景中找出核心场景，把过渡场景作为核心场景在情节主线上的补充或拓展。

1. 核心场景

核心场景是短片情节框架的支撑性场景，因而总是能够驱动情节主线的发展或转折。

例如，在短片《邻居的窗》完成本的第3场景中，编导叙述如下：

3. 艾莉公寓的客厅 日 内

三个月以后，窗外下着雪，客厅的桌上放着两个空啤酒瓶，一只双筒望远镜。

艾莉推着童车走进客厅，嘴里跟儿子嚷着。

艾莉：再等一下。我们差不多了。

艾莉把童车停住后，蹲下身子，赶忙给四岁的儿子解开童车的安全带。

扫码观看短片《邻居的窗》片段4

艾莉（把童车安全带给了童车上的女儿）：好吧，继续拿着。

雅各布坐在客厅临窗的桌旁，戴着耳机跟人通话，两条腿架在桌上。

艾莉走在儿子的身后，催促着儿子赶紧上卫生间。

艾莉：快，快，快！

艾莉一边脱去身上的外套，一边询问进入卫生间的儿子。

艾莉：你行吗，坦纳？（发现儿子还没有上厕所，急忙叫嚷）不，不，不，上厕所。

艾莉立刻跑进卫生间，帮着儿子坐上马桶。

艾莉赶忙走到客厅。

艾莉：你还在这。

艾莉低下身子，给三岁的女儿解开童车的安全带。

女儿：他怎么啦？

艾莉：什么？他没找到马桶。

女儿：又一次？

艾莉：是的，又一次。没有关系。

艾莉把女儿抱下童车。

艾莉：站在这里，我需要……

雅各布向艾莉示意自己正忙着通话。

艾莉收拾起童车，靠在墙边，然后转身摘下背包，随手放在桌子上。

艾莉返回并站在客厅中央，生气地看着丈夫跷着腿用手机通话。

雅各布赶紧结束通话，合上手提电脑，看向妻子。

雅各布：抱歉。

艾莉转身从身边的桌子上提起两只从外面带来的购物袋。

艾莉（冷漠地）：晚了。

雅各布起身，走近妻子，极力地解释自己刚才打电话是在讨论工作上的事情。

艾莉从购物袋里取出刚购买的儿童食品以及番茄等食材，并用质疑的眼神看向丈夫。

艾莉：你怎么会在这里办公？

雅各布：这边……网络信号比较好。

艾莉（讽刺地）：你朋友在家吗？

雅各布（疑惑地）：我的朋友？

艾莉：是的。在对面楼吗？还是你太认真没注意到他们？

艾莉转身准备整理桌子上刚采购回来的东西，不小心把脚旁袋子里的苹果等碰翻。

艾莉蹲下身子，心烦意乱地从地板上捡起碰翻的东西，并随手接过雅各布从地上捡起的苹果，装入袋子。

艾莉：很好，好的。我知道了，谢谢！

雅各布（有些摸不着头脑）：你今天怎么了？发生了什么？

艾莉：我一个人一整天带孩子去动物园，还下着雪。我要帮他们擦鼻涕、上厕所，我肚子饿，还弄伤了膝盖。昨晚我只睡了四小时。因为我在喂奶，还遭嫌弃。我一回到家，就看见你和朋友玩得不亦乐乎。老二寂寞了，还可以看着邻居发呆。

雅各布（惊讶）：哇！

雅各布发现两个孩子站在眼前，疑惑地看着自己跟妻子大声说话，便赶忙走上前去。

雅各布：小伙伴们，你们先回房间去吧。

两个孩子接过父亲手里的零食袋，离开了客厅。

艾莉走到临窗的桌前，一边收拾起两只空啤酒瓶，一边看向对楼邻居的窗口，大声嚷了起来。

艾莉：三个月了，他们还不明白这里住着一整栋楼的人，我真觉得对面的人是故意的。

雅各布：我认为你可能反应过度了。

艾莉放下手上正在整理的东西，站起身面对着丈夫。

艾莉：哦，你呢，这副双筒望远镜是我送给你的生日礼物，你喜欢吗？（艾莉把桌子上的两只购物袋放到地上后，起身看向雅各布）我知道自己回不到二十岁了，我总是觉得很累。你羡慕别人的样子让我感觉很难过。

雅各布：等一下，我不认为我是唯一被对楼吸引的人。

艾莉：你就是经受不住他们的诱惑。好吧，一个美丽性感的诱惑。

雅各布：我没有那么说。

艾莉离开餐桌，走到窗前，对着对楼大声叫嚷。

艾莉：我的意思是说，他们有正经的工作吗？只会整天办舞会，每天睡到中午。（艾莉低下头，自言自语）你不知道你的脸不断被抚摸的感觉吧？

雅各布走了过来，也站在窗前。

雅各布：不，我知道。你以为我喜欢谈论。多少次筋疲力尽，完事后，谁先睡着的？因为工作加速我的衰老。我觉得你没有注意到，你什么时候会注意到？你不是唯一一个回不到二十岁的人。（唱歌）"彻夜未眠，激动得很"。

艾莉（看向丈夫）：你不满意吗？那首歌在他们出生之前就有了。

雅各布：好吧，不要说了。

雅各布伸手将妻子抱在怀里，艾莉侧过脸，眼睛转向了对楼。

短片《邻居的窗》的第2场景与第3场景都是核心场景。其中，第2场景是短片情节的外部引发事件，叙述艾莉第一次因发现对楼邻居夫妇的激情生活而产生好奇。第3场景是短片情节的内部引发事件。艾莉与丈夫之间存在矛盾，艾莉跟雅各布说"你羡慕别人的样子让我感觉很难过"，而雅各布却回答，"我不认为我是唯一被对楼吸引的人"。编导通过这两句对话，以主要人物斗嘴的方式初步确立了艾莉夫妻两人对对楼夫妇生活的羡慕之情，进而使艾莉对对楼的窥探不同于对别人隐私的偷窥。因此，短片《邻居的窗》的情节主线便由最初的好奇偷窥变为羡慕窥探。

2. 过渡场景

扫码观看短片《邻居的窗》片段5

与核心场景不同，过渡场景主要用于核心场景之间的前后衔接，因而不具有决定情节主线发展方向的叙事功能。所以，尽管过渡场景是短片情节内的场景，然而却总是叙述短片次要情节线上的事件。

例如，短片《邻居的窗》完成本的第4场景至第7场景，编导叙述如下：

4. 艾莉公寓的客厅 夜 内

圣诞前夕，天上飘起了雪，路上的行人匆匆地行走。

艾莉用红色的圣诞彩带装饰着客厅的玻璃窗，并走到堆满玩具的桌子前，整理孩子们的圣诞礼物。

艾莉不禁抬起头来，从自家的客厅窗口看向对楼。

【切出】

对楼邻居的窗内灯光明亮，一些青年男女正在屋内举办舞会，场面十分热闹。

【切回】

艾莉脸上露出欣赏的神色。突然，艾莉听到身边摇篮里孩子发出的吵闹声，便急忙转身去照看孩子。

5. 艾莉公寓的客厅 日 内

艾莉和雅各布坐在客厅的餐桌前，一起吃早餐。他们最小的孩子坐在身边的摇篮里。

雅各布专心地看着自己的手机，而艾莉一边吃早餐，一边不时地看向对楼。

6. 艾莉公寓的客厅 夜 内

客厅里没有开灯，在昏暗中艾莉一边用左手抱着最小的孩子睡觉，一边用右手举起双筒望远镜，独自注视着对楼邻居的窗口。

雅各布走进客厅，发现妻子用望远镜聚精会神地窥探着对楼邻居，便在客厅门口注视了一会儿后，转身离开了客厅。

7. 艾莉公寓的客厅 日 内

艾莉坐在客厅的沙发上，边照看三个孩子，边用手机跟丈夫通话，希望他能早些回家。

上述引文的短片场景是过渡场景，编导从多个侧面叙述艾莉对对楼夫妻生活的羡慕之情。其中，第4场景和第5场景是艾莉照看孩子时，用好奇和欣赏的眼光窥探对楼邻居的窗口；第6场景叙述艾莉独自抱着孩子窥探对楼邻居窗口时所表现出的羡慕之情；第7场景则展示艾莉在家带孩子时，想要丈夫雅各布陪伴自己，因而打电话希望丈夫早点回家。因此，在第2场景和第3场景的引发事件确定短片情节主线发展方向之后，第4场景至第7场景是短片情节支线上的场景，其叙事功能是多侧面展示短片情节主线走向，因而是过渡场景。

三、主体场景与插入场景

从场景的情节呈现方式上看，短片场景可以分为主体场景与插入场景。主体场景是叙述短片情节前景中正在发生的事件，而插入场景则是以插入的方式充当主体场景叙述过程中的后景，即短片情节后景中曾经发生或今后可能发生的事件。所以，主体场景与插入场景的划分，实际上是要探讨短片场景在短片完成本情节上的不同呈现方式。

1. 主体场景

主体场景表现为，剧作者通过短片前景展示的呈现方式，正面叙述短片场景中正在发生的事件。

例如，短片《盲人调音师》完成本的第4场景叙述道：

扫码观看短片《盲人调音师》片段1

4. 某茶餐厅 日 内

阿德里安坐在某茶餐厅的客座上，等着自己的经纪人西蒙到来。眼前的餐桌上放着几块糕点和两个茶杯。

阿德里安身穿西装，系着领带，戴着墨镜，正在给自己的茶杯里倒入茶水。

阿德里安【画外音】：我活过来了，成了钢琴调音师。

西蒙走到餐桌边，在阿德里安的对面坐下。

一个年轻的服务员将两只碟子随手丢在了阿德里安的餐桌上，碟子发出碰撞的声响。

阿德里安（讥讽地）：这儿的服务真周到。

西蒙是个胖胖的中年男子，一坐下来就从自己的外衣口袋里拿出手机，低头看了起来。

西蒙（自言自语）：这社会不是偷窥者，就是暴露狂。昨晚我们聊了两个小时，看她给我发的照片。

西蒙把自己的手机递到阿德里安的眼前，要让他看手机里的照片。

阿德里安：我是来吃饭的。

西蒙：你这年纪难道就没有恶习吗。

阿德里安将满汤匙的糖放入自己的嘴里。

西蒙：你把糖当饭吃吗？你吃死了我也不管。我来这里可不是为了看你吃饭摆排场，我想知道，你的调音订单怎么在一个月内翻倍了？

阿德里安（傲慢）：你的客户欣赏我的工作，这奇怪吗？

西蒙：有点儿。

阿德里安：有人投诉吗？

阿德里安再次把汤匙放在自己的嘴里。

西蒙：还没有。

阿德里安：生产力提高了也要炒我鱿鱼吗？

西蒙（发怒）：胡说，今天早上接到个电话，要找我的盲人调音师。

西蒙意识到自己的情绪有些失控，环视四周后，变缓了语气。

西蒙（压低语调）：你能解释一下吗？

阿德里安不紧不慢地喝了一口茶，便用白色的餐巾擦着嘴。

阿德里安：莫卧儿帝国的皇帝沙·贾汉，在妻子死后……

西蒙（打断）：哦不，我没空听你胡扯。

阿德里安（有条不紊地）：莫卧儿帝国的皇帝沙·贾汉，在妻子死后悲痛万分，他召来当时最好的建筑师。建筑师来到皇帝面前，皇帝问他，你结婚了吗？结了，陛下。你爱你妻子吗？是的，陛下，她是我的命，我爱她胜于一切。很好，那我就把她处死，你就知道我有多痛苦，就能为我妻子建起世界上最壮丽的坟墓。皇帝处死了建筑师的妻子，建筑师建起了泰姬陵。

西蒙看着阿德里安，脸上露出莫名其妙的表情。

阿德里安：人们认为失去会令人更加敏感。

西蒙：你太有才了，混蛋。

阿德里安将戴着的墨镜往下拉了一些，想让西蒙能看到自己的眼睛。

阿德里安：我决定变成瞎子。

西蒙（往前凑）：这是什么？

阿德里安（颇为得意地）：隐形眼镜。我下午要去新客户那里调音。

西蒙：不会吧。

阿德里安（脸上露出笑容）：他们认为我其他感官更发达，我的耳朵无与伦比。

【闪回】

阿德里安戴着盲人墨镜在客户家给钢琴调音，他像盲人似的拿起水杯喝水，一旁的白发老人帮着他端住手里的水杯。

阿德里安【画外音】：一个盲人调音师，他们肯定会和朋友说起。

西蒙【画外音】：别再吃糖了。

阿德里安【画外音】：有很多好处，知道吗？

【闪回】

阿德里安戴着盲人墨镜在客户家的钢琴旁调音，一个头戴卷发夹子、身穿宽松睡衣的中年妇女，在他身后旁若无人地做着面膜。

阿德里安【画外音】：小费更高，人们更友好。

【闪回】

阿德里安戴着盲人墨镜在客户家给钢琴调音，一个上身穿着西服、系着领带，下身穿着短裤的中年男子，走过他的身后，去房间的另一端。中年男子拿起一条深色的长裤，穿了起来。

阿德里安【画外音】：没那么多提防。我知道别人都不知道的事。

【闪回】

某音乐学院排练室里，阿德里安正在为一架三角钢琴调音，一个女孩走了进来。

女孩【画外音】：介意我在你工作的时候跳舞吗？

阿德里安（抬起头，用一双盲人似的眼睛回应）：不介意。

女孩走过阿德里安身边，她刚要脱下身上的外衣时，回头看了一眼。

女孩看到阿德里安倚在钢琴边的导盲拐杖，才放心地脱下裙子。

阿德里安双目放空地面向前方，十指在琴键上翻滚。

穿“三点式”舞蹈服的女孩在阿德里安面前翩翩起舞。

【切回】

在茶餐厅里，西蒙发现阿德里安为自己假装盲人调音师而自鸣得意，有些生气。

西蒙：你是个偷窥者。

阿德里安：自比赛结束后我就没能再弹琴。在瞎子面前人们不再克制，他们会给得更多、更好，我需要这些……

西蒙（有些着急）：如果你被抓住怎么办？所有人都会认为我也参与了。

阿德里安：你刚才说还没人投诉。这就要炒掉我吗？

西蒙：别逼我。（停顿一下）让我再看看。

阿德里安把墨镜拉下了一些，凑近西蒙。

西蒙：练了好久了吗？

阿德里安：是得练。

年轻的服务员将账单随手摔在阿德里安面前的餐桌上，转身就离开。

阿德里安（微笑着）：你还是很难相信，是吗？来做个实验，我来结账。

阿德里安拿起餐桌上的账单，从自己的上衣口袋里取出皮夹。

在上述引文中，阿德里安与经纪人西蒙在茶餐厅里见面交谈是一个主体场景，因为在这个场景里，阿德里安与西蒙谈起了自己假装盲人调音师，并眉飞色舞地说起自己因为是盲人调音师而在客户那里获取的各种"好处"。而整部短片作品就是叙述阿德里安从假装盲人调音师的偷窥得意，到最后因假装盲人调音师被识破而遭受惩罚。因此，短片《盲人调音师》完成本的第4场景是一个主体场景。

2. 插入场景

顾名思义，插入场景是在主体场景叙述过程中，以闪回、闪现等方式呈现的短片场景，包括交代主体场景中人物或事件的前因后果，或说明、解释主体场景中的事件或话题。

如上所引，在短片《盲人调音师》完成本第4场景的主体场景中，编导插入叙述了以下场景：

- 白发老人家里的调音场景。
- 中年妇女家里的调音场景。
- 中年男子家里的调音场景。

- 某音乐学院排练室的调音场景。

从时间上看，这四个场景是短片情节后景中的事件，并都发生在主体场景之前；从功能上讲，这四个场景是阿德里安在向西蒙谈论自己假装盲人调音师之后，受到不同客户的“礼遇”，因而完成本用“闪回”的方式标识，这是旨在配合主体场景中的话题插入的场景，为阿德里安在主体场景中炫耀自己假装盲人调音师提供例证。而“切回”则表示短片情节从插入场景切换回原来的主体场景，继续叙述阿德里安在茶餐厅跟西蒙之间的对话。

第三节　短片完成本的场景描述

在划分了短片作品的场景之后，剧作者就要撰写短片完成本的场景描述。我们已经知道，与短片文学剧本的段落分行不同，短片完成本的场景描述写作格式是句式分行，表现为剧作者往往用两三个叙述句的场景描述组成一个自然段落。①应该看到，在场景描述的写作格式上，短片完成本的句式分行意味着剧作者更加注重短片作品中影像叙事的镜头语言与表演叙事的肢体语言。因此，我们需要从文学叙事取向、表演叙事取向与影像叙事取向三个方面，具体探讨短片完成本在场景描述方面的跨界叙事取向。

一、场景描述中的文学叙事取向

短片完成本是通过“影像临摹”而撰写的短片剧本，与短片文学剧本相比，剧作者总是更加注重短片作品中的表演叙事和影像叙事。但是，短片完成本毕竟是基于文学叙事的剧本体裁，所以剧作者需要在短片完成本的场景描述中体现文学叙事取向。短片完成本场景描述的文学叙事取向表现为，剧作者根据文学视像和文学诗性等文学叙事的特质而采用的短片完成本场景描述。

1. 用文学视像的方式介绍和描摹主要角色的首次出场

在短片故事的主要角色第一次出场时，剧作者需要向读者和观众介绍

① 参阅本教程第二章第四节之“场景描述”。

其人物身份、年龄、性别等相关信息。因此，在短片完成本的场景描述中，剧作者就应该发挥文学叙事的特质，在主要角色首次出场时用文学视像的方式介绍人物身份和描摹人物状貌。

例如，在短片《邻居的窗》第2场景中，女主人公艾莉与其丈夫雅各布初次出场时，短片完成本叙述道：

扫码观看短片《邻居的窗》片段6

2. 艾莉公寓的客厅 夜 内

艾莉是个中年家庭主妇，整天忙于照看自己的两个孩子。这时，她正蹲在餐桌的下面，捡拾着孩子们白天玩耍时散放在木地板上的玩具火车。

起身时，艾莉的头撞到了餐桌。她一边用手抚摸着被撞的头部，一边站起身来。

繁重的家务和抚养孩子的操劳已在艾莉的脸上留下了痕迹，褐色的长发被仓促地盘在了脑后，并用头绳胡乱地扎起，加上略显苍白的脸色，使她看上去像个疲惫不堪的家庭主妇。

艾莉的丈夫雅各布走进客厅。这是个健壮的中年男子，身穿T恤和齐膝短裤。

雅各布见到妻子后，高举双手，暗示自己总算摆脱了两个孩子的纠缠，并露出一副解脱轻松的神态。

上述引文描述的是这对夫妇在短片作品中的首次出场。在短片没有用两人对话进行互相介绍的前提下，短片完成本不得不通过短片作品的画面“读片”方式，在上述第三、四段落的场景描写中简要地介绍两人的身份，并用文学描述的方式描绘了两人的外表和状貌。

2. 在场景描述中植入文学联想的叙事机制

在用剧本的方式撰写短片完成本时，剧作者需要从短片影像作品的整体上把握并描述短片场景，尤其当短片影像作品的画面与声音无法展示或缺失展示的时候，剧作者应该在场景描述中植入文学联想的叙事机制，即用文学叙事的方式补充或增添某些场景描述的语句，包括描述场景中人物在意识和情感层面上“可不见”的东西。

我们在本书第一章第二节之“导演的短片叙事方式”中，举例探讨了导演的定格画面叙事方式。在短片《邻居的窗》临近结尾时，导演将镜头定格在艾莉家的客厅，并用两个分别延时2～4秒的定格镜头展示艾莉独自深思的场面。前一个定格镜头是艾莉前方的地板上散乱地堆放着玩具火车；后一个定格镜头则是艾莉坐在客厅沙发上注视着这些散乱在地板上的玩具火车，双手托着下颌，凝神思索。其实，在短片影像作品的上述场景中，导演并没有更多的镜头描述，也没有用短片对白解释或交代艾莉为何看着眼前的玩具火车，凝神思索。然而导演的叙事意图是，这个定格画面与前一个场景中艾莉听了对楼邻居妻子的坦言有着叙事逻辑关联。在撰写短片完成本的场景描述时，剧作者就需要借助文学叙事的方法，在场景描述中植入文学联想的叙事机制，以便传达编导在这两个定格镜头中的创作意图。所以，短片《邻居的窗》完成本的第13场景叙述如下：

13. 艾莉公寓的客厅 夜 内

扫码观看短片《邻居的窗》片段7

艾莉独自坐在自家客厅的沙发上，注视着孩子们散乱在地板上的玩具火车，默默地思考着对楼邻居妻子跟自己说的话：他们也十分羡慕艾莉家人的生活。

她听到丈夫进门后，便起身迎了上去。

雅各布一只手抱着婴儿，另一只手推着童车，车里坐着他们的两个孩子。

艾莉跟孩子们打着招呼，然后询问孩子们在外面玩得如何。孩子们向母亲说起他们如何帮助父亲照顾小妹妹。

艾莉帮助两个孩子走下童车，并把童车靠边放置好。

在第12场景里，艾莉听到对楼的妻子坦言，她和病故的丈夫曾经常窥探艾莉家的窗口，并非常羡慕艾莉的家庭生活。所以，在紧接着的第13场景开始，编导设计了一个人物的外部状貌，即艾莉独自坐在自家客厅的沙发上，注视着孩子们散乱在地板上的玩具火车。尽管这是一个静态的画面，艾莉既不说话也没有外在的肢体动作，只是静坐并注视着眼前的玩具火车，但是在短片完成本的场景描述中，就需要剧作者植入文学联想的叙事机制，具体表现为在场景描述中增加了这样一句话，艾莉“默默地思考着对楼邻居妻子跟自己说的话：他们也十分羡慕艾莉家人的生活”。显然，编导在短片影像作品的第12场景中并没有直接展示这句话的叙事意义，剧作者借助文学叙事的联想方法将其与第12场景中的事件（即艾莉得知对楼邻居夫妇也经常偷窥自家窗口并非常羡慕自己的家庭生活）联系起来，将上述的话添加到短片完成本的场景描述之中，旨在揭示艾莉凝神思索的定格画面实际上隐含着艾莉的自我反思，她一直以来羡慕对楼邻居夫妇的生活，却没有想到对楼邻居夫妇也十分羡慕自己的家庭生活。

3. 在场景描述中传达短片作品的诗性意味

诗意性是文学叙事的核心特质。所以，在短片完成本的场景描述中，剧作者应该尽可能地从短片作品的影像画面中感悟并传递文学叙事的诗性意味。

例如，短片《邻居的窗》完成本的第14场景叙述道：

扫码观看短片《邻居的窗》片段8

14. 艾莉公寓的客厅 夜 外

都市的夜晚，远处楼宇毗邻，灯光闪烁，近处有几座楼房的窗口零星地亮着灯光。

艾莉家的客厅里，雅各布正抱着最小的孩子，似乎正对着艾莉说什么。他们的两个孩子在客厅里玩耍。

艾莉站在客厅的餐桌前，看着丈夫招呼两个玩耍的孩子离开客厅。

艾莉一家人美满而幸福的生活情景，透过艾莉家客厅的窗口，给漆黑的夜色带来温馨的亮光。

这是短片《邻居的窗》的最后一个场景，短片影像呈现了夜晚景色和艾莉家的客厅窗口透露出的亮光，以及艾莉一家人在客厅里的温暖美好的生活画面。剧作者从这一场景的视觉解读中领悟到编导所要表达的叙事意味，因而用这样一个带有诗意性的句子作为场景描述的结语："艾莉一家人美满而幸福的生活情景，透过艾莉家客厅的窗口，给漆黑的夜色带来温馨的亮光。"

二、场景描述中的表演叙事取向

在短片完成本的场景描述中，剧作者需要客观地记述短片影像作品中的表演叙事取向。我们可以从走台分行式、"可见的"与"不可见的"、"看"与"被看"三个方面，具体探讨短片完成本场景描述中的表演叙事取向。

1. 走台分行式

走台分行式是指剧作者根据演员扮演的角色在短片场景中的空间位移

而采用的分行式场景描述。

例如，在短片《邻居的窗》完成本的第3场景中，艾莉推着两个孩子的童车回家，见丈夫雅各布没有上来帮助自己而生气的场景，短片完成本叙述（场景叙述详见135～136页）如下：

3. 艾莉公寓的客厅 日 内

扫码观看短片《邻居的窗》片段9

三个月以后，窗外下着雪，客厅的桌上放着两个空啤酒瓶，一只双筒望远镜。

艾莉推着童车走进客厅，嘴里跟儿子嚷着。

艾莉：再等一下。我们差不多了。

…………

雅各布：抱歉。

艾莉转身从身边的桌子上提起两只从外面带来的购物袋。

艾莉（冷漠地）：晚了。

在上述引文的场景描述中，艾莉进入客厅以后，编导通过艾莉在客厅和卫生间之间不停地走台位移，突出展示艾莉一个人忙着照看两个孩子的情形，与在客厅窗边桌子上跷着腿的丈夫只顾自己用手机通话的情形形成对比。所以，可以用走台分行的方式进行完成本的场景描述。我们将艾莉的走台位移概述为以下十一个叙事序列：

（1）艾莉推着童车走进客厅。

（2）艾莉在童车旁蹲下身子，给儿子解开童车安全带。

（3）艾莉走在儿子身后，催促儿子去卫生间。

（4）艾莉一边脱去身上的外套，一边询问进入卫生间的儿子。

（5）艾莉跑进卫生间，帮儿子上厕所。

（6）艾莉赶忙走到客厅。

（7）艾莉低下身子，给女儿解开童车安全带。

（8）艾莉把女儿抱下童车。

（9）艾莉收拾起童车，靠在墙边，然后摘下背包，随手放在桌子上。

（10）艾莉返回并站在客厅中央，生气地看着丈夫。

（11）艾莉转身从身边的桌子上提起两只从外面带来的购物袋。

由此可见，在短片完成本的上述场景描述中，剧作者基本上根据艾莉在短片场景中的走台位移进行分行描述，进而体现了短片完成本场景描述中的表演叙事取向。

2. “可见的”与“不可见的”

对于演员来说，表演叙事的主要特点是通过自己肢体语言的外部演示来传递其内心情感。因此，场景描述的表演叙事取向表现为：在短片完成本的场景描述中，剧作者需要从人物“可见的”的外部演示中捕捉其“不可见的”内心情感。

例如，短片《邻居的窗》完成本的第4场景和第5场景（场景叙述见138页）中，剧作者通过以下三个方面，在艾莉“可见的”外部演示中表达其“不可见的”内心情感。

扫码观看短片《邻居的窗》片段10

- 艾莉不禁抬头看向对楼。
- 艾莉脸上露出欣赏的神色。
- 艾莉一边吃早餐，一边不时地看向对楼。

因此，在上述三段短片完成本的场景描述中，剧作者既描述了艾莉“可见的”外部动作和神态，又透过艾莉的动作细节和微妙神情来表现其“不可见的”内心情感，即艾莉对对楼邻居生活的羡慕之情，进而体现了短片完成本场景描述中的表演叙事取向。

3. “看”与“被看”

要叙述短片场景中人物的叙事判断，最简单而又最直接的方法便是由短片对白来表达，包括画内音的人物对话、独白或画外音的旁白、解说词。如果短片场景没有设计短片对白，那么编导只能通过演员扮演的角色来间接地表达其叙事判断。所以，在短片完成本的场景描述中，剧作者就需要从场景中人物“看”的所见与其“被看”的神态举止的关系揭示该人物的叙事判断。

例如，短片《邻居的窗》完成本第11场景叙述道：

扫码观看短片《邻居的窗》片段11

11. 艾莉公寓的客厅 夜 内

艾莉身穿浴衣，放下卧室的窗帘，走进客厅。

艾莉发现对楼邻居出现了新的情况，便从沙发上拿起望远镜看去。

【切出】

从对楼邻居的窗口看到，有两人推着担架车，将邻居丈夫从床上搬到担架上。

邻居妻子看着两人搬动自己的丈夫，似乎在流泪。

【切回】

艾莉举着望远镜，关切地注视着。

【切出】

对楼邻居的窗口里，两人拉上了包裹着邻居丈夫遗体的袋子拉链，推着担架车往外走去。邻居妻子跟在担架车后面。

【切回】

艾莉明白了什么，放下手里的望远镜，跑出自己的家。

上述引文是短片《邻居的窗》完成本在情节明线上的重要转折点，艾莉发现对楼邻居的丈夫病故，邻居的妻子目睹医务人员用担架将其丈夫的遗体抬出屋子。然而在短片影像作品中，对楼邻居的场景与艾莉的场景中都没有画内音的人物对话或独白，也没有画外音的旁白、解说词，两个场景都是通过默片式的画面影像来叙述的，即艾莉在自家客厅的窗口用望远镜窥探对楼邻居屋内的情景，以及对楼邻居的屋内妻子看着医务人员抬走其病故丈夫的遗体。也就是说，编导完全通过两个场景中演员的肢体语言来叙述剧情中正在进行的事件。因此，在短片完成本的场景描述中，剧作者既从艾莉“看”的角度描述对楼邻居家中正在发生的事件，又从艾莉“被看”角度描述艾莉在“看”的过程中的神态与动作，进而从中揭示艾莉的叙事判断，即艾莉明白对楼邻居丈夫病逝了。

三、场景描述中的影像叙事取向

与短片脚本不同，短片完成本是以文学叙事的剧本体裁记述短片影像作品的。所以，在短片完成本的场景描述中，剧作者不应该直接使用短片制作中的技术性术语。但是，为了准确而完整地记述短片作品中的影像叙事取向，剧作者需要用文学视像的方式传递影像叙事中的镜头语言，包括镜头的推拉升降、拍摄的灯光调控、场景的影像调度、声音画面的蒙太奇组接等。我们可以从镜头分行式、镜头语言中的光与影、“所看的场面”与“在看的场面”三个方面，具体探讨短片完成本场景描述中的影像叙事取向。

1. 镜头分行式

镜头分行式是指剧作者根据摄影机镜头拍摄短片场景而采用的分行式

场景描述。考克尔认为，“电影的形式可以简化为两个基本要素，每一种元素都能以大量不同的方式来使用。这两个要素就是镜头和剪辑”[①]。短片影像作品也不例外。而镜头分行式就是剧作者根据镜头拍摄的角度和镜头剪辑的起止等影像叙事技术撰写短片完成本的辅助描述，并用两三个叙述句对一个自然段落加以分行。

扫码观看短片
《邻居的窗》
片段12

例如，在短片《邻居的窗》完成本的第4场景中，开篇场景叙述（详见138页）由五个自然段的场景描述构成，实际上是用镜头分行的方式描述的。其中，最初是个室外镜头，拍摄圣诞前夕天上飘起雪，路上行人匆匆行走。然后镜头切换为室内镜头，并用长镜头跟拍方式拍摄艾莉用红色的圣诞彩带装饰客厅玻璃窗，走到桌前并整理圣诞礼物。接着镜头切换拍摄艾莉抬头看向对楼。后来镜头切出对楼邻居窗口，灯光下举办家庭舞会。最后，镜头切回艾莉家客厅，艾莉露出欣赏的神色，并被身边孩子的吵闹声打断，转身去照看孩子。因此，短片完成本用镜头分行的场景描述及其辅助标识方式，较为客观地记述了编导在短片作品的镜头语言中使用的影像叙事手法。

2. 镜头语言中的光与影

与表演叙事不同，影像叙事中的镜头语言可以通过光与影的明暗和远近等变化来叙述短片场景中正在进行的事件。所以，在短片完成本的场景描述中，剧作者应该关注编导如何巧妙地运用镜头语言中光与影的影像叙事技术。

例如，短片《邻居的窗》完成本的第2场景叙述（详见132～133页）如下：

扫码观看短片
《邻居的窗》
片段13

艾莉坐定后，向前方望去。

艾莉（惊讶地）：这是在做什么？

雅各布（看了眼艾莉）：什么？

…………

从艾莉和雅各布的背后看去，艾莉夫妻两人正在黑暗中偷窥着对楼邻居的窗口，因距离远和灯光昏暗，对楼邻居夫妇的激情场景隐约可见。

---

① 考克尔.电影的形式与文化.郭青春，译.北京：北京大学出版社，2004：43.

在上述引文中，编导没有将摄影机移到对楼邻居的屋内拍摄邻居夫妇裸体拥吻的场面，而把主要场景设置在艾莉家的客厅，叙述艾莉和雅各布通过自家客厅远距离隔空窥探对楼夫妇。并且，编导用昏暗灯光和拉远镜头的影像叙事技术，以及增加艾莉夫妻在自家客厅边看边聊的场景展示手法，淡化了裸体拥抱的场面所带来的视觉刺激，将短片情节的重心聚焦于艾莉夫妻偷窥对楼夫妇时的言谈及态度。因此，在短片完成本中，两次切出的场景切换之后，剧作者在场景描述中记述了短片编导通过灯光与镜头所表现出的影像叙事功能："从艾莉和雅各布的背后看去，因距离变远，对楼邻居夫妇的激情场面显得十分模糊。"从这个意义上说，剧作者注意到了短片影像作品中的镜头语言，并将镜头语言中光与影的影像叙事特色写入了短片完成本的场景描述中。

3. "所看的场面"与"在看的场面"

场面调度是表演叙事和影像叙事的重要叙事技术。用场景中人物"所看的场面"与人物"在看的场面"的镜头切换叙述短片情节的变化，是影像叙事中场面调度的基本叙事方式。所以，在短片完成本的场景描述中，剧作者需要记述短片影像作品中人物"所看的场面"与"在看的场面"的镜头切换所表现的场面调度，在短片完成本的场景描述中体现短片影像作品的影像叙事手法。

例如，短片《邻居的窗》完成本的第8场景叙述道：

8. 艾莉公寓的阳台 深夜 内

扫码观看短片《邻居的窗》片段14

艾莉晚上睡不着觉，独自从床上起身，走到阳台。

艾莉无意中发现对楼邻居夫妇正坐在窗前聊天，似乎发生了不寻常的事情。

【切出】

对楼邻居的妻子似乎在劝说自己的丈夫，并走到丈夫身边坐了下来，将脸靠在丈夫的肩膀上。

【切回】

艾莉注视着对楼邻居夫妇的举动，脸上露出关切而惊疑的神色。

在上述引文中，编导不仅采用近乎默片的方式叙述整个场景中的情节，而且用"切出"与"切回"的影像转场切换方式拍摄了两个隔空场景：一个是切出的场景，即对楼邻居夫妇之间的举动所构成的场景；另一个是切回的场景，即艾莉在自家阳台窥探对楼邻居，脸上露出关切而惊疑的神色。因此，短片完成本的场景描述客观地记述了短片编导在两个隔空场景之间的场面调度，即在艾莉窥探对楼邻居窗口过程中人物“所看的场面”，与艾莉窥探对楼邻居窗口时人物“在看的场面”之间进行场景切换，进而叙述短片情节主线的进展。

第四节 短片完成本的对白记述

对白记述是短片完成本写作实训的基本环节。剧作者要在与情节主线、场景描述的关系中解读并权衡如何记述短片影像作品中的对白。我们将从实录对白、删除对白和压缩对白三个方面，举例阐释短片完成本对白记述的基本方式。

一、实录对白

实录对白，是剧作者一字不改地记述短片影像作品中的人物对白。我们可以从以下几个方面具体探讨短片完成本的实录对白方式。

1. 实录初次表明主要角色的身份与关系的人物对话

一般来讲，在主要角色首次出场的时候，编导总是需要通过人物对话直接或间接地引荐角色的身份与关系。所以，在撰写短片完成本的对白记述时，剧作者就需要从短片场景中解读人物的对话，并采用实录对白的方式记述初次表明主要角色的身份与关系的人物对话，以便向读者和观众引荐短片的主要角色。

例如，短片《邻居的窗》完成本的第2场景叙述（详见132页）如下：

扫码观看短片《邻居的窗》片段15

2. 艾莉公寓的客厅 夜 内

艾莉是个中年家庭主妇，整天忙于照看自己的两个孩子。这时，她正蹲在餐桌的下面，捡拾着孩子们白天玩耍时散放在木地板上的玩具火车。

…………

艾莉：哇，他们完事了吗？

雅各布点点头。

艾莉：这么简单，也太快了吧。

雅各布（走向妻子）：是的，他们在大喊大叫。

上述引文中的人物对话，是故事主人公艾莉与丈夫雅各布首次出场后的第一次对话。表面上看，两人只是在进行日常的对话，并且两人的对话内容也没有直接表明两人的身份。然而，在场景的上下文语境中解读的话，至少会发现两个基本的叙事信息。首先，艾莉和雅各布之间的对话暗示两人是夫妻关系，并且与刚才艾莉在餐桌下面捡拾儿童玩具火车的事件联系起来，说明雅各布是在照看他们的孩子。其次，艾莉说"这么简单，也太快了吧"，一定程度上透露出她对丈夫这么快离开孩子的不满情绪，也为后续情节提供了铺垫，即在照看孩子方面艾莉对雅各布的敷衍了事十分不满，因而后续情节中会有艾莉向丈夫抱怨自己照看孩子太累的事件。从这个意义上说，艾莉与雅各布首次出场的人物对话，对于解读两人的身份和关系是十分重要的。因此采用实录对白的方式，完整地记述了短片影像作品中人物对话的言说内容。

2. 实录具有推动短片情节变化或转折作用的人物对话

编导通常借助人物行动来推动短片情节的变化，其实，人物对话也具有驱动短片情节变化的叙事功能。也就是说，短片中的人物对话不仅表达人物说了什么，而且人物对话的内容和方式往往可以改变场景中的人物关系，引起短片情节的变化或转折。因此，在短片完成本的对白记述中，剧作者需要从短片情节中解读人物对话，并采取实录对白的方式完整地记述那些推动短片情节变化或转折的人物对话。

例如，在短片《邻居的窗》完成本的第2场景（场景叙述见132～133页）中，艾莉夫妇第一次看到对楼邻居夫妇裸体拥抱。编导通过对楼邻居夫妇裸体拥抱的场面，以及艾莉夫妻在自家客厅里偷窥时的人物对话，为短片《邻居的窗》设计了一个情节正式开始的引发事件。艾莉与雅各布的人物对话具有推动短片情节变化的叙事功能，所以在撰写短片完成本的对白记述时，编导采取实录对白的方式完整地记述了艾莉和雅各布之间的人物对话。

扫码观看短片《邻居的窗》片段16

3. 实录能促成主要角色之间矛盾的人物对话

在短片作品中，有些人物对话表面上看显得琐碎冗长，然而从短片的情节主线上解读的话，却会发现这些人物对话有助于触发场景内主要角色之间的矛盾冲突。因此，在撰写短片完成本的对白记述时，剧作者需要实录这些人物对话的言说内容。

扫码观看短片《邻居的窗》片段17

例如，短片《邻居的窗》完成本第3场景开篇（场景叙述见135～136页），艾莉一整天在外面带着两个孩子，回家以后忙着照看儿子去洗手间，转身又帮着女儿从童车里下来。在这个过程中艾莉说了许多话，有些是跟儿子说的，有些则是与女儿的对话。表面上看，艾莉说的这些话似乎是家庭琐事甚至显得有些冗长，然而在短片场景内却具有戏剧性叙事功能。这是因为艾莉跟孩子们说的话不仅叙述艾莉回家时忙于照看孩子，而且与场景中的丈夫雅各布跷着腿不停地用手机跟人通电话形成对比。这一对比为场景的后续情节埋下了伏笔，引发艾莉与雅各布之间的矛盾，即艾莉忙于照看孩子，抱怨丈夫不闻不问，并由此发泄对婚后夫妻生活的不满情绪。因此，在短片完成本的对白记述中，剧作者需要用实录对白的方式完整地记录艾莉说的话。

二、删除对白

为了简洁而准确地记述短片对白，在撰写短片完成本的对白记述过程中，剧作者需要对短片对白进行甄别和筛选，剔除某些无关紧要的人物对白。其中，人物的偶发性独白以及与情节主线无关的对话是两种较为常见的删除对白。

1. 删除人物的偶发性独白

在撰写短片完成本的对白记述过程中，剧作者需要从短片情节的意义上解读人物对白。人物的偶发性独白一旦偏离了短片情节，剧作者就需要加以删除。

扫码观看短片《邻居的窗》片段18

例如，短片《邻居的窗》完成本第2场景开篇（场景叙述见144页），当艾莉从客厅的餐桌下面起身时，短片完成本对场景描述道："起身时，艾莉的头撞到了餐桌。她一边用手抚摸着被撞的头部，一边站起身来。"实际上，在短片影像作品中，艾莉起身时头撞到餐桌后随口说了句话："哇，我的天。”因为艾莉说的这句话是偶发性独白，与场景中的情节主线关系不大，删除后既不妨碍故事主人公艾莉的出场引荐，也不影响叙述短片正片首个场景中的情节性事件。所以，在短片完成本的场景描述中，剧作者叙述了艾莉头撞餐桌以及用手抚摸被撞头部的事件，而删除了艾莉这句偶发性独白。

2. 删除可由场景描述取代的衬托性人物对话

在短片作品中，起衬托作用的人物对话的声音与对话中场景的画面之间往往具有互补的叙事功能。所以，短片中人物对话的声音所要表达的叙事意义一旦与画面中的事件重叠，剧作者就可以删除人物对话，并通过场景的画面描述加以表述。

例如，短片《邻居的窗》完成本第3场景开篇不久，艾莉推着童车里的两个孩子回家，进入客厅，剧作者接着叙述道（详见135～136页）：

雅各布坐在客厅临窗的桌旁，戴着耳机跟人通话，两条腿架在桌上。

艾莉走在儿子的身后，催促着儿子赶紧上卫生间。

艾莉：快，快，快！

艾莉一边脱去身上的外套，一边询问进入卫生间的儿子。

…………

艾莉转身从身边的桌子上提起两只从外面带来的购物袋。

艾莉（冷漠地）：晚了。

雅各布起身，走近妻子，极力地解释自己刚才打电话是在讨论工作上的事情。

扫码观看短片
《邻居的窗》
片段19

在上述引文中，艾莉推着孩子的童车急急忙忙地走进自家客厅时，雅各布正坐在客厅的桌旁用手机跟人通话。我们已经知道，短片完成本用实录对白的方式记述艾莉的人物对话。但是，雅各布跟人通话的内容，剧作者却在完成本中删除了，并用以下三个叙述句的场景描述取代：

- 雅各布坐在客厅临窗的桌旁，戴着耳机跟人通话，两条腿架在桌上。
- 艾莉返回并站在客厅中央，生气地看着丈夫跷着腿用手机通话。
- 雅各布赶紧结束通话，合上手提电脑，看向妻子。

在短片影像作品中，上述场景主要叙述的情节性事件是，雅各布因打电话而没有能够及时帮助妻子艾莉照看孩子。所以，虽然雅各布不停地跟同事用手机通话并说了许多话，但是从情节主线上看，雅各布说的那些话其实只是衬托性人物对话，即雅各布在手机通话中说了什么并不重要，可雅各布一直打电话的行为却与艾莉忙着照看孩子形成戏剧性对比，并侧面反映雅各布没有及时帮助妻子照看孩子。因此，短片完成本删除了雅各布跟人通话的对话内容，取而代之的是上述三个场景描述，叙述了雅各布如何不停地打电话，却没有顾及妻子正在忙着照看两个孩子。

三、压缩对白

压缩对白是介于实录对白与删除对白之间的一种短片对白记述方式，即根据与短片情节中事件的叙事关系，有所取舍地记述人物对话的言说内容。在短片完成本的对白记述中，剧作者可以在两个层面上压缩对白：一是压缩人物间的对话段落；二是压缩人物的对话内容。

1. 压缩人物间的对话段落

压缩人物间的对话段落表现为，对于短片场景中人物的对话，剧作者根据这些对话中的言说内容在短片情节上的重要程度，在短片完成本中有所取舍地加以记述，删除可以省略的对话段落，进而使原有的人物对话段落得以精简压缩。

例如，在短片《邻居的窗》完成本的第2场景中，艾莉与雅各布首次出场时，两人有过一些引荐性的人物对话之后，继续谈论起有关孩子的事情。短片完成本叙述如下：

扫码观看短片《邻居的窗》片段20

雅各布见到妻子后，高举双手，暗示自己总算摆脱了两个孩子的纠缠，并露出一副解脱轻松的神态。

艾莉：哇，他们完事了吗？

雅各布点点头。

艾莉：这么简单，也太快了吧。

雅各布（走向妻子）：是的，他们在大喊大叫。

艾莉一边在餐桌上摆放晚餐，一边跟雅各布闲聊刚才两人跟孩子玩游戏的事情。

其实，在雅各布说完“是的，他们在大喊大叫”之后，短片影像作品叙述了以下两个对话段落：

- 艾莉说的话：“我还以为，如果他们一定要《内裤超人》（*Captain Underpants*）漫画故事的话，我一定输定了。”
- 雅各布说的话：“他们长大后，想起小时候被打屁股是什么感觉。”

但是，在短片完成本中剧作者删除了上述对话段落，用这样一个场景描述的段落取代：“艾莉一边在餐桌上摆放晚餐，一边跟雅各布闲聊刚才两人跟孩子玩游戏的事情。”因此，剧作者采用了压缩人物间对话段落的方式，在艾莉与雅各布首次出场后的第一次人物间对话时实录了初次表明两人身份与关系的言说内容，而删除了两人闲聊与自己孩子玩游戏的内容，进而在总体上压缩艾莉与雅各布之间的人物对话的言说段落。

2. 压缩人物的对话内容

与压缩人物间对话段落的方式不同，压缩人物的对话内容表现为在短片完成本的对白记述中，剧作者对某个人物对话段落中某些不合适或不重要的言说内容加以删除，保留其余的言说内容。

例如，在短片《邻居的窗》完成本第3场景的后半部分，艾莉向丈夫雅各布大发牢骚，剧作者叙述（场景叙述详见136～137页）道：

艾莉：我一个人一整天带孩子去动物园，还下着雪。我要帮他们擦鼻涕、上厕所，我肚子饿，还弄伤了膝盖。昨晚我只睡了四小时。因为我在喂奶，还遭嫌弃。我一回到家，就看见你和朋友玩得不亦乐乎。老二寂寞了，还可以看着邻居发呆。

…………

雅各布：好吧，不要说了。

雅各布伸手将妻子抱在怀里，艾莉侧过脸，眼睛转向了对楼。

扫码观看短片《邻居的窗》片段21

在上述引文中，短片完成本采用了两种对白记述方式记述艾莉与丈夫雅各布的人物对话。首先，用实录对白方式记述了艾莉指斥雅各布的话，包括“老二寂寞了，还可以看着邻居发呆”。原因是，这句话跟后续两个孩子疑惑地看着父母争吵，以及雅各布要孩子们离开客厅的事件相关。其次，删除了两人后续对话段落中的有些言说内容，一是删除了艾莉说的“我的乳头像是被食人鱼咬过一样”，二是删除了雅各布说的“我的阴毛也开始变白了”。因为这两句话过于粗鄙且与对话的实质性内容关系不大。因此，在短片完成本的对白记述中，剧作者分别对艾莉与雅各布各自的言说内容进行了压缩。准确地讲，与压缩人物间对话段落不同，剧作者并不是有所取舍地删除了艾莉与雅各布对话过程中的言说段落，而是省略了两人对话言说段落中的某些句子。

本章概要

本章是短片完成本写作实训部分，主要阐释了短片完成本写作实训的基本原理和实操方法，并分步骤地举例探讨了短片完成本写作实训的基本环节，即故事概述、场景划分、场景描述和对白记述。[①]

本章讲述了短片故事概述的特点与方法，并分别对动画短片《父与女》、真人短片《邻居的窗》、真人短片《盲人调音师》和广告短片《你能型》的故事概述进行了案例分析。

本章将短片完成本的场景类型分为情节内场景与情节外场景、核心场景与过渡场景、主体场景与插入场景，进而确立了分场景情节框架的基本写作思路。

本章分别从文学叙事取向、表演叙事取向和影像叙事取向三个方面，较为深入地举例探讨了短片完成本的场景描述技术。

本章提出剧作者要在与情节主线、场景描述的关系中权衡如何记述短片影像作品中的对白，并从实录对白、删除对白和压缩对白三个方面，举例探讨了短片完成本的对白记述基本方式。

思考题

1. 如何撰写叙述句型短片完成本的故事概述？
2. 举例分析短片完成本中的场景类型。
3. 举例分析短片完成本的对白记述与场景描述之间的互补关系。

---

① 本书第二章第四节之“辅助描述”部分，从短片剧本写作格式的角度探讨了短片文学剧本与短片完成本的辅助描述。所以，在短片完成本与短片文学剧本的写作实训中，不再专门阐述短片剧本的辅助描述。

课外作业

1. 用短片完成本的居左格式撰写短片作品的场景片段。

2. 用短片文学剧本的居左格式改写上述短片作品的场景片段。

拓展阅读

1. 菲尔德.电影剧本写作基础：最新修订版.钟大丰，鲍玉珩，译.北京：北京联合出版公司，2016.

2. 考克尔.电影的形式与文化.郭青春，译.北京：北京大学出版社，2004.

3. 戈德罗，若斯特.什么是电影叙事学.刘云舟，译.北京：商务印书馆，2005.

第五章　短片文学剧本的故事创意

我更喜欢主控思想这个提法，因为它不仅像主题一样指出了故事的根本或中心思想，同时还隐含了其功能：主控思想确立了作者的关键性选择。

——罗伯特·麦基：《故事：材质、结构、风格和银幕剧作的原理》

与短片完成本不同，短片文学剧本是一种面向影像叙事并具有文学创意特性的文学叙事体裁，是短片影像作品制作之前的短片文本类型，因而要求剧作者从故事创意而不是故事概述的意义上设计短片故事。我们将从“关键动词 +”的故事核构思策略、配置短片文学剧本的故事骨架两个方面，探讨短片文学剧本的故事创意。

第一节　“关键动词 +”的故事核构思策略

构思故事核是创意写作的故事设计策略，即在故事核的意义上从故事素材中挖掘并策划叙事作品的故事。短片文学剧本写作实训也不例外。麦基提出了“主控思想”的概念，认为“主控思想可以用一个句子来表达，描述出生活如何以及为何会从故事的开始时的一种存在状况转化为故事结局时的另一种状况”[①]。虽然麦基主张用一个句子而不是一个词来表达“主

① 麦基．故事：材质、结构、风格和银幕剧作的原理．周铁东，译．天津：天津人民出版社，2016：116.

控思想”，然而，根据短片文学剧本在叙事容量上精致而短小的特点，编导可以采用“关键动词+”的故事核策略设计短片的叙事母题。一方面，故事核是由动作性事件构成的叙事母题，在短片故事中具有叙事驱动作用；另一方面，故事核需要由两个或以上的关键动词组成，或者由关键动词与关键名词组成。因此，短片故事核的构思策略可以定义为“关键动词+”，即以动作性事件为短片故事核的关键动词，而“+”的含义是关键动词需要配置另外一个或以上的事件，这个事件可以是关键动词或者关键名词，但必须是短片故事中的核心事件。

为了具体阐释短片文学剧本在故事核设计上的“关键动词+”的基本原理，我们将以真人短片《另一只鞋》《命中注定》《盲人调音师》《邻居的窗》《你能型》《听我说》和动画短片《父与女》《包宝宝》为案例，探讨几种较为常用的“关键动词+”的故事核构思实操方法。

一、“选择+”策略

“选择+”策略是短片文学剧本“关键动词+”故事核设计的常见策略。其基本的做法是，从故事素材中找到与“选择”相关的关键事件，并将其配置成故事核。

1. 短片《另一只鞋》的“选择+成全”故事核策略

短片《另一只鞋》是埃及卢克索电影奖的2016年获奖短片，由埃及导演莎拉·莱伊和编剧穆罕默德·马厄合作创作，时长4分钟。

这部短片叙述了一个暖心感人的故事。一个穷男孩坐在火车站附近的角落，摆弄着自己的破旧鞋子，突然，他看到一个富男孩穿着一双崭新的黑色小皮鞋，他露出渴望的神色。火车启动时，富男孩在拥挤着上火车的人群中不小心丢下一只小皮鞋，他发现时已经随父亲上了开动的火车。穷男孩看到后，赶忙捡起那只小皮鞋，拼命地奔跑，想要赶上火车，把小皮鞋递给富男孩。然而火车却启动了，穷男孩不得不用力把那只小皮鞋向火车扔去，想要成全富男孩，但富男孩没有接到。最后，富男孩将自己脚上的另一只小皮鞋扔给了穷男孩，想要成全穷男孩，让他能穿上一双新的小皮鞋。穷男孩从地上捡起另一只新的小皮鞋后，脸上扬起了灿烂的微笑，并挥手向富男孩致谢。

虽然我们无法确定短片《另一只鞋》的编导当初是如何构思该短片故事核的，据说短片创意的灵感来源于“甘地扔鞋”的故事，但是我们可以从这部叙事短片中找到“选择+成全”的故事核，即穷男孩的鞋子破了，想要一双新的鞋子。当他发现富男孩丢失了一只新皮鞋后，就选择捡起后递给富男孩，却没能成全富男孩，让他拿到自己的一只新皮鞋；而富男孩发现火车已在加速行驶，自己无法拿到那只丢失的新皮鞋，就选择了把自己脚上的另一只新皮鞋扔给穷男孩，最终成全了穷男孩，让他穿上一双新皮鞋。因此，“选择扔鞋”是短片《另一只鞋》与“甘地扔鞋”的故事的相似之处，但在短片《另一只鞋》中，编导不仅设计了两人的“选择”，并将“选择”与“成全”连接为故事的关键动词。穷男孩与富男孩的双重“选择”，即穷男孩选择捡起地上的一只新皮鞋后，飞奔将其扔给站在火车门前的富男孩，而富男孩选择了给穷男孩扔下自己脚上的另一只鞋。因此，两人都想“成全”对方。正是从这个意义上，我们将这部短片的故事核命名为“选择+成全”。

2. 短片《命中注定》的“选择 + 错失”故事核策略

短片《命中注定》是2008年第58届柏林影展的获奖短片，由泰德·钟执导，大卫·布拉德利·霍尔编剧，时长5分钟。

短片叙述的故事是，一名年轻男子亚瑟求婚被拒后心情十分沮丧，在机场的候机室准备乘坐飞机离开时，恋恋不舍地拿着自己的求婚戒指，并看着自己与爱人的合影照片。神秘的中年男人弗兰克·马汀在亚瑟的座位旁坐下后，告诉他，自己拥有一个预知30秒未来的箱子，并给亚瑟演示了一番。最后，亚瑟借助于这个箱子的预知魔力，获得了一位年轻女子的芳心，并双双步入登机口。亚瑟和年轻女子登机后不久，弗兰克·马汀却惊讶地发现亚瑟的爱人独自来候机室寻找亚瑟。

编导将这部短片命名为《命中注定》，并巧妙地在短片故事中设计了“选择+错失”的故事核。也就是说，亚瑟命中注定无法跟自己的所爱之人喜结良缘，并不是因为他所爱恋的女人变心了，也不是因为他的求婚行动是错误的，而在于亚瑟试图用预知自己命运的魔力找到自己的爱人，却错失了正在向他招手的恋人。亚瑟虽然凭借着预知30秒未来的箱子发现并找到了一个新的年轻女友，两人一起登机，却无法保证这次一定能与这位年轻女子相爱成婚。但毋庸置疑的是，他要因这个选择而错失自己已经求婚的爱人，错失一个真实的婚恋机会。从这个意义上说，这部短片的叙事创意便是采用了“选择+错失”的故事核。

二、“偷窥+”策略

偷窥是影像叙事作品的叙事母题，在希区柯克的电影《后窗》中得到了淋漓尽致的展示。编导时常用这一叙事母题设计短片文学剧本的故事核，进而成为短片故事核的“偷窥+”策略。

1. 短片《盲人调音师》的“偷窥+惩罚”故事核策略

短片《盲人调音师》是2012年第37届法国电影凯撒奖最佳短片，由法国导演奥利维耶·特雷内编导，时长13分钟。

这部短片叙述了阿德里安假装盲人而从事钢琴调音师职业的故事。故事的主人公阿德里安是一位年轻的钢琴手，因钢琴演奏事业的失败而以假装盲人的方式从事钢琴调音师职业。阿德里安为自己的盲人调音师身份能骗取客户的信任，以及偷窥客户的隐私而得意忘形。最后，阿德里安因目睹了客户家里的凶杀现场而面临杀身之祸。这位盲人调音师的偷窥行径由此受到了惩罚。

编导采用“偷窥+”的叙事创意策略，将“偷窥”与“惩罚”两个关键动词组合成故事核，叙述了主人公阿德里安用假装盲人调音师的方式偷窥客户的隐私并最终受到惩罚的故事。因此，编导为这部短片设计了一个“偷窥+惩罚”的故事核。

2. 短片《邻居的窗》的“偷窥+羡慕”故事核策略

短片《邻居的窗》获得2020年第92届奥斯卡金像奖最佳真人短片奖，由马歇尔·库瑞编导，时长20分钟。

短片叙述一个名叫艾莉的中年母亲的故事。一次偶然的机会，艾莉和丈夫无意中通过自家客厅的窗口看到对楼邻居夫妇的婚后浪漫生活，十分震惊。此后，她经常会从自家的客厅窗口窥探对楼邻居，并在窥探过程中产生了由衷的羡慕之情。最终，艾莉看到对楼邻居的丈夫病死后，医护人员运走其尸体，并从对楼邻居妻子的口中得知，她和丈夫也曾时常从自家窗口窥探艾莉家的生活，并非常羡慕艾莉夫妇拥有3个可爱的孩子。

与短片《盲人调音师》相似，《邻居的窗》的编导也选择了“偷窥+”

的故事核策略，艾莉和丈夫雅各布虽然最初是从自家客厅窗口偷窥对楼邻居夫妇的浪漫激情场面，然而随后却表现出羡慕之情，因而由热衷于他人隐私的偷窥变为羡慕他人生活的窥探。更为巧妙的是，编导用明暗情节主线的方式叙述了艾莉夫妇与对楼邻居夫妇互相羡慕对方的家庭生活。因此，我们可以将其称为“偷窥+羡慕”的故事核。

三、“残障+”策略

关爱残障人士，是人文关怀的基本叙事母题之一。所以，许多短片编导以此设计叙事短片的故事主题，采用“残障+”的故事核策略。

1. 短片《你能型》的“残障 + 成功”故事核策略

2008年获纽约电影节短片银奖的泰国潘婷广告《你能型》，又名“泰国潘婷洗发液广告《卡农篇》”，时长4分钟，是一部广告叙事短片，编导在潘婷洗发液商品的广告宣传主旨下，巧妙地叙述了一名聋哑女孩在流浪艺人的引导下顽强地练习小提琴并获得成功的励志故事。

从叙事母题上讲，编导为广告短片《你能型》设计了一个“残障+ 成功”的故事核。广告短片《你能型》的英文标题是*You can shine!*，这句话是潘婷洗发液的广告语，意思是：使用潘婷洗发液，你的头发能变得乌黑亮丽！但是，编导通过短片故事给这句潘婷洗发液的广告语赋予了新的含义，因而可以引申为：只要拼搏，你也能“闪亮”自己的人生！也就是说，这部真人广告叙事短片在宣传潘婷洗发液的基础上，叙述了主人公聋哑女孩在流浪艺人的勉励下刻苦学习演奏小提琴，并摆脱学钢琴女同学的讥讽和阻扰，最终通过小提琴演奏在古典音乐比赛中胜出，在聋哑女孩顽强拼搏获得成功的故事中隐蔽地传递出人文关怀。从这个意义上说，短片《你能型》的叙事母题是“残障+成功”，即聋哑女孩通过自己的顽强拼搏，既克服了聋哑人的生理障碍，也摆脱了学钢琴女同学的阻扰，以古典音乐比赛上的优异成绩获得成功。

2. 短片《听我说》的“残障 + 自信”故事核策略

2017年公映的真人短片《听我说》(原名*Listen to me*)，由拓肖荷(Touacha Her)编导，时长8分钟。短片讲述了一名遭到霸凌的聋哑女孩痛不欲生，试图在教学楼顶上跳楼自尽，在一名男生的劝说下终于唤醒了自信，放弃了轻生的念头。

短片的故事较为简洁。一名男生在清洁教学楼地板时，经过一间教室门前，想要查看教室，却被一名校园警察示意离开。教室里只有一名聋哑女孩坐在靠窗的座位上。突然，有人丢来一个纸团。聋哑女孩从地上捡起并拆开看，发现纸上写着侮辱她是聋哑人的话，以及一些威胁言辞。女孩看后十分痛苦。后来，男生独自走进这间教室，从地上捡起那张被聋哑女孩丢在书桌旁边的纸，看了纸上的字后，想象着聋哑女孩受到伤害的情形。他突然意识到了什么，立刻跑上教学大楼的楼顶，发现聋哑女孩正准备跳楼。于是，男生用手语劝说聋哑女孩，说这个世界并非一定丑陋不堪，它也可以美丽动人，看看这天空，它多么美妙，每一种颜色多么不同。没有这种差异，没有你，这个世界不会如此美妙。当女孩看到男生脱下外套，露出假肢后，十分震惊。她低头思索片刻，随后抬头看向男生，并向他伸出了自己的手。

与广告短片《你能型》一样，短片《听我说》的故事主人公也是残障人士，聋哑女孩和截肢的校工男生，然而不同的是，短片《听我说》的编导通过截肢男生劝说聋哑女孩的话，传递出短片故事的主题是身残志不残的满满自信。从这个意义上说，编导为短片《听我说》设计了“残障+自信”的故事核母题。

四、“思念+”策略

思念是一个人类世代相传的叙事母题，不仅是人类普遍而重要的情感取向，而且往往承载许多价值观念和人生感悟。所以，编导十分喜欢用思念的叙事母题设计短片故事核，这便是短片文学剧本的“思念+”策略。

1. 短片《父与女》的“思念+父亲”故事核策略

动画短片《父与女》，获得2001年奥斯卡金像奖最佳动画短片奖，由荷兰导演迈克尔·度德威特编导，时长8分钟。

在《多瑙河之波》的背景音乐旋律下，短片叙述了一个女儿用毕生的时间来思念在其幼年时离去的父亲的感人故事。整部短片采用默片的方法制作，从头到尾没有一句人物对白和解说词，并且短片中的人物、事件和场景等均为由线条勾勒的平面图像构成的活动画面。

短片情节开始，在《多瑙河之波》手风琴背景音乐的烘托下，一位身材高大的父亲和其幼小的女儿各自骑着单车去海边，两人把单车停放在岸边的树旁后，父亲独自走下岸堤，在海边找到一只小船后便转身跑上岸。父亲激动地抱起女儿，依依不舍地注视着怀里的女儿，最后放下女儿，一个人走向海边并划走了小船。女儿独自在岸边看着父亲划着小船远去，随后一个人在岸上眺望着大海，翘首期待着父亲的归来。应该看到，在这个开篇的场景中，编导不仅为短片故事确立了“思念”的感伤基调，而且也明确了这是一个女儿思念父亲的故事。短片的后续情节便叙述女儿一辈子都在思念父亲。因此，编导用“思念+父亲”的故事核设计短片《父与女》。

2. 短片《包宝宝》的“思念 + 儿子”故事核策略

动画短片《包宝宝》，获得2019年奥斯卡金像奖最佳动画短片奖，由加拿大华裔女导演石之予编导，时长7分钟。

这部动画短片叙述了母亲思念儿子的奇幻故事。故事主人公是一位亚裔家庭主妇式的母亲。在独生儿子长大并搬出家住后，这位母亲只好跟老伴相依为命，十分孤独。一天，她发现自己做的包子竟变成了一个可爱的男孩，惊奇之余便把它当成了自己的儿子。从此，在穿越的奇幻故事世界中，这位母亲对自己的“包宝宝”倾注了所有的母爱，带着他买菜、做饭、打太极，母子两人度过了许多欢乐的时光。但随着孩子的长大，“包宝宝”却日益独立，并搬出家里，与金发碧眼的女友一起生活。她在绝望愤懑之中一口吞下了她的“包宝宝”。于是，这位母亲在噩梦惊醒中穿越至现实的故事世界。一天，儿子回家来探望母亲，母子重归于好，最终儿子和金发碧眼的女友一起跟着母亲学做包子。

由此可知，动画短片《包宝宝》的编导采用了“思念+儿子”的故事核策略，通过一只包子变成儿子的奇幻手法，巧妙而真实地展示了作为母亲的女主人公对儿子的思念之情。

第二节　配置短片文学剧本的故事骨架

在短片文学剧本的叙事创意策略中，构思短片故事核的问题是短片故事的叙事创意点是什么，而配置短片的故事骨架的问题是如何用叙事创意点去构建短片的关键故事序列。因此，有了“关键动词+”的短片故事核之后，剧作者需要在故事核的主导下，用叙述句的方式将故事素材中的重要事件表述为故事序列，进而找出若干个关键故事序列，并以此搭建短片故事的基本骨架。

为了具体阐释剧作者如何根据短片故事核设计关键叙事序列，我们将以上述8个叙事短片的故事核为例，具体探讨短片文学剧本叙事策略的第2个步骤，即将短片故事核与独特的故事素材相结合，配置短片故事的基本骨架。

一、单线型与复线型故事骨架

从短片故事主线的结构上，我们可以区分出单线型与复线型故事骨架。例如，短片《另一只鞋》与短片《命中注定》都采用了“选择+”的故事核策略，并且两部短片的时长也相差不多，短片《另一只鞋》是4分钟，短片《命中注定》是5分钟。然而针对各自的故事素材，两部短片的编导却在关键故事序列的设置上有所区别，进而使两者构成了不同结构的故事主线。

1. 单线型故事骨架

单线型故事骨架是指剧作者在一条故事主线上叙述短片故事。例如，短片《命中注定》就是单线型故事骨架的叙事短片。短片的故事核是“选择+错失”，而编导从短片故事素材男主人公亚瑟的故事主线中找出以下3个关键故事序列：

扫码观看短片《命中注定》片段1

- 亚瑟求婚受挫。
- 亚瑟借助能预知30秒未来的箱子的魔力而选择了新的女友。
- 弗兰克·马汀惊讶地发现亚瑟的爱人独自来候机室寻找亚瑟。亚瑟错失了爱人来找他而成婚的机会。

扫码观看短片《命中注定》片段2

由此可知，短片《命中注定》的编导首先将短片的故事核设定为第2和第3个核心叙事序列，然后增加了一个前叙的关键故事序列，并将这3个核心叙事序列依次前后排列，构成整部短片的故事骨架。我们可以用3个关键词加以表述，即：受挫→选择→错失。当编导将这3个关键词构成的关键故事序列在短片故事主线上一字排开后，短片《命中注定》就成为单线型故事骨架的叙事短片。

扫码观看短片《命中注定》片段3

2. 复线型故事骨架

复线型故事骨架是在两条或以上故事主线上叙述短片故事，因而通常是双主角或多主角的故事骨架。例如，短片《另一只鞋》便是复线型故事骨架的叙事短片。虽然短片《另一只鞋》的故事核也是“选择+”，但是编导根据短片的故事素材，不仅采用“选择+成全”的叙事母题，而且根据短片故事的双主角模式设计出由两条故事线索构成的故事骨架。

短片《另一只鞋》的编导在一个穷男孩和一个富男孩于一双新鞋子的取舍选择故事中，叙述“选择+成全”的叙事母题。尽管与短片《命中注定》一样，短片《另一只鞋》的故事也是发生在单个场景中，前者是候机室，后者则是火车站，但是编导没有从某个主人公的视角设计整个短片故事主线，而是分别从穷男孩与富男孩两个方向叙述故事。也就是说，编导是以穷男孩与富男孩的双主角模式来设计短片故事主线的。因此，短片《另一只鞋》就有了以下两条故事线：

扫码观看短片《另一只鞋》片段1

- 穷男孩的故事线：穷男孩的鞋子破损，想要一双新鞋。穷男孩发现富男孩上火车时掉下一只新鞋子。穷男孩捡起那只新鞋子，奔跑着想要交给富男孩。穷男孩因赶不上启动的火车而将新鞋子扔给火车门口的富男孩，却没有成功。穷男孩从地上捡起富男孩扔给他的另一只新鞋，并挥手致谢。

扫码观看短片《另一只鞋》片段2

- 富男孩的故事线：富男孩非常爱惜自己的新皮鞋，不时地用纸巾擦去鞋子表面的灰尘。富男孩在上火车时，把自己脚上的一只新皮鞋挤掉了。火车启动后，富男孩看到穷男孩把那只新皮鞋捡起来后想要扔给自己，他却没有接住。火车越开越快，富男孩脱下自己脚上的另一只皮鞋扔向穷男孩。

扫码观看短片《另一只鞋》片段3

根据上述两条故事线，我们可以分别概述出以下两条故事线上的关键故事序列。

第一，穷男孩故事线上的3个关键故事序列：

- 穷男孩因鞋子破损而想要一双新鞋。
- 穷男孩捡起富男孩掉落的一只新鞋子，选择送交富男孩以成全他人，却未能如愿。
- 穷男孩从地上捡起富男孩扔给他的另一只新鞋，并挥手致谢。

扫码观看短片《另一只鞋》片段4

第二，富男孩故事线上的3个关键故事序列：

- 富男孩非常爱惜自己的新皮鞋，却发现在挤上火车后掉落了一只。

扫码观看短片《另一只鞋》片段5

扫码观看短片《另一只鞋》片段6

- 富男孩发现穷男孩从地上捡起自己的那只新皮鞋后，追赶着启动的火车，扔向自己，他却没有接住。
- 富男孩脱下自己脚上的另一只新皮鞋，扔向穷男孩而成全了他人。

由此可见，编导设计了上述两条故事主线，不仅要求摄影镜头分别在两个男孩的视线中拍摄，而且也使短片故事在两条故事主线的平行切换中完成。最初，穷男孩因自己脚上鞋子的破损而想要一双新鞋子，与富男孩爱惜自己穿上的新皮鞋之间并没有叙事关联，是两个独立的故事序列，只是在富男孩脚上的一只新皮鞋被挤落，穷男孩发现并捡起后，两个独立的故事序列才开始有了联系，即穷男孩选择成全富男孩，力图把那只新皮鞋送交给富男孩，却失败。接着，富男孩把自己脚上的那只新皮鞋扔给了穷男孩，成全了穷男孩想要穿上一双新鞋的心愿。因此，编导是用穷男孩与富男孩各自的3个关键故事序列搭建短片故事主线，进而使短片《另一只鞋》拥有复线型故事骨架。

二、惩戒型与反思型故事骨架

从短片故事的叙事导向上，我们可以区分出惩戒型与反思型故事骨架。例如，短片《盲人调音师》和短片《邻居的窗》都采用了“偷窥+”的故事核策略，并且同样叙述了故事主人公迷失自我的故事。但是，短片《盲人调音师》的编导采用了“偷窥+惩罚”的叙事母题，而短片《邻居的窗》的编导则使用了“偷窥+羡慕”的叙事母题，进而在叙事导向上有了区别。

1. 惩戒型故事骨架

惩戒型故事骨架的叙事导向是，短片编导通过故事主人公因迷失自我而受到惩罚的故事引人警戒。我们已经知道，短片《盲人调音师》的故事核是“偷窥+惩罚”，编导通过以下9个故事序列叙述短片故事：

（1）主人公阿德里安因钢琴演奏事业上的挫折与女友分手，决定装作盲人，去当调音师。

（2）阿德里安对盲人调音师的工作感到十分满意，不仅小费高，而且能偷窥客户的隐私，甚至在音乐学院排练室调音时偷窥一个女孩在他面前穿“三点式”跳舞服练舞。

（3）在茶餐厅约见时，阿德里安跟自己的经纪人西蒙谈论起自己假装盲人调音师的各种好处，十分得意。

（4）在过人行道时，阿德里安手持盲人拐杖，戴着盲人眼镜，却调侃地提醒身边的老妇人绿灯亮了，并得意地回想起自己在音乐学院排练室调音时偷窥一个女孩在他面前穿“三点式”跳舞服练舞的情形。

（5）阿德里安根据预约去客户家给钢琴调音，却意外看到了男客户被杀的现场，并脚踩血泊滑倒在地。

（6）阿德里安看到身沾血迹的男客户的尸体躺在沙发上，非常恐惧。

（7）在女客户的要求下，阿德里安脱下因滑倒而弄脏的外套，给女客户清洗。

（8）阿德里安担心女客户看到自己外衣口袋里的日程本后，会发现自己假装盲人调音师的真相。

（9）阿德里安赤裸上身，穿着短裤，坐在钢琴前调音，女客户在他身后拿着气钉枪瞄准他的后脑。

扫码观看短片
《盲人调音师》
片段1

在上述9个故事序列中，我们可以概述出以下3个关键故事序列：

- 第1个关键故事序列是故事序列（2），叙述阿德里安对盲人调音师的职业感到十分满意，不仅小费高，而且能偷窥客户的隐私。
- 第2个关键故事序列是复合故事序列[①]（3）（4），叙述阿德里安在茶餐厅里跟自己的经纪人西蒙得意地谈论起自己假装盲人调音师的各种好处，他甚至在过人行道时，调侃地提醒身边的老妇人绿灯亮了。
- 第3个关键故事序列是故事序列（9），叙述阿德里安因假装盲人调音师的真相被发现而受到惩罚。

扫码观看短片
《盲人调音师》
片段2

扫码观看短片
《盲人调音师》
片段3

因此，在短片故事核的“偷窥”与“惩罚”之间，编导加入一个“得意”的关键故事序列，即阿德里安为自己假装盲人调音师后能偷窥他人隐私，以及蒙骗老妇人而十分得意。这样，短片《盲人调音师》的故事主线便是偷窥→得意→惩罚，编导通过主人公阿德里安因偷窥而得意最终受到惩罚的故事引人警戒。从这个意义上说，编导为短片《盲人调音师》设计了一个惩戒型故事骨架。

① 在用关键故事序列设计短片故事骨架时，编导往往先根据故事核配置若干个关键故事序列，当某个关键故事序列需要配置两个以上的次一级故事序列时，便有了复合故事序列。

2. 反思型故事骨架

反思型故事骨架的叙事导向表现为，短片编导借助故事主人公迷失自我而受到价值观挑战的故事，启发人们的价值观反思。例如，短片《邻居的窗》的故事核是“偷窥+羡慕”，编导用以下9个故事序列叙述短片故事：

（1）艾莉是有两个孩子的中年家庭主妇，又怀了第三胎，她对丈夫雅各布照看孩子颇有微词。

（2）一天夜晚，艾莉夫妇坐在自家客厅里，突然从对楼窗口的灯光下隐约看见一对新搬入的年轻夫妇正脱去上衣，拥抱亲热。两人十分震惊，却在好奇心驱使下关上了客厅的灯，情不自禁地窥探起来。

（3）艾莉带两个孩子外出回家，看到丈夫坐在客厅里办公，误以为丈夫又在偷窥对楼邻居。两人发生口角，各自对近来的夫妻生活发牢骚，并透露出对对楼邻居夫妇生活的羡慕之情。

（4）圣诞前夕的夜晚，艾莉用红色的圣诞彩带装点自家客厅的窗子时，看到对楼邻居正在举办舞会，十分欣赏。

（5）一天深夜，艾莉独自起身走到阳台上，无意中看到对楼邻居的妻子坐到丈夫的身边，并在丈夫的耳边细语安慰，颇感惊疑。

（6）一天傍晚，艾莉坐在自家客厅的沙发上，突然发现对楼邻居有异常情况，就拿起望远镜窥视。只见对楼邻居的丈夫躺在床上，有一对夫妇前来探望，对楼邻居的妻子在访客夫妇离开后，合衣在丈夫身边躺下。

（7）一天夜晚，艾莉在自家客厅看到对楼邻居家发生了可怕的一幕，两个男子把对楼邻居的丈夫装在一个黑色的袋子里，并搬到担架上抬走。邻居的妻子在一旁流泪，后随担架一起离开屋子。

（8）艾莉立刻赶到对楼公寓楼下的门口，看到对楼邻居的妻子含泪目送自己丈夫的遗体被送上专用车子，想要上前安慰。对楼邻居的妻子认出了艾莉，并说自己和丈夫曾经常从自家窗口看到艾莉一家人的生活，非常羡慕她有3个孩子。

（9）夜晚，艾莉独自坐在自家客厅的沙发上，注视着散乱在地板上的儿童玩具火车，默默地思考着对楼邻居妻子跟自己说的话：他们也十分羡慕艾莉家人的生活。雅各布带着3个孩子回家，艾莉家的客厅灯光给漆黑的夜色带来了温馨的亮光。

在上述9个故事序列中，编导主要通过（2）（3）（8）（9）这4个故事序列设计故事骨架。所以，这4个故事序列构成了短片《邻居的窗》的4个关键故事序列：

- 第1个关键故事序列是故事序列（2），叙述艾莉夫妇在自家客厅里首次看到对楼邻居夫妇的激情场面，两人情不自禁地窥探起来。
- 第2个关键故事序列是故事序列（3），叙述艾莉因误会而跟丈夫争吵，并在发泄牢骚的话中侧面表达了自己羡慕对楼邻居生活的态度。
- 第3个关键故事序列是故事序列（8），叙述艾莉从对楼邻居的妻子那里得知，对楼邻居夫妇也经常窥探其窗口，并十分羡慕艾莉家人的生活。
- 第4个关键故事序列是故事序列（9），叙述艾莉独自坐在自家客厅的沙发上，默默地思考着对楼邻居妻子说的羡慕自己家人生活的话。

虽然也采用了“偷窥+”故事核，然而与短片《盲人调音师》不同，短片《邻居的窗》的编导将“偷窥+”关键词故事策略转入“羡慕”，构成“偷窥+羡慕”故事核，叙述故事主人公艾莉羡慕对楼邻居夫妇生活，并且在第3个关键故事序列中，编导通过对楼邻居妻子的表白，使主人公艾莉知道，对楼邻居夫妇也总是通过窗口窥探艾莉的家，并对艾莉的家庭生活充满了羡慕之情。于是，艾莉的价值观受到了挑战。因此，短片《邻居的窗》的关键故事序列可以概括为：偷窥→羡慕→被羡慕（即艾莉得知对楼邻居羡慕自己的家庭生活）。从这个意义上说，编导在短片《邻居的窗》的叙事导向上设计了一种反思型故事骨架，不仅使故事主人公艾莉因发现对楼邻居夫妇羡慕自己家人的生活而陷入沉思，而且也能使读者和观众从中获得某种价值观上的反思。

扫码观看短片《邻居的窗》片段1

扫码观看短片《邻居的窗》片段2

扫码观看短片《邻居的窗》片段3

扫码观看短片《邻居的窗》片段4

三、践行型与劝导型故事骨架

从短片故事的叙事路径上，我们可以将叙事短片分为践行型与劝导型故事骨架。例如，短片《你能型》与短片《听我说》都采用了“残障+”的故事核策略，故事主人公都是残障人士，然而不同的是，短片《你能型》的编导用关键动词“成功”，而短片《听我说》的编导却配置了关键动词“自信”，进而在短片故事核的叙事路径上有所区别。

1. 践行型故事骨架

践行型故事骨架是指编导通过故事主人公的现实行动路径来呈现短片故事核。例如，广告短片《你能型》的故事核是“残障+成功”，编导通过以下18个叙事序列叙述短片故事：

（1）女主人公是一名穷人家的聋哑女孩，从小喜欢小提琴演奏。一次，她在街上聚精会神地聆听流浪艺人演奏小提琴，并有了学小提琴的愿望。

（2）聋哑女孩独自在马路上行走，回想起自己学习小提琴时遭到学钢琴的女同学歧视的情形：在两人练琴时，学钢琴的女同学当面嘲讽聋哑人不该学拉小提琴；聋哑女孩在教室里独自对着小提琴垂泪。

（3）聋哑女孩看着流浪艺人在街上演奏小提琴，听到流浪艺人用手语询问是否在学小提琴时，聋哑女孩流下了伤心的流泪。

（4）聋哑女孩听了流浪艺人的谆谆教导，要用自己的心来聆听音乐旋律，便决心继续练习小提琴。

（5）每天清晨起床，聋哑女孩在简陋的阳台上独自练习小提琴，准备参加古典音乐大赛。

（6）学钢琴的女同学坐在自家客厅里弹奏钢琴，站在边上的女陪练老师关注着她的弹奏。

（7）聋哑女孩站在简陋的阳台上，沐浴着阳光，独自练习小提琴。

（8）聋哑女孩手抱小提琴盒，去报名参加古典音乐大赛，学钢琴的女同学也前来报名参赛，并对聋哑女孩投去歧视的眼神。

（9）在学校食堂里，聋哑女孩手中盛满饭菜的盆子被学钢琴的女同学故意撞翻，但这没有动摇她参加古典音乐大赛的决心。

（10）聋哑女孩站在简陋的阳台上，独自练习小提琴。

（11）聋哑女孩与流浪艺人一起在街上演奏小提琴，赢得了围观路人的赞许，恰巧被学钢琴的女同学乘坐私家车路过时看到。

（12）学钢琴的女同学在自家的客厅里练习钢琴，生气地拒绝女陪练老师的辅导。

（13）聋哑女孩与流浪艺人一起在街上演奏小提琴时，遭到受学钢琴的女同学指使的暴徒的殴打，聋哑女孩的小提琴被暴徒砸坏。

（14）学钢琴的女同学在古典音乐大赛上演奏完毕，台下响起观众的掌声。

（15）报幕员宣布最后一名参赛者表演后，聋哑女孩站在古典音乐大赛的舞台上，她想起了探望因和自己在街上卖艺而遭暴徒打伤躺在病床上的流浪艺人的情形。

（16）聋哑女孩演奏小提琴乐曲《卡农》，短片追叙聋哑女孩在学小提琴时所经历的坎坷挫折和顽强不屈。

（17）在《卡农》小提琴乐曲中，聋哑女孩继续在台上演奏小提琴，画面呈现蝶蛹破茧远飞的景象。

（18）聋哑女孩演奏《卡农》结束，评委和观众报以热烈的掌声。聋哑女孩终于在古典音乐大赛上获胜。

在上述18个故事序列中，我们可以概述出以下5个关键故事序列：

- 第1个关键故事序列是故事序列（1），叙述女主人公是一名穷人家的聋哑女孩，从小喜欢小提琴演奏。
- 第2个关键故事序列是故事序列（2），叙述聋哑女孩遭同班学钢琴的女同学歧视，在教室里独自对着小提琴垂泪。
- 第3个关键故事序列是故事序列（4），叙述聋哑女孩受到流浪艺人的谆谆教导，摆脱了聋哑人的自卑感，决心继续练习小提琴。
- 第4个关键故事序列是复合故事序列（5）（7）（8）（9）（10）（11）（13）（15），叙述聋哑女孩摆脱因自身残障而带来的学习小提琴的困境，突破对手女同学的各种阻扰，努力练习小提琴演奏，顽强不屈和奋力拼搏，终于在古典音乐大赛的舞台上演奏乐曲《卡农》。
- 第5个关键故事序列是故事序列（18），叙述聋哑女孩演奏乐曲《卡农》结束，评委和观众报以热烈的掌声。

广告短片《你能型》的编导通过讲述主人公聋哑女孩顽强不屈接受挑战，最终获得了古典音乐大奖赛冠军这一故事，传递了“你能型”（You can shine）的短片双重主题[①]。短片的故事核是“残障+成功”，编导为主人公聋哑女孩设计了双重困境，一个是学钢琴的女同学的歧视、挑衅和竞争等阻碍带来的困境，另一个是自身的聋哑人生理缺陷构成的困境。因此，在短片故事核“残障+成功”的基础上，编导通过5个关键故事序列建构起短片故事骨架的两条叙事序列：一条是聋哑女孩遭遇学钢琴的女同学歧视而“不屈”的故事序列，另一条是聋哑女孩面对自身聋哑残障而“拼搏”的故事序列。也就是说，广告短片《你能型》围绕主人公聋哑女孩的双重困境配置了两条故事主线，并借助5个关键故事序列构建故事骨架：残障→

扫码观看短片《你能型》片段1

扫码观看短片《你能型》片段2

扫码观看短片《你能型》片段3

扫码观看短片《你能型》片段4

① 这里的双重主题指，这句话既是潘婷洗发液的广告语，也是短片的励志故事主题。

教导→不屈→拼搏→成功。所以，这是一部拥有践行型故事骨架的短片，编导叙述故事主人公聋哑女孩在现实生活中顽强不屈和奋力拼搏，最终用自己的小提琴演奏赢得了古典音乐比赛。

扫码观看短片
《你能型》
片段5

2. 劝导型故事骨架

劝导型故事骨架是指编导通过故事主人公的言说劝导路径来呈现短片故事核。短片《听我说》虽然也采用了“残障+”的故事核策略，却与短片《你能型》不同，编导为“残障”配置了“自信”的关键动词，并从短片的故事素材中提炼出以下4个关键故事序列：

扫码观看短片
《听我说》
片段1

- 第1个关键故事序列是，主人公聋哑女孩独自坐在教室，看到有人丢给她的纸上写着侮辱她是聋哑人的话和一些威胁言辞，十分痛苦。
- 第2个关键故事序列是，男生走进教室，看了聋哑女孩丢在地上的那张纸，立刻赶到教学大楼的楼顶，发现聋哑女孩正准备跳楼。

扫码观看短片
《听我说》
片段2

- 第3个关键故事序列是，男生用手语阻止聋哑女孩跳楼，并劝说其要自信。
- 第4个关键故事序列是，聋哑女孩看到男生伸出自己的假肢后，十分震惊，她低头思索片刻，随后抬头看向男生，并向他伸出了手。

由此可见，与短片《你能型》的故事骨架不同，短片《听我说》的编导是通过男生劝导聋哑女孩获得自信的方式，传递出残障人士顽强自信的短片故事核的。因此，在上述4个关键故事序列中，男生劝导聋哑女孩的两个关键故事序列支撑起了整部短片故事的骨架。从这个意义上说，短片《听我说》的编导设计了劝导型故事骨架。

扫码观看短片
《听我说》
片段3

四、写实型与穿越型故事骨架

扫码观看短片
《听我说》
片段4

叙事穿越是标志性的网络小说叙事技术。笔者曾从小说情节上重组叙事时空的角度指出，叙事穿越与叙事意识流是一种叙事境遇重组，表现为作者通过小说主人公在不同时空或不同时代的叙事境遇中进行结构性重组的小说情节组接方式。[①] 21世纪以来，叙事穿越已经在影视作品创作领域广

① 陈鸣. 小说写作实训教程. 北京：中国人民大学出版社，2021：114.

为使用，一些叙事短片的编导也在用叙事穿越的叙事技术设计自己的故事。因此，在短片的故事世界框架上，写实型与穿越型便成为两种不同的故事骨架。

1. 写实型故事骨架

写实型故事骨架是指编导通过故事主人公在现实世界里的关键故事序列设计短片故事骨架。例如，《父与女》虽然是一部动画短片，然而编导却叙述了女主人公在现实世界里的故事。短片的故事核是“思念+父亲”，编导叙述了以下8个故事序列：

（1）在《多瑙河之波》手风琴背景音乐下，一位身材高大的父亲和其幼小的女儿各自骑着单车去海边。女儿看着父亲独自划小船远去后，便一个人站在岸边期待父亲归来。

（2）刮风下雨的岁月里，女儿独自骑单车前往当年父亲离别的海边，独自思念父亲。

（3）上学以后，女儿与同学一起骑单车前往当年父亲离别的海边，独自思念父亲。

（4）恋爱以后，女儿乘坐男友骑的单车前往当年父亲离别的海边，独自思念父亲。

（5）成家以后，女儿与家人一起骑单车前往当年父亲离别的海边，独自思念父亲。

（6）步入老年，女儿一个人骑单车前往当年父亲离别的海边，独自思念父亲。

（7）晚年之时，女儿独自推着单车来到当年父亲离别的海边，在一只搁浅在滩涂的破损小木船里睡下。

（8）年迈的女儿从小木船里起身，突然发现站在远处滩涂上的父亲，便立刻迎着跑去，她的外貌在奔跑中由老年快速变成少女，最后与父亲拥抱。

扫码观看短片《父与女》片段1

扫码观看短片《父与女》片段2

在上述8个故事序列中，编导主要用3个关键故事序列设置短片的故事骨架：

- 第1个关键故事序列是故事序列（1），叙述父亲当着年幼女儿的面，一个人划着小船离别，女儿独自站在岸边思念父亲归来。
- 第2个关键故事序列是复合故事序列（2）（3）（4）（5）（6），叙述女儿在不同的人生阶段来到父亲当年离别的海边，独自思念父亲。

扫码观看短片《父与女》片段3

- 第3个关键故事序列是复合故事序列（7）和（8），叙述女儿年迈后睡在一只破损的小木船里，并在睡梦中与父亲重逢。

由此可见，短片《父与女》是在现实世界中叙述女主人公用其一生思念父亲的故事，是一种写实型的故事骨架。虽然编导采用了3个关键故事序列设计故事骨架，可是中间的关键故事序列可以配置为一系列复合故事序列，叙述女儿在一生的不同年龄阶段思念父亲的事件。从这个意义上说，编导主要用首尾两个关键故事序列设计短片《父与女》的故事骨架，叙述女主人公在现实世界中思念父亲的故事核。

2. 穿越型故事骨架

穿越型故事骨架表现为，剧作者在短片中往往为故事主人公设置两个故事世界的框架，一个是主人公穿越前的故事世界，另一个是穿越后的故事世界，并且，这两个故事世界在时间上超越人的生命周期并在空间上隔离成两个独立的疆域。所以，穿越的方式与意识流不同，剧作者使故事主人公的身体在两个故事世界之间穿越，而不是局限于主人公的意识或无意识；穿越后的故事世界也区别于梦幻世界，故事主人公生活在一个物理的世界，而不是梦境或幻境之中，即使是奇幻或玄幻的世界，故事主人公所经历的事件也总是表现为一系列完整而有序的故事序列。因此，穿越型故事骨架的实操手法是，剧作者在不同的故事世界穿越中叙述短片主人公的故事，进而将短片的关键故事序列设置在两个故事世界框架里。

例如，动画短片《包宝宝》的编导采用了穿越型故事骨架，其故事序列可以概述如下：

（1）儿子搬出去住后，母亲只得和老伴相依为命，丈夫外出上班后，母亲十分孤独，总是想念儿子。

（2）一天早上，母亲正在吃自己做的包子，突然，蒸笼里的一只包子变成了一个男宝宝。

（3）母亲非常高兴，喂养这个由包子变成的儿子“包宝宝”，并带着他去外面买菜、买面包和乘坐公交车。

（4）母亲发现“包宝宝”长高了，就带他去外面草地上一起打太极拳。突然，一只小狗叼走了他，母亲看到后赶忙救了他，回家后给他洗澡。

（5）“包宝宝”又长高了，还戴上了眼镜。母亲再次带他去外面去买水果。不料，他跟两个小男孩跑走了，母亲发现后立刻把他抓了回来。

（6）母亲带“包宝宝”在草地上打太极拳，“包宝宝”却溜去跟两个男孩踢足球。母亲奋不顾身地抱起他后离开。回家途中，“包宝宝”十分生气，不愿吃母亲买的面包。

（7）回家后，母亲发现“包宝宝”在自己的房间里打电话，想推门进去，他却把房门关了起来。

（8）母亲为“包宝宝”做了满桌的饭菜，招呼他吃饭。他却与约好的朋友一起外出，母亲只好一个人吃饭。

（9）“包宝宝”带了一个金发碧眼的女友回家，母亲看到女孩手上戴着的婚戒，十分吃惊。发现“包宝宝”准备搬出家去与女友一起住时，母亲恼羞成怒，在母子两人的争执中，母亲含泪把“包宝宝”放入嘴里吃下。

（10）母亲梦中哭醒，老伴打开了卧室的门，只见儿子手提一个面包礼盒走进卧室。母亲见后有些惊讶，随后生气地转过身躺下。儿子坐到床沿边，拿出面包放在床上。母子两人言和，并肩坐在床沿，一起吃面包。

（11）在家里的餐桌上，母亲手把手地教儿子如何包包子，坐在一边的金发碧眼的儿媳妇把自己包好的包子递了上来，并和母亲一起谈论包包子的手法。老伴坐在一旁，脸上露出笑容。

在上述11个故事序列中，编导为故事主人公设置了现实故事世界与奇幻故事世界。从第2个故事序列包子变成男孩宝宝后，短片故事便通过穿越叙事手法，叙述了母亲和“包宝宝”在奇幻世界里的故事。直到第10个故事序列，才回到主人公的现实故事世界里。虽然在第10个故事序列中编导用母亲梦中哭醒的事件来衔接奇幻世界与现实世界，似乎将母亲和“包宝宝”在奇幻世界里的故事处理为母亲做的梦，然而与其将其视作母亲做了一个奇幻的梦，倒不如理解为母亲穿越到一个奇幻的故事世界。首先，在第2个故事序列中，编导直接叙述母亲在吃早餐时发现一只包子变成一个男孩宝宝，接着，母亲将这个包子变身的男孩视作自己的儿子，即“包宝宝”，而没有在母亲睡后的梦中来叙述一只包子变成男孩宝宝，所以，母亲与“包宝宝”在奇幻世界中的故事是一个穿越的故事，而在短片的后续情节中，母亲从噩梦中哭醒似乎隐喻了这样一种叙事意义，即母亲思念离家的儿子，时常会在噩梦中惊醒。其次，在第3个故事序列到第9个故事序列中，编导叙述母亲穿越后的奇幻世界时，母亲与其“包宝宝”儿子之间所发生的故事完整而有序，并在这部7分钟时长的短片中占据近一半的时长，所以，无论是这些奇幻故事的叙事逻辑，还是这个奇幻故事世界在短片情节主线上所占的时长比重，都超越了在一个梦境中所能和所应叙述的短片情节。因

扫码观看短片《包宝宝》片段1

此，本书倾向于认为，在短片《包宝宝》的叙事影像作品中，编导使用了叙事穿越的手法，进而在短片情节中叙述了母亲和“包宝宝”的奇幻故事。

扫码观看短片《包宝宝》片段2

扫码观看短片《包宝宝》片段3

扫码观看短片《包宝宝》片段4

从整体上看，短片《包宝宝》的编导设计了一个穿越型故事骨架，我们可以将其概述为以下4个关键故事序列：

- 第1个关键故事序列是故事序列（1），叙述儿子搬出去住后，母亲只得和老伴相依为命，老伴外出上班后，母亲十分孤独，总是想念儿子。
- 第2个关键故事序列是故事序列（2），叙述母亲吃的包子变成了男孩，于是母亲和她的“包宝宝”儿子从写实世界穿越到了奇幻世界。
- 第3个关键故事序列是复合故事序列（3）至（9），叙述在穿越后的奇幻故事世界里，母亲悉心抚养照看“包宝宝”，直到他准备与金发碧眼的女友搬出家去住时，母亲含泪把“包宝宝”放入嘴里吃下。
- 第4个关键故事序列是复合故事序列（10）和（11），叙述在写实的世界里，儿子回家探望母亲，母子言和，一家人团聚，一起包包子。

由此可见，短片《包宝宝》的编导通过4个关键故事序列设计短片的穿越型故事骨架。其中，第2个关键故事序列叙述写实世界与奇幻世界的穿越事件，第3个关键故事序列叙述奇幻世界的故事，而首尾两个关键故事序列则叙述写实世界的故事。因此，短片编导借助了主人公在写实世界与奇幻世界的穿越故事来叙述母亲思念儿子的故事核。

本章概要

短片文学剧本具有篇幅短小的特点，因而要求剧作者用更加凝练的方式为自己的短片文学剧本寻找故事创意策略。本章试图根据叙事短片的特点，通过分析8部优秀的短片叙事作品，探讨短片文学剧本的故事创意。

本章提出了短片文学剧本在故事核构思方面的关键词策略“关键动词+”，即以动作性事件为故事核的关键动词，并配置一个或以上的事件，这些事件可以是关键动词或关键名词，但必须是短片故事的核心事件。为此，本章根据8部叙事短片的案例，分析了“选择+”策略、“偷窥+”策略、“残障+”策略和“思念+”策略四种构思策略。

继短片故事核之后，剧作者需要用关键故事序列设计短片具备的故事骨架。所以，本章从故事主线结构、故事的叙事导向、故事的叙事路径和短片的故事世界框架四方面，具体探讨了剧作者如何用关键故事序列配置短片故事骨架的几种类型，即单线型与复线型故事骨架、惩戒型与反思型故事骨架、践行型与劝导型故事骨架、写实型与穿越型故事骨架。

思考题

1. 举例说明“关键动词+”的短片故事核策略。
2. 举例说明短片文学剧本如何用关键故事序列配置故事骨架。

课外作业

用“关键动词+”策略，构思短片故事核，并用关键故事序列撰写故事骨架。

拓展阅读

1. 麦基. 故事：材质、结构、风格和银幕剧作的原理. 周铁东，译. 天津：天津人民出版社，2016.

2. 贾内梯. 认识电影：插图第11版. 焦雄屏，译. 北京：世界图书出版公司北京公司，2007.

3. 沃尔特. 剧本：影视写作的艺术、技巧和商业运作. 杨劲桦，译. 天津：天津人民出版社，2017.

第六章　短片文学剧本的场景设计

电影剧本的写作是一个逐步推进的过程，而且极为重要的是准备工作必须分步进行。第一步，激发你的创作灵感，然后将这个创作灵感分解为主题、人物和情节。一旦你有了主题，通过确定结尾、开端，以及情节点Ⅰ和情节点Ⅱ，你便可清楚地知道如何对它进行构筑。

——悉德·菲尔德:《电影编剧创作指南（修订版）》

在短片文学剧本写作实训的流程中，从故事创意到场景设计实际上是从故事到情节的环节。我们已经知道，与短片脚本的分镜头文本不同，短片剧本是分场景的剧作文本，无论是短片完成本还是短片文学剧本，剧作者都是用系列场景的方式设计短片的情节框架的。所以，在短片文学剧本写作实训活动中，场景设计是继故事创意设计之后不可或缺的实操项目。我们将在阐释短片场景的含义之后，主要探讨短片场景的“情节点”配置策略。

第一节　短片场景的含义

严格地讲，场景最初是一个表演叙事的概念，所以舞台表演的文学剧本有分幕和分场的设置。直到故事片产生和成熟以后，电影编剧理论家才从影像叙事的意义上定义场景，而短片场景便是影像叙事上的场景概念。为此，我们先要探讨短片场景的基本知识和实操原理。

一、短片场景的定义

在叙事作品的故事写作中，场景是基本的概念。美国学者布鲁克斯认为，一个故事是由一系列相联系的场景组合而成的，所以，场景设置是故事写作的六大核心技能之一。在布鲁克斯看来，“场景是指在特定的时间和地点存在的一个戏剧动作单位或说明（其中包括叙述评论、综述或连续部分）”[①]。可见，在布鲁克斯看来，场景不只具有特定的时间和地点的特性，并且表现为故事中的戏剧性动作。

而美国电影理论家麦基则指出，“场景是指在某一相对连续的时空中通过冲突表现出来的一段动作，这段动作根据至少一个具有一定程度的可感知的重要性的价值改变了人物生活中负荷着价值的情景。理想的场景即是一个故事事件”[②]。与布鲁克斯一样，麦基也看到了场景中的戏剧性动作，然而不同的是，麦基注重电影场景在影像叙事方面的特质，即电影场景是“在某一相对连续的时空中通过冲突表现出来的一段动作”，并在影像场景的动作性冲突中强调了某种价值观的改变。也就是说，影像叙事中的场景不只是处于单个特定时空中的事件序列，也可以表现为事件序列在时间连续和空间位移中所呈现的叙事过程，以及这些事件序列在时空连续过程中发生的情节性转折。

短片场景是短片文学剧本的结构性情节序列，涉及形式与实质两种类型，剧作者通过具有叙事转折功能的事件，在实质型场景中设计并叙述短片场景。

二、短片场景的特点

根据定义，短片场景可以区分为两种类型，即形式型场景与实质型场景。所以，从整体上讲，短片场景包含了形式与实质两个层面的含义。我们需要从短片场景的形式要素、构成形态与实质要素三个方面，简要阐释短片场景的一般特点。

---

① 布鲁克斯.故事工程：掌握成功写作的六大核心技能.刘在良，译.北京：中国人民大学出版社，2014：233-234.

② 麦基.故事：材质、结构、风格和银幕剧作的原理.周铁东，译.天津：天津人民出版社，2016：31.

1. 短片场景的形式要素

一般来讲，一个场景应具备四个方面的叙事形式要素，即人物、事件、地点和时间。在短片文学剧本的故事创意进入场景设计之后，剧作者就需要将短片的故事进行场景化处理。从这个意义上说，短片场景的第一个特点是人物、事件、地点和时间构成的叙事形式要素。所以，剧作者通常用“地点+时间”来命名场景标题，用“人物+事件”来设计场景标题下的场景描述。我们将其命名为“形式型场景”。

2. 短片场景的构成形态

从场景的构成形态上看，短片场景有两种形态：一种是由单个地点的时空构成的单位场景；另一种则是通过两个以上单位场景衔接起来的场景序列。

比较而言，与以小说为代表的文学叙事的环境型场景不同，短片场景关注人物和事件所在的特定的时空方位；与表演叙事中的舞台型场景不同，短片场景总是意味着人物和事件构成的情节序列可以穿透单个的时空方位，将一系列相关而地点不同或同一地点不同时间的场景串联成场景序列。因此，从场景的构成形态上讲，剧作者可以在跨界叙事的意义上，从文学叙事、表演叙事与影像叙事的角度设计短片场景。一是用文学叙事的方式，设计场景中人物或事件所处的具体环境及其叙事氛围；二是用表演叙事的方式，把演员表演的角色和事件设置在某个特定地点的场景之内；三是用影像叙事的方式，在镜头的连续或剪辑中将相关而不同地点或同一地点不同时间的人物和事件串联成场景序列。因此，在场景的构成形态上，剧作者可以将同一时空中的人物和事件设计成小规模的场景，即单位场景；也可以将两个以上时空中的人物和事件设计为大规模的场景，即场景序列。

3. 短片场景的实质要素

剧作者可以把两个以上的小规模场景串联成大规模的场景序列。那么，剧作者为何需要并能够通过两个以上的大规模场景来设计短片场景呢？这就涉及短片场景的实质要素。

一般来讲，剧作者通常先从场景的形式要素上设计短片场景的基本构造，诸如场景的地点在哪里、场景中的事件发生在什么时间以及哪些人进出场景等。接着，剧作者就需要考虑短片场景的实质要素，诸如短片情节中的人物与事件到底有什么样的叙事逻辑、如何在场景中叙述情节的变异或转折。所以，短片场景的实质要素是场景中的情节转折机制。当小规模的单个场景无法完成情节转折时，剧作者就需要把两个以上的场景串联成大规模的场景序列。剧作者一旦从短片情节转折的叙事动力上设计短片场景，便是用短片场景的实质要素设计短片场景，并往往涉及大规模的场景序列。我们将其命名为“实质型场景”。

第二节 短片场景的“情节点”配置策略

应该看到，从短片情节转折的叙事动力上设计场景，无疑是不可或缺并行之有效的场景配置策略。我们已经知道，布鲁克斯强调故事场景所具有的戏剧性动作特点，而麦基则注重电影剧作中的场景是在某一相对连续的时空中通过冲突表现出来的一段动作。也许，在设计短片文学剧本的场景时，菲尔德的电影剧作“情节点”概念更加具有实操性。菲尔德认为，“电影剧本的写作是一个逐步推进的过程，而且极为重要的是准备工作必须分步进行。第一步，激发你的创作灵感，然后将这个创作灵感分解为主题、人物和情节。一旦你有了主题，通过确定结尾、开端，以及情节点Ⅰ和情节点Ⅱ，你便可清楚地知道如何对它进行构筑”①。虽然与长片文学剧本不同，短片文学剧本的场景设计未必需要采用三幕剧模式，但是菲尔德的“情节点”概念却是十分适用的。

因此，在短片文学剧本的场景设计过程中，剧作者应该聚焦于“情节点”的场景配置策略，即从场景的实质要素上设计短片文学剧本的场景。

一、“情节点”的含义

“情节点”是菲尔德提出的电影编剧概念。他指出，“情节点可以被定义为：任何一个偶发事变、插曲或事件，它‘勾住’了情节并将其转向另一个方向”②。他还认为，“情节点在电影剧本中又一个基本的目的，它们是

① 菲尔德．电影编剧创作指南：修订版．魏枫，译．北京：世界图书出版公司北京公司，2012：15.

② 同①41.

重要的故事发展进程，使故事线保持在确定的位置”[①]。因此，在菲尔德看来，“情节点”是情节中的一个事件，它勾住情节并转向另一个方向，确定情节线的发展进程及每个发展阶段的确切位置。

麦基虽然没有用“情节点”来命名具有叙事转折功能的电影场景，但却曾举过一个“爱人分手”的影片案例。麦基对此案例的分析不仅有助于我们了解菲尔德的“情节点”场景概念，而且使我们能够理解麦基为何强调“一个完整的场景”。麦基对“爱人分手”的影片案例分析如下：

一对夫妇恩爱地生活在一起，一天早晨他们醒来之后，却开始吵架。两人的口角愈演愈烈，一直持续到他们在厨房匆忙地做早餐时。后来，他们来到车库，准备同乘一辆汽车去上班，两人的言语变得更加恶毒。最后，汽车行驶到公路上，他们的言语交锋变成拳脚相加。丈夫把车停在路肩上，跳下车，宣告:“我们完了！”麦基指出，在这个案例中，地点有四次转换，从卧室、厨房、车库到公路，但是直到丈夫跳下车结束他们的关系时才构成一个包含了转折点的场景，因而这是一个完整的场景。[②]

麦基的这个案例生动地说明了“一个完整的场景”是由一系列不同空间中的场景串联而成的，其实质要素便是场景序列中的情节转折点。在麦基分析的“爱人分手”影片案例中，卧室、厨房、车库和公路是四个单位场景。但是，只有当丈夫停下车子并跳下车，才在转折性情节的叙事功能中结束该场景。“因此，我们绝不会写一个平铺直叙、只是纯粹静态展示的场景；相反，我们都想努力实现这一理想：创造这样一个故事设计，让其中的每一个场景都成为一个细微、适中或重大的转折点。”[③]这个重大的转折点场景便使前面的三个单位场景联系起来，构成“一个完整的场景”。虽然在卧室、厨房和车库三个单位场景里这对夫妇也持续地吵架，吵架的激烈程度也不断升级，然而只有当丈夫跳下车结束两人的关系时，才构成一个具有情节转折性的“完整的场景”。

菲尔德的“情节点”概念与麦基的“一个完整的场景”的提法虽然是长片剧本写作的观念，却也适用于短片文学剧本的场景配置策略。我们可以将短片文学剧本的“情节点”含义定义为：在短片情节中具有叙事转折

---

① 菲尔德.电影剧本写作基础：最新修订版.钟大丰，鲍玉珩，译.北京：北京联合出版公司，2016：123.

② 麦基.故事：材质、结构、风格和银幕剧作的原理.周铁东，译.天津：天津人民出版社，2016：33.

③ 同②244.

驱动力量的事件或事件序列，它将短片情节从一个方向向另一个方向转变，并通过确定若干个叙事转折点来推进并标识短片情节主线的基本轨迹。因此，在短片文学剧本的场景设计中，“情节点”场景配置是十分重要的策略。

二、两个基础的“情节点”事件

菲尔德从电影的“三幕剧”情节框架角度提出了“情节点”的电影编剧概念，认为“在一个故事线上会有很多情节点。我只关注情节点Ⅰ和Ⅱ，因为这两个事件是关键时刻，它们将成为电影剧本的戏剧性结构的基础”[①]，并告诫电影剧作者：“在你的电影剧本里可以有许多情节点。但是在写作过程的这个阶段，也即准备阶段，我们仅重点关注情节点Ⅰ和情节点Ⅱ。它们是妥当地安排你故事线所有元素的定位参照点。”[②]因此，在进行“情节点”剧作设计时，一部“三幕剧”的电影文学剧本至少要关注“情节点Ⅰ”和“情节点Ⅱ”，以便剧作者借助这两个“情节点”来安排电影的情节主线。

虽然我们无法确定一部短片文学剧本应该设置多少个“情节点”，然而根据一部长片电影的时长通常为90分钟至120分钟，而短片叙事作品的时长通常在30分钟以内，我们不难断定，“情节点”在短片文学剧本中远远少于长片文学剧本，而菲尔德关于“情节点Ⅰ”和“情节点Ⅱ”的提法确实有助于剧作者从事短片文学剧本的“情节点”场景配置。因此，在进行短片文学剧本的“情节点”场景配置时，剧作者首先要关注两个基础的“情节点”事件，即引发事件与高潮事件。

1. 引发事件是短片情节的初始性“情节点”事件

一般来讲，引发事件是短片情节正式开始的第一个“情节点”事件。菲尔德认为，“引发事件总是将我们引向关键事件，关键事件是故事线的中心，是推动故事向前发展的动力。关键事件向我们揭示了故事是关于什么的”，并且，“很多时候，关键事件和情节点Ⅰ是相同的”[③]。而埃里克·埃

---

① 菲尔德. 电影剧本写作基础：最新修订版. 钟大丰，鲍玉珩，译. 北京：北京联合出版公司，2016：13.

② 菲尔德. 电影编剧创作指南：修订版. 魏枫，译. 北京：世界图书出版公司北京公司，2012：42.

③ 同①116–117.

德森也从长片电影的情节主线上定义引发事件，他指出，引发事件常常发生在电影的开头，它提供一个真正开始主人公的故事之旅的情节事件。虽然引发事件可以发生在第一幕中的任何时间点，但这仍取决于故事需求。埃德森甚至明确指出，一般来说，引发事件发生在电影开场的7分钟之内。[①]由此可见，引发事件可以在两个层面上界定：一个是将引发事件定义为激活“情节点”的事件，即如菲尔德所言，引发事件引向关键事件（情节点）；另一个是把引发事件视作情节的第一个“情节点”，即如埃德森所说，引发事件为主人公故事之旅提供一个真正开始的情节事件。

我们可以将引发事件定义为短片文学剧本的初始性“情节点”事件，它往往会改变故事主人公在日常生活世界中的平衡，使其遭遇困境，进而标志短片情节的正式开始。因此，在进行短片文学剧本的“情节点”场景配置时，剧作者可以将引发事件设置为初始性的基础事件。

2. 高潮事件是短片情节的终极性“情节点”事件

一部短片文学剧本总是需要一个情节高潮来叙述一个完整情节的故事，并且，情节高潮往往是短片文学剧本在情节主线上的最后一个“情节点”。所以，剧作者需要考虑如何为自己的短片文学剧本设计一个“情节点”高潮事件。反转高潮无疑是最好的设计方案，剧作者将短片情节中的矛盾引向冲突高潮，使高潮中的事件“勾住情节并转向另一个方向”，并以此作为整部短片情节的终极发展方向。因此，在进行短片文学剧本的“情节点”场景配置时，剧作者可以将高潮事件设置为终极性的基础事件。

在短片文学剧本的“情节点”配置策略中，与引发事件相比，高潮事件无疑是更为重要的基础事件。麦基认为，在设计电影故事的时候，“百分之七十五集中于创造最后一幕的高潮。故事的终极事件便是作者的终极任务”，甚至说，“除非你创造了高潮，否则你便没有故事”。[②]其实，短片也不例外。本书第一章第一节明确了叙事短片是具有完整情节结构的影像叙事作品，而高潮事件便是一部叙事短片具有完整情节结构的重要标志。也就是说，高潮事件标志了一部完整的叙事短片在情节主线上的最后一个核心“情节点”。

应该看到，在短片剧本写作实训中，许多初学者撰写的短片文学剧本

① 埃德森. 故事策略：电影剧本必备的23个故事段落. 徐晶晶，译. 北京：人民邮电出版社，2013：87.

② 麦基. 故事：材质、结构、风格和银幕剧作的原理. 周铁东，译. 天津：天津人民出版社，2016：107.

存在的最大问题是，没有找到短片情节的高潮事件，或者在高潮事件中没有能够表现出令人感动和引人反思的叙事创意。原因是多方面的，至少涉及三个方面：

- 一是剧作者往往缺乏足够的叙事想象力，跳不出故事素材中的原型人物和原型事件，甚至忽视了虚构类叙事短片的虚构想象特质。
- 二是剧作者时常沉迷于自己的短片故事之中，被短片故事“牵着鼻子走”，不善于从自己的故事中挖掘和发现具有人文关怀取向的叙事创意。
- 三是剧作者通常对自己故事中所表现或隐含的价值观和人生态度等问题反思不够，并容易把私人的、日常的甚至有瑕疵的价值观和人生态度直接表现为短片作品的叙述话语。

布斯在小说修辞研究中提出“隐含作者”的概念。他认为，作者在自己的小说作品里可以创造一个“他自己的隐身的替身”，一个“作者的第二自我”。[①]其实，短片文学剧本写作也不例外，剧作者设计和叙述短片情节的高潮事件，不只是设计和叙述一个故事的高潮，更要反映和表现出剧作者的价值观和人生态度。不管是自觉的还是不自觉的，剧作者往往会在自己的短片文学剧本写作中传递出自己的价值观念和人生态度。而一个优秀的剧作者应该透过自己的短片故事来反思其价值观和人生态度。正是从这个意义上说，在短片剧本写作实训活动中，剧作者不仅应训练和提高自己的短片写作技术，而且也应反思和提升个人的价值观和人生态度，即探寻和创造一个“理想的自我”，一个超越了日常生活世界的“自我”。[②]尤其在进行短片文学剧本高潮事件的设计时，剧作者的这种价值观和人生态度的反思和提升显得尤为重要。可以说，一部短片文学剧本的高潮事件不只是短片文学剧本情节主线上的事件，并且剧作者也能透过高潮事件来巧妙而隐蔽地传递“隐含作者”的价值观与人生态度，而一部短片文学剧本的优劣也往往可以根据其高潮事件及其隐含的叙述话语做出评判。

三、引发事件的“情节点”场景配置

将引发事件定义为短片情节的初始“情节点”，意味着剧作者需要在与

---

① 布斯. 小说修辞学. 付礼军，译. 北京：北京大学出版社，1987：80.

② 同①80–82.

高潮事件的关联中设计引发事件。麦基用“激励事件”来指称引发事件，并认为，“在激励事件和故事高潮之间有一把因果关系之锁。激励事件是故事最深刻的导因，因此其最终结果，即故事高潮，应该是不可避免的”①。因此，在用引发事件进行“情节点”场景配置时，剧作者不能孤立地考虑如何抓住短片故事中的引发事件，如何用引发事件配置短片文学剧本的“情节点”场景，而是需要将引发事件与高潮事件联系起来，将引发事件与高潮事件放在短片情节主线的始末两个“情节点”位置之上，设计引发事件的“情节点”场景配置。

1. 引发事件的前景化配置

引发事件的前景化配置是指，剧作者将引发事件设置为短片场景中正在发生的事件，并构成激化短片场景情节转折的首个“情节点”事件。

例如，短片《另一只鞋》的编导从穷男孩与富男孩的双主角模式来设计短片情节主线（也是故事主线）。因此，该短片就有了两条情节线（即故事线），一条是穷男孩的情节线，另一条是富男孩的情节线。在复线型情节线（也是故事骨架）中，穷男孩因自己脚上的鞋子破损而想要一双新鞋与富男孩在挤上火车时掉落了一只新皮鞋，分别是两条情节主线上的引发事件。虽然整部短片只有一个场景，即某火车站，两条情节主线都是在某火车站发生并结束的，但是编导还是在某火车站的场景里叙述了不同场面中发生的事件，我们可以把某火车站称为大规模场景，而将不同场面称作小规模场景。整部短片至少涉及以下几个小规模场景：

- 火车站一角，穷男孩坐在一块石头上试图修好自己破损的拖鞋。
- 火车站的候车长椅上，富男孩坐在椅子上用纸巾擦拭自己脚上的新皮鞋。
- 火车站的地上，富男孩挤上火车时，发现自己脚上的一只新皮鞋掉落在地上。
- 火车铁轨沿线，穷男孩捡起地上的一只新皮鞋，一路跑着将其扔给富男孩。
- 火车门口，富男孩从自己脚上脱下另一只新皮鞋，扔给穷男孩。

因此，短片编导将穷男孩坐在火车站一角想要修好自己破损的拖鞋，

扫码观看短片《另一只鞋》片段1

扫码观看短片《另一只鞋》片段2

① 麦基. 故事：材质、结构、风格和银幕剧作的原理. 周铁东，译. 天津：天津人民出版社，2016：309.

与富男孩上火车时掉落一只新皮鞋，设置为短片两个相关的引发事件：一方面，这两个引发事件是短片两条情节主线上的第一个“情节点”事件，导致短片情节的起始转折；另一方面，编导分别将这两个引发事件设置为两个相对独立的小规模场景，直接地呈现于短片情节主线的前景之中。从这个意义上说，这两个小规模场景便是编导用引发事件的前景化方式配置的。

2. 引发事件的背景化配置

与前景化配置不同，引发事件的背景化配置表现为剧作者将引发事件设置为短片场景中的背景事件，尽管这个背景中的事件实际上是短片情节主线转折的首个“情节点”事件。

扫码观看短片《命中注定》片段1

例如，短片《命中注定》男主人公亚瑟求婚失败是短片故事中的第一个故事序列，也是短片情节的“情节点”引发事件。正是这个事件导致亚瑟独自来到候机室，准备登机离去，也是这个事件为亚瑟在候机室寻找新的女友提供了可能性，亚瑟最后错失爱人来寻找他而出现的成婚机会，也与这个引发事件有着因果联系。

扫码观看短片《命中注定》片段2

但是，剧作者在短片情节中并没有正面叙述这个引发事件，而是在短片的第一个情节序列与最后一个情节序列中，将这个引发事件设置为短片情节的背景信息。具体表现为：在短片的第一个情节序列中，亚瑟独自坐在候机室的椅子上，恋恋不舍地拿着自己的求婚戒指，并看着与爱人的合影照片。而在短片的最后一个情节序列中，当亚瑟与新女友一起登机后，亚瑟的爱人却前来候机室寻找亚瑟，这时，那位神秘的中年男人弗兰克·马汀看到了留在亚瑟座位上的这张合影照片，并认出了眼前正在寻人的女子就是亚瑟的爱人。因此，编导既没有在情节的前景中叙述亚瑟的求婚如何失败，也没有用空间化场景配置方式将这个引发事件设置为段落式或画面式场景，只是在短片的第一个情节序列与最后一个情节序列中通过亚瑟与爱人的合影照片间接地加以展示。从这个意义上说，这是一种引发事件的背景化场景配置策略，即将短片的引发事件设置为短片情节背景中的“情节点”事情。

四、高潮事件的“情节点”场景配置

一部优秀的短片文学剧本，不只要讲好一个故事，而且要通过故事来传递某种具有人文关怀的叙述话语。也就是说，一部优秀的短片文学剧本总是拥有令人感动的故事，以及引人反思的叙述话语。所以，在用高潮事件设计短片文学剧本的“情节点”事件时，剧作者不仅要将引发事件之后的戏剧性矛盾引入冲突高潮，而且需要在高潮事件中传递与短片故事相关的叙述话语，表达“隐含作者”的叙事态度，以及在价值观和人生态度等方面的叙事判断。

从短片文学剧本的“情节点”配置策略上讲，剧作者可以在两个维度上设计高潮事件的叙述话语：一个是叙述话语的解读指向上；另一个是叙述话语的价值取向上。前者侧重于规定读者和观众解读叙述话语的可能性路径，后者则通过叙述话语来引导读者和观众的叙事价值评判。

1. 闭锁式与开放式高潮事件

在叙述话语的解读指向上，剧作者可以在高潮事件的两个层面配置短片的“情节点”场景，即闭锁式与开放式。

（1）闭锁式高潮事件的“情节点”场景配置。

闭锁式高潮事件的“情节点”场景配置表现为，剧作者将高潮事件配置成短片情节的最后一个“情节点”场景，并在这个高潮性场景中嵌入某种明确而单一解读指向的叙述话语，引导读者和观众对短片文学剧本叙事意义的解读取向。

例如，短片《听我说》的编导采用“残障+自信”的故事核，通过男生的劝导与聋哑女孩获得自信来传递残障人士自信的短片故事核。因此，故事主人公聋哑女孩在短片情节中有一个人物反转的过程，即聋哑女孩因受到各种歧视和言辞威胁的伤害而陷入自卑和绝望，准备跳楼轻生，经男生的劝导后放弃了跳楼轻生的行为，有了自信。

我们已经知道，编导在短片《听我说》中设置了4个关键故事序列：

- 第1个关键故事序列是，主人公聋哑女孩独自坐在教室的课桌上，看到有人丢给她的纸上写着侮辱她是聋哑人的话，以及一些威胁言辞，十分痛苦。
- 第2个关键故事序列是，男生走进教室，看了聋哑女孩丢在地上的那张纸，立刻赶到教学大楼的楼顶，发现聋哑女孩正准备跳楼。
- 第3个关键故事序列是，男生用手语阻止聋哑女孩跳楼轻生，并劝说其要自信。
- 第4个关键故事序列是，聋哑女孩看到男生伸出假肢手臂后，十分震惊，她低头思索片刻，随后抬头看向男生，并向他伸出了自己的左手。

扫码观看短片《听我说》片段1

其实，上述4个关键故事序列也是短片情节中的情节序列，而编导正是将最后两个关键故事序列设置为短片情节的“情节点”事件，并配置成一个劝导残障人士确立自信的反转高潮场景。从短片的“情节点”场景配置上看，短片《听我说》的编导设计了闭锁式高潮场景，而这个高潮场景的尾声也成为短片情节的结局。正是在短片的反转高潮与情节结局中，编导传递了一种明确而单一指向的叙述话语，即残障人士要自信。[①]读者和观众被设置在一个闭环的解读指向之中，感悟和回味编导在短片反转高潮中传递的这一叙述话语。从这个意义上说，短片《听我说》采用了闭锁式高潮事件的“情节点”场景配置策略。

（2）开放式高潮事件的“情节点”场景配置。

开放式高潮事件“情节点”场景的配置手法是，在用高潮事件配置短片情节的最后一个“情节点”场景时，剧作者巧妙传递出的叙述话语具有两种或更多的可能性解读路径，激发读者和观众在解读短片故事主旨时的想象性叙事创意。

在短片剧本写作实训中经常出现的误解是，文学叙事作品的高潮事件中所传递的叙述话语是未完成的或开放性的，所以，在叙述短片文学剧本的高潮事件中，剧作者可以采用含糊不清、不置可否的态度，由读者和观众的解读来完成其叙述话语的叙事意义。所谓文学叙事作品的未完成性和开放性，实际上包含两层含义。首先，文学叙事作品是用书面语言的符号媒介来叙述故事的，作品本身缺乏视听直观的叙事形态，任何文学叙事作品都需要读者的阅读、体验和想象等活动，才能完成文学视像的叙事形态。所以，文艺理论界提出了“作者文本”与“读者文本”的区别。其次，作者赋予自己的文学叙事作品开放式的结构性生命力，读者可以根据自己的解读和感悟进行选择或补充来完成。所以，“一千个读者就有一千个哈姆雷特”，而“一千个哈姆雷特”依然是有关莎士比亚悲剧《哈姆雷特》的艺术形象。意大利学者艾柯认为，“作品的开放性和能动性在于，它能让人给予补充，能让人给予有效果的具体的补充，它能够以自己的结构的生命力来指引这些演绎者活动，这种结构的生命力包含在作品当中，尽管作品

① 参阅本教程第八章第三节之“对白中的后置主题”。

并不是已经完结的，尽管作品的结局也是不同的、多样的，但这种生命力是有效的"[①]。因此，在为短片文学剧本配置高潮事件的"情节点"场景时，剧作者可以嵌入单一而明确的叙述话语，也可以巧妙地传递出两种或更多的叙述话语。但是，剧作者不应该用未完成性和开放性等托词，放弃对自己的短片故事进行价值观和人生态度等方面的提炼和反思。也就是说，剧作者要考虑的是，如何在自己的短片文学剧本的反转高潮中隐蔽地传递出"隐含作者"的叙述话语，而不是采取回避的态度，甚至没有意识到自己要透过短片文学剧本的故事向读者和观众传递一些具有人文关怀的价值观和人生态度。从这个意义上说，开放式高潮事件的"情节点"场景配置是指，剧作者通过短片情节中高潮事件的"情节点"场景，向读者和观众传递具有两种或更多可能性解读路径的叙述话语，并引导和激发读者与观众从中做出叙事评判和叙事领悟。

例如，短片《父与女》的编导采用了"思念+父亲"的故事核，叙述女儿一生思念父亲的故事。这个短片情节的最后两个叙事序列如下：

- 晚年之时，女儿独自推着单车来到当年父亲离别的海边，在一只搁浅在滩涂的破损小木船里睡下。
- 年迈的女儿从小木船里起身，突然发现站在远处滩涂上的父亲，便立刻迎着跑去，她的外貌在奔跑中由老年快速变成少女，最后与父亲拥抱。

上述两个叙事序列无疑是短片情节中高潮事件的"情节点"场景。从短片情节的引发事件开始，故事主人公的女儿一辈子都在思念和等待自己的父亲，却一直没有等到父亲。而在短片情节的结尾高潮中，女儿却与父亲重逢。因此，这是一种情节主线上的反转高潮。虽然我们不知道编导是否有意识地通过两种叙述视野来传递叙述话语，但是从短片《父与女》影像作品高潮事件的"情节点"场景配置来看，我们可以发现以下两种不同的叙述视野：

扫码观看短片《父与女》片段1

- 一个是人物的视野，即从女儿的视野叙述年迈的女儿在海边破损小船的睡梦里与父亲重逢。
- 另一个是大影像师的视野，即用大影像师的视野叙述年迈的女儿死后在天堂里与父亲重逢。

---

① 艾柯．开放的作品．刘儒庭，译．北京：新星出版社，2005：25–26.

这两种叙述视野传递出两种不同的叙述话语：

- 年迈的女儿在小船的睡梦里见到了父亲，其叙述话语是，幸运的人用美好的童年记忆治愈其一生的心里创伤：童年时与父亲离别是不幸的，然而女儿的记忆中却留下了父亲离别时拥抱自己的满满爱意。
- 大影像师祝愿年迈的女儿死后在天堂里与父亲重逢，其叙述话语是，不幸的人用一生的时间为不堪的童年记忆疗伤：童年时与父亲离别是不幸的，女儿留下的记忆是被父亲遗弃的悲伤，并且女儿一生都没有找到父亲，大影像师祝愿她能在死后的天堂里与父亲重逢。

需要指出的是，读者和观众可以用人物的或大影像师的叙述视野来解读短片《父与女》情节高潮中传递的叙述话语。虽然女儿与父亲离别的童年记忆有不同解读，一种是离别时父亲拥抱女儿的满满爱意，另一种则是父亲独自划船离开，将年幼的女儿遗弃在陌生世上的悲伤。然而无论哪一种解读，都使读者和观众感受到某种忧伤和无奈的情怀。这种感伤的情怀便是编导为读者和观众感受和领悟短片《父与女》的叙述话语设置的解读指向。

2. 反讽式与悖论式高潮事件

在叙述话语的价值取向上，反讽式与悖论式高潮事件的“情节点”场景配置是指，剧作者通过短片的高潮事件传递出具有价值取向的叙述话语，引导读者和观众对短片故事做出价值评判。

（1）反讽式高潮事件的“情节点”场景配置。

反讽式高潮事件的“情节点”场景配置，是一种以反讽性叙述话语来设计短片高潮事件的“情节点”场景叙事策略。

例如，短片《盲人调音师》用“偷窥”与“惩罚”两个关键动词组合成故事核，叙述了主人公阿德里安用假装盲人调音师的方式偷窥客户的隐私并最终受到惩罚的故事。在用“情节点”事件设计短片的高潮场景时，编剧在阿德里安的“偷窥”与“惩罚”两个事件性场景模式中植入了反讽性的叙述话语。

首先，在“偷窥”的关键叙事序列中，编剧用一系列事件性场景叙述阿德里安对自己用假装盲人调音师的身份偷窥客户的隐私而自鸣得意：一个是短片文学剧本的第5场景（即白天－公寓），用“闪回”方式追叙阿德里安如何靠蒙骗而得到客户的信任；另一个是短片文学剧本的第7场景（即白天－音乐学院－排练室），用“闪回”方式追叙阿德里安如何偷窥一个女孩解开裙子吊带并换衣服后练习舞蹈的隐私；再一个是短片文学剧本的第9场景（即傍晚－马路上），叙述阿德里安调侃地提醒一个老妇人绿灯亮了可以过马路的事件。

其次，在“惩罚”的关键叙事序列中，编剧在短片文学剧本的第12场景（即晚上－公寓－房间），叙述了阿德里安因目睹了客户家里的凶杀现场而面临杀身之祸，其假装盲人调音师并偷窥的行径由此受到惩罚，甚至阿德里安在遭遇杀身之祸时依然执迷不悟，沉迷于盲人调音师的虚假身份而没有采取反抗女凶手的行动。

因此，短片《盲人调音师》在“偷窥”与“惩罚”两个关键叙事序列中，通过阿德里安因假装盲人调音师而得意忘形与阿德里安因假装盲人调音师进行偷窥而遭到杀身之祸之间的叙事反转，传递出某种反讽性叙述话语。准确地讲，短片《盲人调音师》文学剧本的最后一个场景（即第12场景）是短片情节的高潮，而在这个高潮场景里，编剧通过反转性的“情节点”事件设计了反讽式叙述话语，即阿德里安假装盲人调音师的真相被识破，而他曾经为自己的盲人调音师身份和假装技能而自鸣得意，他受到了反讽式的惩罚。因此，编剧通过反讽式叙述话语，引导读者和观众在价值观上对短片故事主人公的行径和遭遇做出相应的评判。

（2）悖论式高潮事件的“情节点”场景配置。

一般来讲，悖论是一种背离形式逻辑矛盾律的现象，即同一命题隐含着两个对立的结论，且均能自圆其说。所以，悖论式高潮事件的“情节点”场景配置策略表现为剧作者通过表面上具有叙事矛盾的两个事件同时或相继发生，进而在短片情节高潮的场景中传递出令人反思的叙述话语。

例如，短片《命中注定》只有单个核心场景，即候机室内，而编导主要采用场面调度的方式在单个大规模的核心场景中切割出若干小规模的场景，并通过这些小规模场景（或场面）中发生的事件来叙述短片故事。从短片场景模式上看，这部短片设计了男主人公亚瑟的选择与错失的事件反转。一方面，亚瑟想要找个恋人成婚的行为动机在整部短片情节中没有变化，短片开始，亚瑟因向女友求婚失败而感到十分沮丧，转折“情节点”的契机是弗兰克·马汀向亚瑟推荐一只能预知30秒未来的箱子，于是，亚瑟借助这只神奇的箱子找到一位年轻女子，两人相识并一起登机。另一方

扫码观看短片《命中注定》片段3

扫码观看短片《命中注定》片段4

面，亚瑟因这一选择却错过了自己求婚的爱人赶来候机室寻找他，错失了一个真真实实的婚恋机会。因此，这部短片的故事核是“选择+错失”，亚瑟虽然借助神奇的箱子选择了一位年轻女子成为新女友，但他怎么也不会预料到，他“错失”了曾经求婚的恋人。

应该看到，这部短片的故事核“选择+错失”本身是一个带有悖论性质的叙事语义关系，而从短片的“情节点”场景配置上看，短片的第一个“情节点”事件是亚瑟发现并找到了新的女友，而第二个“情节点”事件则是他曾经求婚的恋人来候机室找他，而他错失了与寻找自己的恋人成婚的机会。并且，在短片情节结构中，编导将第二个“情节点”配置为短片的情节高潮，进而使这个悖论性的故事核在情节的反转高潮场景中得以最终完成。一方面，亚瑟“发现”并找到了新的女友，似乎是找到了自己命中注定的恋人；另一方面，亚瑟却错失了他曾求婚的恋人，失去了他命中注定的妻子。所以，当拒绝亚瑟求婚的女友来到候机室找他时，这个短片情节的高潮场景便构成了“选择”与“错失”之间的悖论性场景。并且，亚瑟自以为借助一只能预知30秒未来的神奇箱子而选择的新女友带给他“命中注定”的爱情，但是编导通过短片情节主线上反转高潮的“情节点”场景，推翻了由神奇箱子的预知而“命中注定”的爱情婚姻，即弗兰克·马汀最后发现，亚瑟因此而真正失去了与求婚女友的爱情。从这个意义上说，短片《命中注定》的编导在悖论式高潮场景中传递出短片的叙述话语，以此引导读者和观众从中反思这样的问题：是什么使爱情婚姻“命中注定”，或者说，是什么决定了亚瑟在爱情婚姻上的成功与失败。

本章概要

在具体从事场景描述之前，剧作者需要掌握短片文学剧本的场景设计策略。

本章将短片场景定义为短片文学剧本的结构性情节序列，它由两个层面构成：场景形式层与场景实质层。本章还提出了短片场景的三个基本特点：场景的叙事形式要素由人物、事件、地点和时间构成；场景可以细分为两种形态，一种是由单个地点的时空构成的单位场景，另一种是通过两个以上单位场景衔接起来的系列场景或场景序列；场景的实质要素表现为，特定地点和时间中的人物和事件具有驱动情节变化和转折的叙事动力。

本章探讨了短片场景的“情节点”配置策略。“情节点”的定义为：在短片情节中具有叙事转折驱动力量的事件或事件序列，它将短片情节从一个方向转变至另一个方向，并通过确定若干个叙事转折点来推进并标识短片情节主线的基本轨迹。本章还提出了以引发事件与高潮事件为标志的两个基础“情节点”事件的场景配置策略，从前景化配置与背景化配置两个方面探讨了引发事件的“情节点”场景配置策略，并举例分析了四种高潮事件的“情节点”场景配置策略，即闭锁式与开放式、反讽式与悖论式。

思考题

1. 如何从两个层面上理解短片场景的含义？

2. 举例说明短片情节中的“情节点”。

3. 举例说明短片场景的“情节点”配置策略。

课外作业

1. 根据自己撰写的短片故事骨架，找出短片情节的两个“情节点”，并说明理由。

2. 设计短片文学剧本的引发事件场景。

3. 设计短片文学剧本的反转高潮场景。

拓展阅读

1. 菲尔德. 电影编剧创作指南：修订版. 魏枫，译. 北京：世界图书出版公司北京公司，2012.

2. 阿里洪. 电影语言的语法：插图修订版. 陈国铎，黎锡，等译. 北京：北京联合出版公司，2013.

第七章 短片文学剧本的场景描述

每一个场景都要完成一个任务，或是需要完成一个任务。这个任务除了需要用语言生动形象地描述布局和场景之外，还应推动故事情节发展，而不是粗略地一带而过。

——拉里·布鲁克斯：《故事工程：掌握成功写作的六大核心技能》

在短片文学剧本写作实训活动中，场景描述是继场景设计之后的创意写作实操环节。在本书第一章第二节“编导的短片叙事方式”中，我们从叙事短片的角度初步探讨了短片的叙事方式，即编剧的短片叙事方式与导演的短片叙事方式。本章将具体阐释短片文学剧本写作实训中的场景描述。

许多电影编剧家都谈到了电影场景描述的一些基本原则。例如，麦基在谈论电影剧本写作中的描写话题时，提出了场景描述的两个原则：一是“将电影植入读者的脑海”，只“描写那些可以拍摄出来的东西”；二是描述“现在时刻中的生动动作”。[①] 其实，在具体探究短片文学剧本的场景描述之前，我们需要简要地阐释“描述”一词的基本含义。

“描述”一词包含描写与叙述两个意思。而描写与叙述是叙事学中的两个基础性概念。美国学者查特曼认为，在传统的叙事学理论中，叙述有两个时间维度，一个是内在的或故事的维度，一个是外在的话语的维度，“而

① 麦基．故事：材质、结构、风格和银幕剧作的原理．周铁东，译．天津：天津人民出版社，2016：425.

描写没有内在的时间宽度”①，因为“具有故事意义的事件只能被‘叙述’，不能被描绘”②。也就是说，在传统的叙事学理论中，描写与叙述是两个相关而不同的概念，即描写的对象是故事外部时间维度上的事件，而叙述的对象则涉及故事的内外部时间维度上的事件。因此，在进行短片文学剧本的场景描述时，剧作者既要在短片的故事外部层面上进行场景描写，对场景中的人物、事件和环境等进行外在状貌的描摹，又要站在短片故事的内部与外部两个层面上进行场景描述，从场景中可见的人物动作、事件演示和环境风貌中揭示其不可见的人物心理、事件缘由和环境意味等。可以说，在短片文学剧本的场景描述中，剧作者既要描写和叙述短片故事中可见的或人物知情的东西，又要叙述短片故事中不可见的或人物不知情的东西。为了从可分析性讲解和可操作实训的意义上探讨短片文学剧本的场景描述，我们将从场景的基本描述方式与视角描述方式两个方面，探讨短片文学剧本写作实训中的场景描述技术。

第一节　短片场景的基本描述方式

在短片文学剧本的场景描述实训活动中，剧作者首先应该理解并掌握三种基本的场景描述方式：场景引荐，场景描写，场景叙述。虽然剧作者往往会综合使用这三种场景描述方式，然而，为了案例分析和实操训练，我们有必要逐一探讨短片文学剧本的基本场景描述方式。

一、场景引荐

在主要人物首次出场或核心事件初次临场时，剧作者需要对其进行必要的介绍，我们可以将其称为“场景引荐”，即在短片故事的内外部层面上，剧作者通过场景描写和场景叙述（包括短片对白）的组合方式，引荐首次出场的主要人物或初次登场的核心事件等，其常用的方式是“叙述+描写”式引荐和“叙述+对话”式引荐。

---

① 查特曼.术语评论：小说与电影的叙事修辞学.徐强，译.北京：中国人民大学出版社，2016：37.

② 同①44.

1.“叙述+描写”式引荐

“叙述+描写”式引荐表现为，在主要人物首次出场时，剧作者在叙述主要人物的行动过程中加入场景描写，因而是在场景叙述与场景描写的组合中引荐故事主要人物的。无论是长片还是短片的文学剧本场景描述，剧作者都会使用“叙述+描写”式引荐。

例如，在《天云山传奇》电影文学剧本的第2场景中，剧作家写道：

2. 地委组织部办公室

组织部办公室，里面坐了七八个人，有的在看报纸，有的在闲谈，有的在商谈着什么事情。室里的气氛是轻松愉快的。

带烟囱的煤炉上的水壶正开着，铁壶嘴里喷出一股热气，壶盖发出嘭嘭的声音，但谁也不来管它。

送信的人，把一大包申诉信件堆到桌上。

画外声继续：“粉碎‘四人帮’已经两年了，我们的国家已经发生了多大的变化，然而在我们这个地委组织部，却依旧冷冷清清，停滞不前……”

一位四十来岁的女同志，从办公室的一个里间走出来。她穿了件素花袄，脖子上搭了条青色围巾，显得很素雅端庄，可以看出她年轻的时候是很漂亮的。她就是组织部副部长宋薇。

在上述引文的最后一个自然段里，剧作家先用场景叙述的方式叙述了女主人公“从办公室的一个里间走出来”，接着描绘了女主人公第一次出场时的人物状貌，“她穿了件素花袄，脖子上搭了条青色围巾，显得很素雅端庄，可以看出她年轻的时候是很漂亮的”，而起句的“一位四十来岁的女同志”和尾句的“她就是组织部副部长宋薇”则是场景叙述中的人物年龄、性别、职务介绍。因此，剧作家是用“叙述+描写”的引荐方式进行场景描述的。

2.“叙述+对话”式引荐

在人物谈话的场景里，自然而然地引发场景中的核心议题，是场景引荐的写作技术之一。因此，“叙述+对话”式引荐表现为，在叙述人物对话的言行举止过程中，剧作者用十分自然的开场话题来引出后续谈话的中心议题。

例如，在短片《盲人调音师》文学剧本的第4场景里，阿德里安的经纪人西蒙在餐桌前坐下后，手机就响了。编剧写道：

西蒙（盯着自己手机屏幕上一张惹火的照片）：我们生活在怎样的环境里啊，不是偷窥者就是暴露狂。看呐！昨天不过聊了两个小时，看看她给我寄来了什么照片！

阿德里安（瞥了一眼）：我来这里，只是吃饭。

西蒙：少来了，你这年纪难道就没有这种恶习？在这该死的茶餐厅里你打算把糖当饭吃吗！

这个茶餐厅里大部分坐着的都是些上了年纪的贵夫人。

西蒙：算了，我才懒得管你！噎死你吧！我不是来参观你那令人作呕的吃相的。（阿德里安耸耸眉毛）我想知道的是，为什么你笔记本上的订单最近竟然增加了一倍！

在上述引文中，西蒙“盯着自己手机屏幕上一张惹火的照片”是一个辅助描述方式呈现的场景叙述，进而引出西蒙的话：“我们生活在怎样的环境里啊，不是偷窥者就是暴露狂。”所以，西蒙的这句话，是看了自己手机屏幕上的一张惹火的照片后说的。表面上看，这句话与西蒙约见阿德里安在茶餐厅谈话没有关系，是西蒙因收到昨晚聊天女人的照片而说的，但从两人的后续谈话内容来看，阿德里安装作盲人调音师而成为一名“偷窥者”却是核心的谈话议题。因此，西蒙看手机屏幕上的照片是一种场景叙述，而西蒙由此引出的话则是场景对话，剧作家将两种场景描述手法组合起来，为场景后续的“偷窥者”核心话题提供了场景引荐。

二、场景描写

短片文学剧本是文学叙事体裁，所以，剧作者总是需要对场景中的人、事、物进行必要而简洁的描写。一般来讲，场景描写是指，在故事外部层面上，剧作者用视听等感官化描摹的方式描绘场景中人、事、物的外部状貌。因此，场景描写删除后只会妨碍读者对于场景中的环境、人物等外在状貌的叙事感知，而不会影响剧作者叙述短片场景中的情节。

1. 环境描写

环境描写是短片文学剧本场景描写的重要内容，往往在场景描写开始时，剧作者对场景所在地的环境进行描写。

（1）场所描写，对短片场景总体风貌的描写。

例如，短片《盲人调音师》文学剧本的开篇写道：

1. 夜晚 – 公寓

在一个奥斯曼风格的大公寓里，隐约可见一段阴暗的长廊。大理石地板，白色墙面，装潢十分阔绰。人们可以听到某个房间传来莫扎特的钢琴奏鸣曲，长廊就通向那里。房间里没有开灯，仅有屋外的路灯透进些许光亮。就在这昏暗之中，一个男人安静地坐在长沙发上，似乎正在聆听美妙的音乐。

在上述引文中，编剧采用场景描写的方式，形象而具体地描绘了短片文学剧本《盲人调音师》的第1场景，主要是对公寓外部与内部的环境描写。其中，奥斯曼风格是对公寓建筑风格的简要描绘，而长廊、大理石地板、白色墙面等则是对公寓内部的环境描写。并且，编剧还通过某个房间传来的莫扎特的钢琴奏鸣曲，以及屋外路灯透进的些许光亮，使没有开灯的房间里面显得有些半昏半暗，给场景的环境描写增添了视听效果。

（2）景物描写，对短片场景中景观和器物等局部的或细节的描写。

例如，短片《盲人调音师》文学剧本的第4场景中写道：

4. 白天 – 茶餐厅

一盘盘盛着各种奶油蛋糕的碟子排列在一张漂亮的白色绣花桌布上，有巧克力的、红色水果的、柠檬的。贪婪的叉子整齐地切开了它们。稠腻的意大利热巧克力溢出阵阵浓香，正从银白色的巧克力壶里缓缓地流出来。

在叙述阿德里安与其经纪人西蒙在茶餐厅约会时，剧作家并没有对茶餐厅进行场所描写，而是较为细腻地描写了阿德里安餐桌前的点心和水果等。所以，上述引文可以视作景物描写。剧作家用色彩、形状等视觉语言和热巧克力“溢出阵阵浓香”的嗅觉语言，以视觉和嗅觉等感官化描摹的方式生动而形象地描绘了餐桌上的点心和水果等食品。

2. 人物描写

短片的故事主人公或主要人物首次出场时，剧作者都需要对其人物状貌进行简略的描写，以便于读者和观众能对场景中的人物状貌有一个基本的叙事感知。

（1）勾勒式描写，用几个关键词勾勒的方式描写主要人物出场。

例如，短片《盲人调音师》文学剧本采用倒叙情节结构，编剧在第1场景开篇不久写道：

阿德里安：我很少出现在大庭广众之下，除非真的是特殊的场合或者观众，就像今晚。

在男人的对面，一个年纪二十来岁的漂亮男子，正坐在施坦威小三角琴前演奏，他就是阿德里安。

阿德里安：这个男人是谁？我不认识。我甚至没有见过他。我是盲人。

阿德里安淡蓝而近乎灰白的眼睛怪异地凝滞着不动。

阿德里安：其实我不是为他演奏。我是为了某个人演奏，这个人此刻就站在我的身后。为什么我会出汗？真的有如此的热吗？

阿德里安实际上已经近乎赤裸地在演奏，身上仅着一条短裤，但他依然大汗淋漓。他的身后站着一位四十来岁年纪的优雅的女人，犹豫不决，手里持着一把钉枪。

在上述引文中，“一个年纪二十来岁的漂亮男子，正坐在施坦威小三角琴前演奏，他就是阿德里安”，是对阿德里安首次出场的描写，包括四个关键词：年龄是二十来岁，相貌是漂亮的，性别是男子，名字是阿德里安。而在最后一个自然段中，“一位四十来岁年纪的优雅的女人，犹豫不决，手里持着一把钉枪”这句话的前半句是对女客户的人物描写，包括三个关键词：年龄是四十来岁，相貌是优雅的，性别是女人。因此，编剧主要用关键词来描写主要人物出场，使读者能对故事的两个主要人物有一个初步的印象。

（2）描摹式描写，用叙述句或自然段具体描摹的方式描写主要人物的出场。

比较而言，长片电影文学剧本较多地采用描摹式描写。例如，在《天云山传奇》电影文学剧本的第5场景中，剧作家在主要人物周瑜贞首次出场时写道：

5. 地委大院宋薇家门前

院子里，积雪的路上，一个人朝宋薇家走来。

宋薇在楼上望着，她的脸色舒展了，向来人招了招手。

来人渐渐走近，我们这才看清了她，原来这是一个二十七八岁的姑娘，她头上戴了一顶只有大城市姑娘们才戴的天蓝色滑雪帽，围了一条鲜红的长围巾，穿了件浅色呢大衣，浑身上下显得非常鲜艳洒脱。

宋薇的画外声："我看见周瑜贞来了。她是我们一位革命前辈的女儿，在我们地区规划小组工作。她开朗、大方、思想解放，完全是新一代人物。我喜欢和她交谈。但是，我万万没有想到，她这次的到来却把我心灵深处的琴弦拨响了。"

周瑜贞走近小楼。

在上述引文中，主人公宋薇在自家楼上，看到周瑜贞朝自己家走来，便挥手打招呼。周瑜贞是影片故事中的主要人物，所以，剧作家用一个自然段来具体描摹周瑜贞的容貌与穿戴：二十七八岁的姑娘，头戴一顶天蓝色滑雪帽，围了一条鲜红的长围巾，穿了件浅色呢大衣，浑身上下显得非常鲜艳洒脱。

三、场景叙述

场景叙述是在故事内外部层面上，剧作者用感官叙事的方式叙述场景中的人事物。当场景叙述涉及故事内部的演员表演与镜头聚焦时，剧作者更应该关注场景叙述中的动作展示和事件展示。

1. 动作展示

动作展示是指剧作者通过场景中人物的行为举止来叙述正在发生的事件，并往往能通过动作展示的方式，叙述场景中的人物动作驱动短片情节的变异。

例如，在短片《盲人调音师》文学剧本的第2场景中，编剧写道：

2. 白天－音乐厅

【闪回】

阿德里安身着演出服，向舞台上的三角钢琴走去。

阿德里安：去年，我还被视作一个天才，我也自认为前途无量。十五年来我所有的准备只为实现一个目标：伯恩斯坦音乐大赛。

评委们坐在阴暗的大堂里。人们仅能察觉到从他们的眼镜片上反射出的令人恐慌的白光，他们手上微小的笔灯，以及圆珠笔滚动时弹簧发出的细微摩擦声。

阿德里安：是我前夜的女友吗？

此时人们耳边传来了男女做爱时床铺发出的特有的嘎吱响声。

阿德里安：或者是钢琴的凳子？

阿德里安试图调整钢琴脚凳的高度，又不满意坐垫：凳子发出来的嘎吱声响简直和床一致。

阿德里安：总而言之，我失败了。

刚坐到钢琴前，阿德里安便感到一阵恐慌袭来。他的心脏剧烈地跳动着，响声如同那张床和凳子的。他汗流满面，乐谱也在眼前变得越来越模糊。

阿德里安重重按了钢琴的一个键，没有发出声音，再次按到它的时候却发出了极不协调的嘎吱声。这个按键如同点燃了可怕的导火索，瞬间引爆了他眼前的钢琴，阿德里安被击晕在钢琴键盘上。

在上述引文中，阿德里安走上比赛舞台后，剧作家用动作展示的方式，完整而细致地叙述了阿德里安调试钢琴脚凳的动作细节，以及阿德里安弹奏钢琴的动作过程。值得注意的是，剧作家不仅叙述了阿德里安的外部动作，而且也叙述了阿德里安恐慌的内心情绪，而阿德里安的恐慌心理及其外部动作直接导致其在钢琴演奏大赛上的败北结局。并且，剧作家通过阿德里安的动作展示叙述了短片情节的重要转折，即阿德里安的钢琴家的前途就此宣告结束。

2. 事件展示

事件展示是指剧作者通过场景中人物的言行举止叙述短片情节的变迁。与动作展示不同，事件展示侧重于在两个或更多人物之间的行动过程中叙述场景中正在发生的事情，旨在从叙事逻辑和人物互动的结构性关系中叙述场景中的事件。

例如，在短片《盲人调音师》文学剧本的第7场景中，编剧写道：

7. 白天 – 音乐学院 – 排练室

【闪回】

音乐学院的某个舞蹈排练室里，四周的墙面上都镶嵌了大镜子。阿德里安正在为一架三角钢琴调音，一个女孩走了进来，似乎还没到二十岁。

女孩：抱歉，已经没有空闲的教室了。你要在这里待很长时间吗？

阿德里安：不会太久。

阿德里安戴着淡蓝色的隐形眼镜，向女孩转过身去。女孩瞥见他白色的拐杖靠着钢琴。

女孩：如果我在这儿练习的话，会不会打搅到您工作？

阿德里安（微微一笑）：请随意。

女孩也向他报以微笑，觉得他很英俊。阿德里安继续工作。女孩从包里拿出她的舞蹈服，张望着要在哪儿更衣。最后，她转过身去背对着阿德里安。

女孩动手解开裙子的吊带。她犹豫了一会儿，从镜子中观察了一下阿德里安的动静，又瞥了一眼教室的门，确定没有人会经过后，裙子滑落到她的脚下。

阿德里安强装镇定，反复调试的琴音里充满了亢奋之情。人们能听到女孩跳舞时脚步的沙沙声和喘息声。阿德里安开始演奏舒曼的《克莱斯勒偶记》中焦虑与狂乱的片段。阿德里安的目光直视前方凝滞不动。只有当女孩舞进视野范围时，他仿佛在镜子上看到了女孩赤裸的身影。

阿德里安的演奏结束，女孩走近了他，并在他的脸颊上吻了一下，人们仅能看到他满是汗水的面容。

在上述引文中，剧作家用闪回的方式叙述阿德里安在音乐学院排练室给钢琴调音时，一个女孩在他面前解开裙子吊带，换上舞蹈服后练舞的事件。应该看到，剧作家采用了事件展示方式叙述阿德里安的"偷窥事件"。一方面，剧作家从女孩的视角和动作来描述，女孩两次瞥见阿德里安的白色拐杖，确认他是盲人调音师并观察了排练室门前没人经过后，才决定更衣练舞；另一方面，剧作家又从阿德里安的角度来描述，阿德里安装作盲人调音师，并微笑着回答女孩的话，他强装镇定，一边演奏起钢琴曲，一边偷窥着女孩更衣和练舞。因此，阿德里安偷窥女孩更衣练舞的事件便在两人互动的结构性关系中发生、进行和完成。因此，我们可以将剧作家第7场景中叙述阿德里安与练舞女孩之间的言说、表情和动作的人物互动称为场景叙述中的事件展示。

第二节　短片场景的视角描述方式

叙事的视角或视点最初是小说叙事学的概念，后来被引用到电影叙事学。比较而言，“在电影中，视点是指摄影机的位置，它既可以是客观的，也可以是某人物的视线。而在文学中，视点是叙述者所在的位置，它可以是讲故事的人”[①]。所以，在小说叙事学中，作者较为注重叙事视角的叙述者的身份，而电影叙事学则强调叙事视角的两个层面，即视觉焦点与认知焦点[②]，或者物理（看/听）视点和认知视点[③]，并以此区别镜头视角中可见的（视觉焦点）与可知的（认知焦点）。

短片文学剧本写作是跨界叙事行动，所以，短片文学剧本中的叙事视角总是与演员的可见与可知的表演叙事视角有关，与摄影机镜头的可见与可知的影像叙事视角有关，并且与文学叙事中的叙述人称和叙述者身份相关。在短片文学剧本的场景描述中，视角描写方式是指，剧作者采用某种叙事聚焦方式描述场景中的事件，涉及叙述者的身份及主客观视角，以及知情与不知情的叙事感知（视觉焦点）与叙事判断（认知焦点）。因此，短片场景的视角描述方式重在探讨剧作者如何使用不同叙述者（聚焦者）的叙事感知与叙事判断，以及被聚焦事件呈现方式上的知情与不知情。

一、全知视角描述

全知视角是全知叙述者的叙事视角，在短片影像制作中称为“大影像师叙事视角”，或“零视觉聚焦”[④]。在短片文学剧本的场景描述中，全知视

① 茹尔诺.电影词汇.曹轶，译.北京：中国电影出版社，2006：117.
② 戈德罗，若斯特.什么是电影叙事学.刘云舟，译.北京：商务印书馆，2005：177.
③ 同①.
④ 同②183-184.

角描述是指剧作者站在场景之外或之上，作为全知叙述者，叙述场景中的事件。我们可以从客观视角与主观视角两个方面探讨短片文学剧本中的全知视角描述。

1. 全知视角的客观描述

全知视角的客观描述是指，剧作者以站在场景之外或场景之上的叙述主体身份，用全景式或定场式聚焦方式从纯感知的意义上描述场景中的事件，并不掺入叙述者的叙事评判。

例如，短片《盲人调音师》文学剧本的开篇（详见205页第1场景叙述），剧作家用全景式视角描绘公寓夜晚的室内外场景，站在场景之外的视角，叙述坐在长沙发上的一个男人似乎正在聆听钢琴奏鸣曲，而没有真实地披露那个男人实际上是一具被人杀死后的尸体。所以，剧作家是用全知视角描绘公寓的夜晚场景，“装潢十分阔绰”“美妙的音乐”等修饰性词语只是描绘场景中的室内装饰和演奏音乐的一般视听感知，却没有对被描述的人物和环境加以个性化的主观评价，因而是一种客观描述。

2. 全知视角的主观描述

全知视角的主观描述是指，剧作者进入场景中人物的叙事视角，通过人物间叙事视角的来回切换叙述其所见所闻及叙事判断。所以，全知视角不仅超越了场景中具体人物的视角，在两个或更多人物的“看”与“被看”中叙述其叙事感知，而且能够进入不同人物的主观视角之中，传达不同人物的叙事判断。

例如，在短片《盲人调音师》文学剧本的第11场景结尾处，主人公阿德里安走进最后一家客户的公寓时，脚踩血迹滑倒在地，发现坐在长沙发上的男人是一具死尸，女客户却谎称家里装修，一罐油漆打翻在地，并要求阿德里安脱下身上沾血的外套，换上自己丈夫的衬衫和长裤，阿德里安坐在钢琴脚凳上，心里却想着如何逃出去，剧作家写道：

阿德里安【画外音】：妈的，他脑门上都是洞！她是不是有把手枪？她是不是有把手枪，妈的！

女人：……您听到我说话了吗？您的衣服！

阿德里安（惊慌失措地）：啊，什么，抱歉？

女人：您不能这个样子待着。把衣服给我吧。我会拿丈夫的衬衫和长裤给您穿。至于您的衣服，在您工作期间我会洗好。

阿德里安：什么？对……对，这太好了。您真体贴。谢谢。【画外音】我必须得逃走！我怎么能穿着内裤逃走！要是，我穿着内裤逃走的话……我能穿着内裤逃走吧！我怎么站不起来！冷静点，笨蛋！

女人：镇静点。我会转过身去的，我不会看您。

但女人并没有走开，并紧张地盯着他看。

阿德里安坐着不动，接着，他在这个女人的眼皮底下慢慢地、担惊受怕地脱掉了衣服，处境十分尴尬。他强迫自己继续假装盲人。女人拿起他的衣服走开了。

在上述引文中，剧作家通过阿德里安与女客户之间的对话引出后续事件，即阿德里安脱下身上沾染血迹的衣服。“但女人并没有走开，并紧张地盯着他看。”这句话实际上是从全知视角描述在阿德里安脱下身上脏衣服的过程中，女客户的紧张神态与阿德里安的尴尬动作的，并用来回切换的聚焦方式从两个人物的主观视角进行视角描述。

由此可见，这是一个全知叙述者的主观视角。一方面，剧作家在场景中从两个人物的视角叙述其叙事感知，女客户看着阿德里安脱去衣服，阿德里安知道女客户在看着自己，却假装盲人。另一方面，剧作家在阿德里安与女客户“看”与“被看”的过程中，叙述了两人的主观判断：女客户在看阿德里安脱衣服的过程中，实际上在观察这位盲人调音师，尽管她没有发觉阿德里安假装盲人；而阿德里安在脱衣服的过程中虽然假装盲人，却还是感知到女客户在审视自己，所以感觉十分尴尬。因此，与全知视角的客观描述不同，剧作者叙述了场景中两个人物的主观判断；与限知视角描述不同，剧作者用来回切换的聚焦方式叙述了场景中两个人物对对方的主观视角，进而成为一种凌驾于人物之上与场景之外的视角描述。

二、限知视角描述

限知视角是相对于全知视角的叙事视角，通常是场景中具体人物的视角。所以，在短片文学剧本的场景描述中，限知视角描述实际上是剧作者站在场景中具体人物的视角描述其所见所闻，乃至其所感所想。

1. 限知视角的客观描述

限知视角的客观描述是指，剧作者在场景人物的视角中叙述了其所见所闻的叙事感知，却没有表达该人物对聚焦对象的叙事评判。

例如，在短片《盲人调音师》文学剧本的第3场景中，剧作家写道：

3. 黎明 – 阿德里安的房间

阿德里安：突然地，就在那一天，所有一切都崩塌了。谎言曾使我们心存希望，让我们感到自己是特别的存在。

阿德里安头压在印有钢琴键盘的枕头上，一个又一个星期，始终卧床不起。失败的阴影挥之不散，纠缠他，折磨得他脸颊凹陷。他辗转向另一侧，另一侧也空空如也。在床头柜上，散放着一瓶瓶的镇静剂，闹钟的指针指向早晨六点。

阿德里安：再次孤零零的，一个被失败的幽灵所纠缠的人，坠入无底的深渊。

他的女友在他睁大的、呆滞的双眼前走过，她离开了他。门砰地响了一下。阿德里安的瞳孔越变越大，逐渐充满整个屏幕。屏幕变成黑色。

在上述引文中，剧作家主要叙述阿德里安在钢琴演奏比赛失败后一蹶不振，并遭遇了女友分手的事件。从画面描述上看，“阿德里安头压在印有钢琴键盘的枕头上，一个又一个星期，始终卧床不起。失败的阴影挥之不散，纠缠他，折磨得他脸颊凹陷”。这两句话是全知视角的客观描述，剧作家描绘了阿德里安躺在印有钢琴键盘的枕头上，叙述了阿德里安因钢琴演奏比赛失败连续几周卧床不起，以至于他的脸颊凹陷。可是，从“他辗转向另一侧”后，剧作家却将场景描述的视角从全知视角滑向阿德里安的限知视角，叙述了阿德里安看到床头柜上的药瓶和闹钟：他的“另一侧也空空如也。在床头柜上，散放着一瓶瓶的镇静剂，闹钟的指针指向早晨六点”。而“另一侧也空空如也”表明，剧作家只是强调阿德里安茫然地看着自己床头柜上的物品，甚至阿德里安女友离开时，也用其客观视角叙述道：“他的女友在他睁大的、呆滞的双眼前走过，她离开了他。门砰地响了一下。”

上述引文的画面描述是一种客观的场景描述，剧作家从全知视角转入限知视角之后，在短片场景的画面展示中客观而生动地描述了阿德里安在女友分手时沮丧和无奈的神态，甚至显得有些情感冷漠和反应迟钝。从这个意义上说，剧作家侧重于用阿德里安的限知视角进行客观描述，回避了从阿德里安的主观视角来传递其叙事判断。

2. 限知视角的主观描述

限知视角的主观描述是指，剧作者在场景人物的视角中叙述了其所见所闻的叙事感知，并传递出该人物的主观判断，可能是对的判断，也可能是错的判断。

例如，在短片《盲人调音师》文学剧本的第10场景中，阿德里安在最后一个客户家的门口，准备按照预约敲门进屋进行钢琴调音，却被屋内的女客户婉言谢绝，声称自己的丈夫不在家，要求阿德里安改天再来。接着，剧作家写道：

又过了一会儿，阿德里安正准备转身下楼的时候，门终于打开了。第1场景中的女人站在了他的面前。

女人（对阿德里安说）：对不起，我没有准备。我没料想到您的来访。我的丈夫并没有事先告诉我。

阿德里安：我们不必多说了。

女人站在半掩的门前，仔细地打量着阿德里安，直到肯定他是盲人后，才满意地侧开身子让路给他。同时，她的视线越过阿德里安的肩膀望向后方，看到邻居老妇人消除了疑虑，把门合上。

女人（对阿德里安说）：来吧，请进。

在上述引文中，阿德里安准备离开时，女客户却打开了自家的房门。剧作家从女客户的视角描述道："女人站在半掩的门前，仔细地打量着阿德里安，直到肯定他是盲人后，才满意地侧开身子让路给他。"由此可见，剧作家不但叙述了女客户仔细审视阿德里安的叙事感知，而且叙述了女客户的叙事判断，即确定了阿德里安是个盲人，尽管女客户得出的叙事判断是错的。所以，这是一种限知视角的主观描述。

三、知情与不知情的视角描述

在短片文学剧本的场景描述中，剧作者通常会利用知情与不知情的视角描述的结构性聚焦关系表现戏剧性场景的视角描述效果。我们可以从蒙骗式与导入式两个方面，探讨剧作者如何通过被聚焦事件的视角呈现方式，营造短片情节的戏剧性矛盾冲突。

1. 蒙骗式

蒙骗式视角描述方式是指剧作者从全知视角出发，聚焦场景中某个人物因受另一个人物的蒙骗而不知实情，并借此描述人物间在叙事判断上的戏剧性矛盾。

例如，在短片《盲人调音师》文学剧本的第7场景（场景叙述见209页）中，剧作家用全知叙述者追叙的“闪回”方式，叙述了阿德里安跟经纪人西蒙谈论自己假装盲人调音师后如何获得客户的信任等“好处”。所以，剧作家描述了全知视角下的知情与不知情视角之间的聚焦结构。一方面，剧作家从女孩的限知视角叙述了她在阿德里安调音时更衣过程中的一系列主观判断，以及女孩受阿德里安的蒙骗而误以为他是盲人调音师；另一方面，剧作家又从阿德里安的限知视角叙述了其用盲人眼镜偷窥女孩更衣和练舞。因此，这是一种在全知视角主导下的知情与不知情叙事视角结构，女孩是不知情的视角，她没有从自己的叙事感知和叙事判断中看出阿德里安是个假装的盲人调音师，所以女孩的视角是不可靠的；而阿德里安是知情的视角，他知道自己是假装的盲人调音师，并且偷窥女孩更衣和练舞，以至于“阿德里安强装镇定，反复调试的琴音里充满了亢奋之情”。值得注意的是，剧作家用蒙骗式视角描述方式，使读者和观众能用全知视角来解读场景中人物在知情与不知情之间的戏剧性矛盾：既知道阿德里安是个假装的盲人调音师，蒙骗了练舞的女孩；又看到女孩想方设法辨别阿德里安是不是盲人调音师，最后却落入了受骗的陷阱。

2. 导入式

与蒙骗式视角描述方式不同，导入式视角描述方式表现为剧作者从限知视角出发，利用场景人物间的知情与不知情视角的戏剧性矛盾，进而导入短片情节主线及其重要信息。我们将以长片《天云山传奇》文学剧本为例，探讨编剧家如何用导入式视角描述方式引入影片的主要故事情节。

在《天云山传奇》电影文学剧本的第6场景中，周瑜贞在宋薇的家里说起自己去找当年建设天云山的考察资料时，在天云镇见到一个“怪人”。

在第7场景至第19场景里，在宋薇的催促下，周瑜贞讲述了自己如何见到这个“怪人”，以及如何听人叫他“老右派”“老反革命”，而他的名字叫罗群。接着，剧作家写道：

20. 天空，白云

宋薇（画外大吃一惊的声音）：罗群？
周瑜贞（的画外声）：怎么，你吃惊了？

21. 宋薇的会客室

宋薇脸色苍白地从沙发上站起来。
周瑜贞（用一种透人心胸的眼光望着她）：怎么啦？
宋薇：我有点晕，你坐坐，我进去躺一会儿。
周瑜贞（忽然掏出一张照片递给宋薇）：这是那怪人扛麻包的照片。

22. 宋薇家的卧室

这是一间陈设华丽的卧室。

大立柜、梳妆台、沙发和老式架子床，不协调地摆在一起。

紫色的窗幔低垂着。

宋薇（靠在门上自语）：这么多年，他原来还在天云山？（她把周瑜贞给她的照片捧到眼前。）

罗群扛着麻包的形象特写。

宋薇仿佛又看见他颤抖着腿走上石阶。

宋薇匆匆走到五斗橱前，打开抽屉，从里面掏出一个小包，小包里有一个本子。她打开本子，从里面又找出一张照片，那是她和罗群的合照：年轻的罗群和年轻的宋薇，站在那个古城堡上，互相依偎在一起，幸福地望着前方。

宋薇软软地坐到沙发上，她的目光离不开那两张照片。

在上述引文中，对于罗群所经历的坎坷人生，周瑜贞是不知情的；而对于罗群依然在天云山工作，宋薇是不知情的。所以，有关罗群的过去和现在，场景中的宋薇和周瑜贞都是有限的知情者。剧作家没有从全知叙述者的视角叙述和交代罗群在天云山上的坎坷经历，而是将此设计为影片后续情节的主要故事，因而先从周瑜贞的知情视角叙述了她知晓的罗群现状，然后从周瑜贞的不知情视角叙述其对宋薇的异常反应的惊讶。一方面，宋薇听到周瑜贞说起自己在天云山见到的怪人是罗群时，大吃一惊，从沙发上站起来，并要一个人去卧室躺一会儿；另一方面，周瑜贞并不知道宋薇认识罗群，更不知道两人曾经的恋爱关系及其复杂经历，所以，看到宋薇吃惊的样子和苍白的脸色，她感到疑惑。剧作家没有在全知视角的引领下描述场景人物间知情与不知情视角的矛盾，而是从限知视角中呈现人物各自的知情与不知情的叙事判断，进而导入短片的情节主线。

本章概要

在短片文学剧本写作实训活动中，场景描述是继场景设计之后的创意写作实操环节。本章主要从短片场景的基本描述方式与短片场景的视角描述方式两个方面，探讨短片文学剧本的场景描述方式。

短片场景描述包含描写与叙述两个含义。在短片场景的基本描述方式中，剧作者既要在故事外部进行场景描写，又要站在故事的内部与外部两个层面进行场景叙述。场景引荐、场景叙述和动作展示是短片文学剧本的三种场景描述方式。其中，场景引荐是在短片故事的内外部层面上，剧作者通过场景描写和场景叙述（包括短片对白）的组合方式，引荐首次出场的主要人物或初次登场的核心事件等，其常用的方式是“叙述+描写”式引荐和“叙述+对话”式引荐。场景描写是在故事外部层面上，剧作者用视听等感官化描摹的方式描绘场景中人、事、物的外部状貌。场景展示则是在故事内外部层面上，剧作者用感官叙事的方式叙述场景中正在发生的事件，包括动作展示与事件展示等。

短片场景的视角描述方式是指，剧作者采用某种叙事聚焦方式描述场景中的事件，涉及叙述者的身份及主客观视角，以及知情与不知情的叙事感知（视觉焦点）与叙事判断（认知焦点）。本章从全知视角的主观描述与客观描述、限知视角的主观描述与客观描述以及知情与不知情的视角描述三个方面，探讨短片文学剧本的视角描述方式。其中，在知情与不知情的视角描述中，本章从蒙骗式与导入式两个方面，探讨剧作者如何通过被聚焦事件的视角呈现方式营造短片情节的戏剧性矛盾冲突。

思考题

1. 举例说明短片场景的基本描述方式。
2. 举例说明短片场景的视角描述方式。

课外作业

1. 运用短片场景的基本描述方式，撰写短片文学剧本的高潮场景。
2. 运用短片场景的视角描述方式，修改短片文学剧本的高潮场景。

拓展阅读

1. 布鲁克斯.故事工程：掌握成功写作的六大核心技能.刘在良，译.北京：中国人民大学出版社，2014.

2. 查特曼.术语评论：小说与电影的叙事修辞学.徐强，译.北京：中国人民大学出版社，2016.

第八章　短片文学剧本的对白设计

所有说话都是回应需求，带着目的，实施行动。言辞无论多么模糊或多轻飘，没有角色会无缘无故跟别人甚至自己说话。所以，在角色的每句台词之下，作家都必须创造出一种欲望、意向和行动。那个行动就会成为我们称之为对白的言语策略。

——罗伯特·麦基：《对白：文字·舞台·银幕的言语行为艺术》

我们已经知道，短片剧本的写作路径是“从里到外”，剧作者根据短片的情节框架进行场景设计之后，首先要考虑的是如何描述场景，然后才写作人物对白。当然，短片对白不只是一个如何写人物说什么的问题，剧作者应该根据人物、场景和情节的要求设计人物的对白，诸如人物想要说什么与应该说什么，以及如何说与什么不能说等。

所以，在进行短片文学剧本的对白写作之前，有一个对白设计的训练环节。我们将从场景设计、人物设计与情节设计三个方面，举例阐释短片文学剧本的对白设计技术。

第一节　短片对白的场景设计

短片文学剧本是分场景剧本，所以，剧作者不仅要将短片情节划分为一系列场景单位，在具体的场景时空里叙述短片情节中的事件，而且要从场景描述的意义上设计对白。我们已经知道，场景引荐、场景描写和场景叙述是场景描述的三种基本方式，而对话、独白、解说词和旁白则是场景对白的基本方式。短片对白的场景设计是指，剧作者在与场景引荐、场景描写和场景叙述的结构性关系中策划短片对白。我们将主要探讨场景引荐与场景叙述中的短片对白设计策略。

一、场景引荐中设计短片对白

在短片文学剧本的场景描述中，场景引荐既可以用于引荐主要人物的首次出场，也能够引出核心事件的初次登场。从短片对白的场景设计上讲，剧作者往往通过人物对话引导场景切换的方式，引荐新场景中的核心事件。

1. 通过人物对话的言说内容，引出后续场景中的核心事件

例如，在短片《盲人调音师》文学剧本中，第10场景转入第11场景是由女客户的对话带出的。编剧写道：

女人（对阿德里安说）：来吧，请进。

11. 晚上 – 公寓

阿德里安走进屋里。大厅的一部分正在施工：篷布，刷子，各种罐子。

阿德里安：钢琴在哪？

女人：我带您过去。走这边。向左边转。

用人物对话进行场景切换，是较为常用的短片文学剧本的场景设计手法。在上述引文中，女客户在第10场景结尾处跟阿德里安说的话，便是从场景引荐的意义上设计的人物对白，第11场景中的情节性事件便由此产生。

2. 借人物对话的“闪回”方式，带出过往场景中的核心事件

例如，在短片《盲人调音师》文学剧本的第6场景中，阿德里安在茶餐厅跟经纪人西蒙谈起自己假装盲人调音师后受到客户的信任，还有机会偷窥他人。编剧写道：

阿德里安：有一天，我为音乐学院的某个彩排调音……

7. 白天 – 音乐学院 – 排练室

【闪回】

音乐学院的某个舞蹈排练室里，四周的墙面上都镶嵌了大镜子。阿德里安正在为一架三角钢琴调音，一个女孩走了进来，似乎还没到20岁。

女孩：抱歉，已经没有空闲的教室了。你要在这里待很长时间吗？

阿德里安：不会太久。

阿德里安戴着淡蓝色的隐形眼镜，向女孩转过身去。女孩瞥见他白色的拐杖靠着钢琴。

女孩：如果我在这儿练习的话，会不会打搅到您工作？

阿德里安（微微一笑）：请随意。

女孩也向他报以微笑，觉得他很英俊。阿德里安继续工作。女孩从包里拿出她的舞蹈服，张望着要在哪儿更衣。最后，她转过身去背对着阿德里安。

在上述引文中，阿德里安在第6场景的最后一句话，带出了第7场景中的“偷窥事件”。显然，编剧借助主人公对话的“闪回”方式，引荐了后续场景中的核心事件。

二、场景叙述中设计短片对白

在短片文学剧本的场景描述中，场景叙述是十分重要的方式，不仅可以叙述场景中人物之间的戏剧性关系，而且能够展示情节的变化和转折。我们可以从人物对白与场景叙述的结构性关系中探讨剧作者如何设计短片对白。

1. 在人物的内心独白与外部动作中揭示并强化其内心矛盾

例如，在短片《盲人调音师》文学剧本的第11场景中，阿德里安走进女客户家给钢琴调音时，脚踩到地上的血迹滑倒了，并看到沙发上躺着一具男尸，好几颗粗壮的钉子钉在男人的太阳穴上。剧本写道：

女人：好啦，好啦，这没什么。真的很抱歉。这儿，您请坐。

阿德里安上气不接下气，心提到了嗓子眼。他坐在钢琴的凳子上，强忍着不往尸体的方向看。

阿德里安【画外音】：妈的，他脑门上都是洞！她是不是有把手枪？她是不是有把手枪，妈的！

女人：……您听到我说话了吗？您的衣服！

阿德里安（惊慌失措地）：啊，什么，抱歉？

女人：您不能这个样子待着。把衣服给我吧。我会拿丈夫的衬衫和长裤给您穿。至于您的衣服，在您工作期间我会洗好。

阿德里安：什么？对……对，这太好了。您真体贴。谢谢。【画外音】我必须得逃走！我怎么能穿着内裤逃走！要是，我穿着内裤逃走的话……我能穿着内裤逃走吧！我怎么站不起来！冷静点，笨蛋！

在上述引文中，剧作家先用场景叙述方式叙述了阿德里安的外部行动，他坐在钢琴的凳子上，强忍着不去看沙发上躺着的一具尸体，然后用画外音的人物独白方式叙述了阿德里安的内心恐慌，他怀疑女客户是否有把枪。在惊慌失措地回答女客户的问话，以及把身上的外套脱下来给女客户清洗（这是由阿德里安的对话内容暗示的）之后，剧作者再次用画外音的独白方式叙述阿德里安的内心顾虑，他想逃离现场，却又担心自己穿着内裤是否能逃走。因此，剧作家用人物的内心独白与场景叙述（包括辅助描述）中的人物外部动作建立一种互补关系，进而揭露并强化人物的内心矛盾。

2. 用对话内容明示或暗示对话中的人物动作

例如，在短片《盲人调音师》文学剧本的第4场景中，阿德里安与西蒙坐在茶餐厅里对话。编剧写道：

阿德里安：所以我决定做个盲人。

阿德里安摘下了太阳镜。他的眼睛有一部分已褪成了像盲人一样的颜色。

西蒙：怎么做到的，这个？

阿德里安：隐形眼镜。我找人专门定制的。我下午还有一个需要调音的新顾客。

西蒙：有点神啊……

阿德里安：所有的人都会认为我的其他感官更发达，听觉更是无与伦比。一个盲人调音师——他们会向朋友们谈起这些！

西蒙：你不要再吃糖了吧。

阿德里安：这样做有很多的好处。小费会更多，人们更和蔼可亲，减少了戒备，这样他们就更放任自己。我知道他们不为人知的另一面。

西蒙：你真是个偷窥狂。

在上述引文中，阿德里安跟西蒙说“所以我决定做个盲人”后，剧作家叙述阿德里安摘下了太阳镜。这是人物对话与场景叙述的明示关系，即剧作家直接叙述阿德里安用外部动作向西蒙证实自己所说的话。而当西蒙说“你不要再吃糖”时，剧作家却并没有叙述阿德里安再次吃糖的动作，而是间接地通过西蒙的话来暗示阿德里安正在吃糖。所以，这是以一种暗示方式处理人物对话与场景叙述的结构性关系，读者需要在场景的前后文联系中解读出人物对话所缺失的场景叙述内容，即阿德里安当时正边说边吃着餐桌上的糖。

第二节　短片对白的人物设计

在设计人物对白时，也有一个“从里到外”的策划路径。剧作者不是先有了人物要说的话，然后配置其主观念想、行为举止或者外部行动，相反，剧作者应该从人物的欲望动机出发设计人物言说的内容和方法，并利用人物言说时的表情和动作来传递人物对白的言外之意与未尽之意。“要创造优良的说白引导观众进入角色的深层，你必须要从反方向走：从角色内部往外，由内容到形式到效果。”[①]也就是说，人物的欲望动机往往决定其说什么和怎么说，而人物的“想”“演”和“做”与其言说的内容存在着空隙。因此，在进行短片对白的人物设计时，剧作者可以从具体人物的“想”（欲望动机）、“演”（肢体表演）和“做”（动作行动）三个方面配置人物在场景中的对白。

---

① 麦基.对白：文字·舞台·银幕的言语行为艺术.焦雄屏，译.天津：天津人民出版社，2017：178.

一、人物的“说”与“想”

一个人说什么和如何说，总是与这个人的欲望和动机有关。所以，进行短片对白的人物设计时，剧作者就需要从人物内心的念想中配置其言说的内容和方式。

1. 人物对话中的言说与其想说的动机

从人物想说的动机出发，配置其言说的内容和方式，是剧作者在短片对白的人物设计过程中的基本策略。

例如，在短片《盲人调音师》文学剧本的第4场景中，主人公阿德里安在茶餐厅与经纪人西蒙有一段对话。西蒙问阿德里安为什么最近的钢琴调音业务订单增加了一倍，编剧接着写道：

阿德里安：人们赞赏我的工作，这让你吃惊吗？

西蒙：有那么一点。

阿德里安：有人投诉了吗？

西蒙：还没有。

阿德里安：你要让我滚蛋，就因为我的生意给你带来太多收益？

西蒙：胡扯！今早我收到一通电话，指明要找我的盲人调音师服务。（他盯着阿德里安的黑色眼镜）啊哈，你是不是有什么要对我说？

在上述引文中，经纪人西蒙的疑问是，为何今天早上有人来电要找盲人调音师服务。可西蒙没有直接询问，而是委婉地问阿德里安，为什么最近他的钢琴调音业务订单增加了近一倍。阿德里安听了这句话后，颇感得意，便回答道：客户赞赏他的工作。其实，阿德里安知道自己假装盲人去当钢琴调音师，难免有些心虚，所以转念问西蒙：“有人投诉了吗？”听西蒙说还没有人投诉后，阿德里安更为得意，就调侃地问：难道因自己能给西蒙带来更多的收益，就要解约吗？最后，西蒙不得不说出了自己最初想要问的话——为何今天早上有人来电指明要找盲人调音师服务，并挑明了话题——你是不是有什么要对我说。因此，编剧家是从西蒙的言说动机出发设计其与阿德里安的对话的，尽管西蒙用拐弯抹角的方式询问阿德里安，并引出阿德里安对自己假装盲人调音师的沾沾自喜，但他最后还是说出了自己真实的言说动机。

2. 人物对话中的言说与其未说的念想

人物的对话与独白是两种短片剧本的对白方式，对话是人物对场景中其他人物的言说，而独白则是人物对自己的言说。因此，剧作者可以将两者组合起来，在人物言说的对话中配置其独白，并把人物的独白设定为人物未说的欲望、判断或动机。

在短片《盲人调音师》文学剧本的第11场景中，主人公阿德里安好不容易说服女客户让自己按照预约进屋进行钢琴调音。阿德里安进屋后滑倒在地，发现沙发上躺着一具男尸，头上被钉了好几枚钉子，大理石地面上留下了一条宽宽的血迹。剧作家写道：

阿德里安：这是什么？！这是什么？！

女人：等等！把手给我！这！我没想到你会走这边。我们正在装修，我……我打翻了一罐……一罐油漆。您……您现在明白为什么我不希望您进来了！

阿德里安的心脏怦怦乱跳。

女人：好啦，好啦，这没什么。真的很抱歉。这儿，您请坐。

阿德里安上气不接下气，心提到了嗓子眼。他坐在钢琴的凳子上，强忍着不往尸体的方向看。

阿德里安【画外音】：妈的，他脑门上都是洞！她是不是有把手枪？她是不是有把手枪，妈的！

女人：……您听到我说话了吗？您的衣服！

阿德里安（惊慌失措地）：啊，什么，抱歉？

女人：您不能这个样子待着。把衣服给我吧。我会拿丈夫的衬衫和长裤给您穿。至于您的衣服，在您工作期间我会洗好。

阿德里安：什么？对……对，这太好了。您真体贴。谢谢。【画外音】我必须得逃走！我怎么能穿着内裤逃走！要是，我穿着内裤逃走的话……我能穿着内裤逃走吧！我怎么站不起来！冷静点，笨蛋！

阿德里安说“这是什么？！”时，实际上已经明白女客户杀死了那个躺在沙发上的男人，所以紧张得心怦怦乱跳，被女客户搀扶起来后，上气不接下气，坐到钢琴的凳子上，强忍着不去看沙发上的男尸。而阿德里安的画外音独白却说出了他的内心判断：女客户手里是不是有把枪。在答应女客户脱下自己身上沾了血的衣服去洗时，阿德里安的画外音独白却表达出他的内心动机：穿着内裤逃走。由此可见，在阿德里安与女客户的上述对话中，阿德里安有两种言说形式：一种是画内音的言说方式，即阿德里安与女客户的对话中的言说内容；另一种是画外音的言说方式，即阿德里安的内心独白中未说出的念想。剧作家用画外音的方式叙述。因此，剧作家用人物对话中的言说与其未说的念想之间的矛盾冲突，设计并叙述了这个短片对白。

二、人物的“说”与“演”

在根据人物的内心念想设计对白时，剧作者需要用人物的肢体语言去传递人物言说中未能表达或难以表达的东西。因此，在人物的说与演之间，剧作者不应该用人物的肢体表演去阐释乃至说明其言说的内容，相反，应该用人物的肢体演示去传递其言说中所缺失的东西。

1. 人物对话中的言说与其言说之外的表情

在用人物的表情配置人物对话的过程中，基本的做法是用人物的表情弥补或凸显人物对话中未能表达的东西，而不是用人物对话时的表情神态重复其对话的言说内容。所以，剧作者只有把握了人物的内心感受，抓住了人物不愿或无法用言语表达的东西之后，才能准确地描述人物对话过程中的表情，进而配置人物对话的言说内容。

例如，在短片《盲人调音师》文学剧本的第7场景（场景叙述见221页）中，在阿德里安回复女孩的问话时，剧作家写了一句：“阿德里安（微微一笑）：请随意。”显然，“微微一笑”是阿德里安向女孩回话时的表情。可是，剧作家不是用这一表情重复阿德里安言说中所表达的意思，即女孩练舞不会打搅自己的钢琴调音工作；而是传递出阿德里安因女孩没有察觉出自己假装盲人调音师而会意一笑。女孩对阿德里安的外表赞扬也是通过其微笑的神情表露的。也就是说，女孩向阿德里安报以微笑，不是客套地微笑回复，而是表达了女孩内心的念想：“觉得他很英俊。”因此，剧作家用人物对话的言说内容与言说之外的表情所传递的念想之间的结构性关系，设计短片的人物对白。

2. 人物对话中的言说与其言说过程中的即兴演示

在短片对白的人物设计中，人物的对话通常可以在人物言说的前后语句之间建立叙事逻辑。但是，为了渲染人物对话时的场景展示效应，增加人物对话过程中的戏剧性矛盾，剧作者可以用人物的表情或动作等的即兴演示来传递其在对话过程中的发现或反馈，并将人物的即兴演示的辅助描述设定为人物对话过程中的言说逻辑枢纽。

例如，在短片《盲人调音师》文学剧本的第4场景中，主人公阿德里安在茶餐厅与经纪人西蒙有一段对话（见224页）。西蒙跟阿德里安说起自己今天早上接到电话，指明要找盲人调音师服务。接着，剧作家用“（他盯着阿德里安的黑色眼镜）”的辅助描述，叙述了西蒙说话时的突然发现，即阿德里安戴着黑色眼镜。虽然西蒙早就看到阿德里安在茶餐厅里一直戴着黑色眼镜，但只是在这时才意识到，阿德里安在室内戴黑色眼镜另有原因，所以，西蒙在盯着阿德里安黑色眼镜的动作之后问道：你是不是有什么要对我说？从这个意义上说，剧作家插入西蒙盯着阿德里安的黑色眼镜的动作，是一个场景中对话人物的即兴动作，这个即兴演示使西蒙的前后两句话之间植入了叙事因果逻辑关联，因而显得人物对话的逻辑更加合理。因此，剧作家在人物对话中的言说与其对话言说中的即兴演示之间设计短片对白。

三、人物的“说”与“做”

短片对白具有行动的作用，因而剧作者总是借助人物对白中的言说内容来驱动短片情节的变化。然而一个人做什么往往比其说什么更加重要，因为人物的行动总是能更为真实和更加有效地表达人物的意愿，进而也更准确和更有效地改变短片情节的发展方向。因此，在设计人物的对白时，剧作者需要通过人物的行动来配置人物对话的言说内容，并尽可能地为场景中的演员提供演和做的想象性空间。

1. 人物对话中的言说内容与其试探行为

在人物的对话活动中，说话人与受话人不只是说与听的关系，而且两者会在互动交流中转换说话者与受话者的角色，于是，在对话过程中的试探性行为便成为短片对白的人物设计策略。

例如，在短片《盲人调音师》文学剧本的第6场景中，经纪人西蒙在与阿德里安的对话中得知，阿德里安假装盲人从事钢琴调音业务，担心阿德里安被人识破。剧作家写道：

西蒙：如果你出了什么事，我也逃不了关系。

阿德里安：冷静点。你刚说过还没有人投诉。你想炒我鱿鱼，马上？

西蒙：别逼我。

西蒙把自己的手指伸到阿德里安的眼前，捏得咯咯作响，却见阿德里安眼都没眨一下。

西蒙（钦佩地）：这得练很久吧？

阿德里安：还好。

在上述引文中，经纪人西蒙为阿德里安假装盲人调音师而生气，因为怕连累到自己。阿德里安劝西蒙不要害怕，理由是还没有人因察觉他的伪装而投诉。于是，西蒙便采取了试探的行动。西蒙把自己的手指伸到阿德里安的眼前，并捏得咯咯作响，却发现阿德里安的眼睛没有眨一下。西蒙不得不对阿德里安假装盲人的水平十分钦佩，说道：这得练很久吧？西蒙的试探行动消除了他对阿德里安的担心，并改变了他的对话态度，以及后续的对话内容。

因此，剧作家根据人物对话中的言说与其试探他人的行为方式，设计短片的人物对白。

2. 人物对话中的言说内容与其逆反动作

在人物对话的过程中，人物的言说不仅可以表达其说话的真实意愿，而且可能与其言说前后的实际行动相违背。剧作者通过场景中人物的实际行动配置其言不由衷的谎言或假话，进行短片对白的场景设计。

例如，在短片《盲人调音师》文学剧本的第11场景中，阿德里安说服并走进女客户的屋内，准备进行钢琴调音工作。不料阿德里安进门后踩到血迹滑倒在地，并发现屋内沙发上躺着一具男尸，脚下一大摊血迹。阿德里安在钢琴凳上坐下后，女客户要他脱下身上沾血的衣服要帮他洗，并注意到阿德里安惊慌的神色。剧作家写道：

女人：镇静点。我会转过身去的，我不会看您。

但女人并没有走开，并紧张地盯着他看。

阿德里安坐着不动，接着，他在这个女人的眼皮底下慢慢地、担惊受怕地脱掉了衣服，处境十分尴尬。他强迫自己继续假装盲人。女人拿起他的衣服走开了。

在上述引文中，女客户的意图是想要再次审视阿德里安是否是盲人，并且，女客户的后续行动也是“紧张地盯着”阿德里安脱下自己身上的衣服。但是，女客户的话却是谎言。因此，剧作家在短片对白的人物设计中，采用了人物言说与行动逆反的方法，增添人物之间的戏剧性矛盾。

第三节 短片对白的情节设计

在短片文学剧本的对白设计中，剧作者需要在场景描述的叙事结构中设计对白，从人物言说的欲望、动机和行为等角度配置人物对白。麦基认为，“场景并非存在于说话这个动作里，而是存在于角色通过说话所采取的行动中。所以在写作对白之前，我们必须向自己提问并加以解答，以得到欲望、对抗、选择、行动、表达的沿途指引，导向能塑造和转化场景的对白”[①]。所以，剧作者不仅要从场景中的人物设计来构思短片对白，而且应该从短片情节上设计人物对白，即将对白用于设置情节的悬念、伏笔和主题。

一、对白与情节悬念

悬念属于叙事作品中情节设计的范畴，剧作者自然会使用情节悬念的方式设计短片对白，将短片对白设计成情节主线上的叙事悬念。根据短片对白所诱发的叙事期待取向的不同，我们可以将情节悬念分为场内悬念与场外悬念。

1. 对白中的场内悬念

为了给场景中的事件制造戏剧性冲突或叙事性好奇，剧作者可以在短

---

① 麦基.对白：文字·舞台·银幕的言语行为艺术.焦雄屏，译.天津：天津人民出版社，2017：230.

片对白的言语内容中设计场内悬念，即场景中悬而未决的事件将如何进行。

例如，在短片《盲人调音师》文学剧本的第1场景中，阿德里安赤裸上半身，穿着短裤，坐在钢琴前调音，身后一个女客户正拿着气钉枪瞄准他的后脑。编剧写道：

阿德里安实际上已经近乎赤裸地在演奏，身上仅着一条短裤，但他依然大汗淋漓。他的身后站着一位四十来岁年纪的优雅的女人，犹豫不决，手里持着一把钉枪。

阿德里安：我是盲人。我不可能知道谁在我背后策划着什么。我不可能知道她拿着一把钉枪正瞄准我的颈背。既然我什么都不知道，我就应该放轻松。

阿德里安的手在键盘上快速地移动着。女人的食指已经放在了钉枪的扳机上。

这是一个倒叙的场景，剧作家为了营造紧张的情节氛围，不仅展示了阿德里安看到女客户家的沙发上躺着一具男尸，而且也知道女客户正拿着一把钉枪对着自己的后脑。但是，阿德里安却用喃喃自语的旁白安慰自己。而阿德里安的旁白并没有消除场景中的紧张气氛，反而诱发一种叙事悬念，即女客户是否发现了阿德里安假装盲人，是否会用钉枪射杀阿德里安。从这个意义上说，剧作家利用阿德里安的旁白内容来营造场景中事件的场内悬念。值得注意的是，这个叙事悬念并没有在倒叙的第1场景里完成，并且在短片结尾的第12场景中，剧作家也没有回答阿德里安是否被女客户用钉枪射死。所以，这个悬念从头到尾牵引着读者和观众，是一个被剧作家悬置的叙事期待。

应该看到，短片情节以阿德里安身陷灭口绝境的惩罚而结束，已经是一个完整的短片故事，至于阿德里安是否被女客户用钉枪射死，已是一个有关阿德里安假装盲人调音师是否应该受到死亡惩罚的问题，而剧作家巧妙地将这个问题在短片情节中悬置，留给读者和观众去回答。

2. 对白中的场外悬念

与当下悬念不同，对白中的场外悬念侧重于将短片对白的叙事期待指向对白的场景之外。无论在长片还是短片文学剧本中，剧作者都会考虑如何将人物对白设计成场景外的悬念。

例如，在长片《天云山传奇》文学剧本的第5场景中，编剧写道：

5. 地委大院宋薇家门前

院子里，积雪的路上，一个人朝宋薇家走来。

宋薇在楼上望着，她的脸色舒展了，向来人招了招手。

来人渐渐走近，我们这才看清了她，原来这是一个二十七八岁的姑娘，她头上戴了一顶只有大城市姑娘们才戴的天蓝色滑雪帽，围了一条鲜红的长围巾，穿了件浅色呢大衣，浑身上下显得非常鲜艳洒脱。

宋薇的画外声："我看见周瑜贞来了。她是我们一位革命前辈的女儿，在我们地区规划小组工作。她开朗、大方、思想解放，完全是新一代人物。我喜欢和她交谈。但是，我万万没有想到，她这次的到来却把我心灵深处的琴弦拨响了。"

周瑜贞走近小楼。

在上述引文中，女主人公宋薇回家后不久，在自家的楼上看到周瑜贞前来拜访，剧作家用场景引荐的方式介绍并描绘了周瑜贞的年龄、外貌和穿戴，又借画外音的方式叙述了宋薇的旁白，进一步介绍周瑜贞的身份、性格，却在最后两句话中设计了一个场外悬念："我喜欢和她交谈。但是，我万万没有想到，她这次的到来却把我心灵深处的琴弦拨响了。"宋薇说这两句话的场景是，她站在自家小楼看着周瑜贞独自踏着积雪朝自家走来，并招手示意。但接下来的第6场景是宋薇家的会客室，周瑜贞在会客室里跟宋薇谈起有关宋薇昔日情人罗群的事情，进而"拨响了宋薇心灵深处的琴弦"。因此，宋薇独白营造的是一个后续情节的场外悬念。

二、对白与情节伏笔

伏笔属于叙事作品的情节范畴，也是短片文学剧本写作实训活动中重要的写作技术。受书面写作篇幅和影像制作时长影响，短片文学剧本的伏笔往往设置在情节点，并由情节高潮回应。其中，顺势伏笔与逆势伏笔是两种较为常用的短片对白的情节伏笔设计。

1. 对白中的顺势伏笔

在伏笔的预设与回应的关系上，顺势伏笔是指剧作者在同一叙事取向上设计两者之间的对白。

扫码观看短片《命中注定》片段1

例如，短片《命中注定》叙述年轻男子亚瑟求婚被拒后，坐在候机室的椅子上准备登机离开。中年男子弗兰克·马汀提了一个能预知30秒未来的箱子，坐到亚瑟身边。他发现亚瑟正看着手里的婚戒，以及和未婚妻的合影，编导写道：

弗兰克·马汀（微笑地看向亚瑟）：恭喜。（见亚瑟没有回话，再次搭讪）你说英语吗？

亚瑟（盯着手里的婚戒和照片，自言自语）：她说了，不愿意。

弗兰克·马汀：噢，对不起。

亚瑟：我早该知道的。

弗兰克·马汀：你确实早就能知道。

亚瑟转过脸来，看向弗兰克·马汀。

亚瑟：真是，谢谢。

弗兰克·马汀：对不起，你误会我了。（伸出右手，自我介绍）弗兰克·马汀。

亚瑟看着弗兰克·马汀，也伸出手，两人握手相识。

在上述引文中，亚瑟自言自语说“我早该知道的”，而弗兰克·马汀接着应和道：“你确实早就能知道。”这两句话实际上是短片的伏笔，引出后续情节中弗兰克·马汀向亚瑟推销能预知30秒未来的箱子。后来亚瑟借助这只箱子的魔力，果然获得了一位来登机的年轻女子的芳心。这个事件回应了弗兰克·马汀之前说过的话：你确实早就能知道。

因此，这是一种用情节伏笔方式设计的人物对白，因为伏笔预设的对白与后续情节的回应事件存在着相同的叙事取向，所以称为顺势伏笔。

2. 对白中的逆势伏笔

逆势伏笔是在相反叙事取向上设计伏笔的铺垫与回应，通常用于短片情节反转的铺垫。其操作手法是，在设定短片情节的高潮之后，剧作者在短片情节的前叙部分，在相反叙事取向上设置情节点事件及其短片对白，进而在短片情节的前叙伏笔与情节高潮之间构成某种转折叙事关系。

例如，在短片《盲人调音师》文学剧本的第4场景中，剧作家通过一系列叙事序列展示阿德里安为自己假装盲人调音师而沾沾自喜的事件，诸如跟经纪人西蒙吹嘘自己如何因假装盲人调音师而得到客户的信任，偷窥客户的隐私，教训茶餐厅服务员少给找零，甚至过马路时提醒老妇人绿灯亮了。其中，阿德里安最初在茶餐厅得意地跟西蒙讲述自己定制了隐形眼镜，假装盲人调音师，并自豪地声称客户会向他们的朋友们夸耀他因是盲人而在听觉上无与伦比，还沾沾自喜地罗列了盲人调音师的很多好处（详见222～223页第4场景的对话）。但是，在短片情节发展到高潮时，阿德里安却撞上了客户家的凶杀案件，面临因女客户识破其假装盲人而遭灭口惩罚的绝境。短片文学剧本的结尾用阿德里安的独白方式写道："我是盲人。我不可能知道谁在我背后策划着什么。我不可能知道她拿着一把钉枪正瞄准我的颈背。既然我什么都不知道，我就应该放轻松。阿德里安的手在键盘上快速地移动着。女人的食指已经放在了钉枪的扳机上。"由此可见，剧作家在情节前面的预设中叙述阿德里安为自己假装盲人调音师而自鸣得意的对白内容，而在短片情节高潮和结尾时，却使阿德里安为假装盲人调音师的行为付出代价，受到惩罚。

因此，这是一个逆势伏笔设计，情节前置铺垫的主人公对白内容与情节高潮时的主人公现实遭遇构成了逆势反转的叙事逻辑。

三、对白与情节主题

用人物对白直接或间接地传递短片作品的情节主题，是短片对白在情节设计方面的基本手法。与悬念和伏笔的短片对白情节设计不同，情节主题的对白设计往往与短片剧作者的叙述话语有关，与短片故事核有关。根据情节主题对白设计在短片情节位置上的不同，我们可以将其分为对白中的前置主题与后置主题。

1. 对白中的前置主题

用短片对白设计短片的前置主题表现为，在短片情节前叙部分的对白内容上，剧作者设计短片文学剧本的主题。

例如，在广告短片《你能型》的第3场景中，主人公聋哑女孩因受到学钢琴的女同学的歧视和训斥而遭遇挫折，再次欣赏流浪艺人在街上演奏。编导叙述道：

流浪艺人（哑语手势）：还在学小提琴吗？

扫码观看短片《你能型》片段1

聋哑女孩低下头，伤心地流下了眼泪。

流浪艺人招呼聋哑女孩过来，两人坐在街边，用哑语交流着。

聋哑女孩（哭泣）：为什么我和别人不一样？

流浪艺人（微笑地）：为什么要和别人一样呢？

流浪艺人若有所思地抬头直视前方，然后语重心长地用哑语开导聋哑女孩。

流浪艺人（哑语手势）：音乐是有生命的，轻轻闭上你的眼睛去感受，你就能看见。

4. 阳台上 外 日

聋哑女孩听了流浪艺人的教导后，决定坚持学小提琴。在清晨的阳光下，她站在简陋的阳台上，独自练习着小提琴。

【切出】

在优雅的《卡农》小提琴乐曲声中，聋哑女孩进入了音乐的世界，仿佛自由地行走在野外的草丛里。

虽然这是一部广告短片，但是编导通过聋哑女孩的励志故事传递出某种人文关怀的叙述话语。本书第五章阐释了广告短片《你能型》采用“残障+”的故事核策略，并在践行型故事骨架中，通过5个关键故事序列建构起短片故事骨架的两条叙事序列：一条是聋哑女孩遭遇学钢琴的女同学歧视而不屈的故事序列；另一条是聋哑女孩面对自身聋哑残障而拼搏的故事序列。应该看到，聋哑女孩能摆脱因聋哑的生理缺陷而带来的自卑心理，以及能抵御学钢琴的女同学的歧视、挑衅，最终在古典音乐比赛中赢得胜利，原因在于编导设置了流浪艺人这一导师角色，由他开导、鼓励、帮助聋哑女孩走出学小提琴的困境。在短片的第3场景中，流浪艺人对聋哑女孩说的一席话实际上是短片作品的主题。其中，“为什么要和别人一样呢”潜台词是，聋哑女孩可以用自己的方式学习小提琴，而“音乐是有生命的，轻轻闭上你的眼睛去感受，你就能看见”又是在教导聋哑女孩如何以自己的方式感受音乐的生命之美。正是在流浪艺人的谆谆教诲下，在随后的第4场景里，短片叙述了聋哑女孩再次鼓起勇气，练习演奏小提琴。

因此，在短片第4场景里，流浪艺人对聋哑女孩说的话，不但使聋哑女孩鼓起勇气继续练习小提琴，更是整部短片的主题。《你能型》这部短片一共有12个场景，而编导在第4场景的人物对白中设计情节主题，因而用的是一种前置主题的对白设计手法。

2. 对白中的后置主题

顾名思义，对白中的后置主题是剧作者在短片情节后叙部分的对白内容中设计短片主题，这个后叙部分通常是短片的情节高潮。

在虚构的叙事短片中，剧作者往往自觉或不自觉地在情节高潮中设计并叙述最具戏剧性冲突的场景，在短片的最后一个“情节点”场景中传递短片主题，表达其叙述话语。

例如，在真人短片《听我说》高潮部分（也是短片的最后一个场景）中，短片完成本叙述道：

扫码观看短片《听我说》片段1

男生发现女孩不在教室，就跑上教学楼顶，突然看到女孩正准备跳楼自尽。男生急中生智，从裤子口袋里拿出一条干净的毛巾向女孩丢去。

女孩回过头来，看着男生正用手示意。

男生（哑语）：不要，不要！

女孩见男生靠近，也伸手示意。

女孩（边哭泣边用哑语说）：停步，停步！

男生（哑语）：你不要这样做。

女孩（哑语）：我这样做，我不能继续承受。

男生（哑语）：不，想想那些关心你的人。

女孩（哑语）：没有人关心我。

男生（哑语）：我在这里，我关心你。

女孩（哑语）：你为何关心我？你甚至不知道情况。那些人嘲笑我，戏弄我，伤害我，只是因为我的与众不同，因为我是聋哑人。他们为何这样对待我？！我觉得非常孤独。

男生（哑语）：我知道（停顿一会儿）我知道这有多难，我知道这样的感受，在这个世界里感觉自己孤独。我知道，因为我有同样的感受。我现在什么都不在乎了。在我想要放弃时，就在那个时刻，我意识到，这个世界并非一定要丑陋不堪，它也可以美丽动人。看看这天空（男生指向远处的太阳），它多么美妙，每一种颜色多么不同。没有这种差异，没有你，这个世界不会如此美妙。

女孩（止住哭泣，哑语）：你怎么知道与众不同的感觉？

男生（哑语）：我知道，我也是与众不同的。

男生脱下外套，丢在身边，注视女孩，随后缓步走近女孩，伸出右手，露出截肢后安装的假臂。

女孩十分震惊，低头思索片刻，随后抬头看向男生，向他伸出左手。

女孩健康的左手与男生假肢的右手，在空中徐徐靠近，触碰，交会。

在上述引文中，编导巧妙地设计了短片的最后一个高潮场景，把聋哑女孩要跳楼自尽的行动与男生极力劝说聋哑女孩要自信设置为人物的戏剧性矛盾，并且主要通过男生与女孩的对话设计高潮情节，最后，编导用一个象征性的画面作为短片的尾声，即男生将自己的假肢伸向女孩，女孩用自己健康的左手慢慢地伸向男生的假肢手掌。显然，在这个短片高潮场景中，男生跟女孩的对话不只是叙述男生如何劝说女孩放弃跳楼的行为，还传递了短片故事的主题：残障人士应该自信。

因此，编导为短片《听我说》设计了一种后置主题的人物对白，在短片反转高潮的人物对白中传递短片作品的主题。

本章概要

本章从场景设计、人物设计和情节设计三个方面，较为完整地探讨了短片文学剧本写作实训中的对白设计问题。

在短片对白的场景设计中，本章从场景引荐与场景叙述两个方面具体阐释了短片文学剧本的场景设计技术。

在短片对白的人物设计中，本章从人物的“说”与“想”（欲望动机）、人物的“说”与“演”（肢体表演）和人物的“说”与“做”（动作行动）三个方面，举例阐释了剧作者如何在言说者与受话者之间的人物关系中设计短片对白。

在短片对白的情节设计部分，本章在短片对白与短片情节的悬念、伏笔和主题的关系上具体讲解了剧作者在短片情节中设计对白的写作技术。

思考题

1. 举例说明短片对白的场景设计方式。
2. 举例说明短片对白的人物设计方式。
3. 举例说明短片对白的情节设计方式。

课外作业

1. 在场景引荐中设计短片对白。
2. 在场景叙述中设计短片对白。
3. 在人物的“说”与“想”中设计短片对白。
4. 在人物的“说”与“做”中设计短片对白。
5. 设计与情节主题相关的短片对白。

拓展阅读

1. 麦基.对白：文字·舞台·银幕的言语行为艺术.焦雄屏，译.天津：天津人民出版社，2017.

2. 朗道.编剧路线图：推动故事发展的21个关键问题：电影篇.李志坚，译.北京：人民邮电出版社，2016.

第九章　短片文学剧本的对白写作

对话的目的：
推动故事向前发展；
揭示有关人物的信息，毕竟每个人都有他的历史；
向读者传达必要的事实和信息；
建立人物之间的关系，使他们显得真实、自然；
给你的人物以深度、内心世界和目标；
揭示故事和人物的各种冲突；
揭示人物的情绪状态；
对动作进行评价。

——悉德·菲尔德：《电影剧本写作基础》

短片文学剧本的对白写作虽然是短片剧本写作实训的最后一个环节，但却是最重要的，因为剧作者需要在整体上把握短片剧本写作实训流程的各个环节，以及每个环节在短片文学剧本写作中的叙事创意，最终选择和确定如何写作短片对白。应该看到，在长片剧作的对白写作方面，菲尔德和麦基等编剧家提出了许多具有实操性的写作原则，绝大多数适用于指导短片对白的写作实训活动。本章通过对短片完成本的分析，从短片对白的言说路径、言说指向、言说句式和言说话语四个方面探讨短片文学剧本的对白写作问题。

第一节 短片对白的言说路径

短片对白不仅是短片文学剧本写作的重要实操环节，也是短片影像作品的基本叙事方式。在麦基看来，对白的完全定义是任何角色对任何人说的任何话，而对白言说有三种路径，即对别人说、对自己说和对读者或观众说。[①]短片对白的言说路径不仅涉及对白的言说对象，并且，在画外音对白中，剧作者可以通过言说者的叙述身份与画面位置等方式，具体而又微妙地处理短片对白的言说路径。因此，我们需要从对白的言说对象、画外音对白的言说者身份与画外音对白的言说者位置三个方面，探讨短片对白的言说路径。

一、对白的言说对象

在短片对白的写作实训中，剧作者首先要清楚短片对白是跟谁说的，即短片对白的言说对象，它主要涉及四种类型：对话、独白、旁白和解说词。

1. 对话，言说者跟场景内的他人说话

在短片文学剧本中，剧作者经常会用场景内人物之间的对话来写作短片对白。

例如，在短片《邻居的窗》完成本的第2场景中，夜晚时分，在女主人公艾莉公寓的客厅里，艾莉在丈夫雅各布身边的餐桌旁坐下后，看向丈夫喝着酒杯里的红酒。编导叙述道：

艾莉：这看起来不错。

雅各布喝了口红酒后，把手里的酒杯递向妻子。

雅各布：来一点吗？

艾莉：我不要。

---

① 麦基．对白：文字·舞台·银幕的言语行为艺术．焦雄屏，译．天津：天津人民出版社，2017：2–3.

艾莉坐定后，向前方望去。

这是艾莉与丈夫雅各布在短片场景中首次出场不久后的对话，表明夫妻两人较为随意，雅各布把自己喝过的红酒递给妻子艾莉，而艾莉却因怀孕而摇头谢绝。这是艾莉夫妻之间的对话，是言说者跟场景内的他人说话，即场景内对话。

2. 独白，言说者跟场景内的自己说话

与对话不同，独白的受话者是言说者自己，即场景中人物的自言自语。并且，剧作者经常会将独白与对话结合起来，进而表现短片对白在受话者方面的灵活性和交叉性。

例如，在短片《盲人调音师》完成本的第4场景中，主人公阿德里安与经纪人西蒙在茶餐厅里见面。西蒙在阿德里安所在的餐桌对面坐下后，编导叙述道：

西蒙是个胖胖的中年男子，一坐下来就从自己的外衣口袋里拿出手机，低头看了起来。

西蒙（自言自语）：这社会不是偷窥者，就是暴露狂。昨晚我们聊了两个小时，看她给我发的照片。

西蒙把自己的手机递到阿德里安的眼前，要让他看手机里的照片。

在上述西蒙说的话中，前一句是西蒙看着自己手机屏幕上的照片而自言自语，后一句则是西蒙跟阿德里安说的话。因此，西蒙的前一句话可以理解为独白，而后一句话则是对话。显然，编导试图通过西蒙的人物对白，引入场景后续有关偷窥者与暴露狂的对话议题。

3. 旁白，言说者用画外音跟场景内的自己说话，或者跟场景外的读者和观众说话

旁白是通过画外音方式叙述场景内人物的自言自语，即人物背着场景中的其他人物跟场景内的自己说话，以及跟场景外的读者和观众说话。

例如，在短片《盲人调音师》完成本的第7场景（即最后场景）中，阿德里安遇到女客户家里的凶杀事件，女客户则怀疑其假装盲人。编导叙述道：

女客户离开后，阿德里安用沾满血迹的双手开始给钢琴调音。

阿德里安【画外音】：冷静点，冷静点。她完全没有察觉，你表现得极其自然，能得奥斯卡了。

里间墙上的灯光影子中，依稀可以看到女客户正在隔壁屋子里翻查阿德里安脱下的衣服。

阿德里安转头看了一眼靠在沙发上的白发男子，一边调音一遍胡乱猜想。

阿德里安【画外音】：沙发上那个男人是谁？她丈夫吗？她不是说找她丈夫的衣服吗？她为什么还不拿来？冷静点，也许她在洗我的衣服，那很好，不是吗？我穿好衣服，调好钢琴，就走人。希望她不会翻我的大衣口袋。我的日程本。见鬼，我的日程本放在大衣口袋里了。瞎子怎么会需要日程本？糟了。

阿德里安听到背后传来女客户的脚步声。

阿德里安【画外音】：她回来了。

女客户走到阿德里安的身后，停下了脚步。

在上述引文中，编导在阿德里安的旁白中叙述了阿德里安在短片场景中的恐慌心理。一方面，阿德里安用画外音说的旁白，所以场景中的女客户听不到他说了些什么话；另一方面，阿德里安既是对场景中的自己说的，一定程度上又是说给场景外的读者和观众听的，所以读者和观众可以从旁白中得知，阿德里安在恐慌之中表现出自我反思和自我调控的言说意图。因此，这是阿德里安的旁白，尽管完成本只是标识了“画外音”。

4. 解说词，言说者用画外音跟场景外的读者和观众说话

与旁白一样，解说词也采用画外音方式言说，然而不同的是，解说词只是向场景外的读者和观众说话，旨在介绍和解释场景中正在发生的事件。

例如，短片《盲人调音师》完成本的第1场景写道：

1. 某客户的公寓 夜 内

一架三角钢琴正弹奏着舒缓的旋律。灯光下，一根根错落有致的琴弦在钢琴架中上下起伏。

阿德里安【画外音】：我很少在公众前演奏，除非是特殊场合或观众，就比如今晚。

屋内墙角边一只台灯的昏暗光线下，依稀可以看见一个男人安静地坐在长沙发上，似乎正在聆听调音师弹奏的美妙音乐。

阿德里安【画外音】：这个男人是谁？我不认识。我甚至看不见他。我是盲人。

年轻的钢琴调音师阿德里安身穿短裤，赤裸着上身，坐在钢琴前的脚凳上调音。他背对着沙发，注视着正前方，眼神黯淡无光。

阿德里安【画外音】：再说我也不是为了他演奏，而是为了我身后的人。

阿德里安在给钢琴调音，身后站着一个身穿黑色上衣的女人，手持一把钉枪，正对着阿德里安的后脑。

【字幕】调音师

在上述引文中，阿德里安用画外音说的几句话，并不是他跟自己说的话，而是向场景外的读者或观众介绍短片场景中正在进行的事件：

- “我很少在公众前演奏，除非是特殊场合或观众，就比如今晚。”
- “这个男人是谁？我不认识。我甚至看不见他。我是盲人。”
- “再说我也不是为了他演奏，而是为了我身后的人。”

因为这是短片开篇的倒叙场景，所以编导需要借助阿德里安的解说词言说方式，跟读者和观众进行一些必要的介绍和解释，以便读者和观众能够理解短片倒叙场景中正在发生的事情以及相关的背景信息。

二、画外音对白的言说者身份

在短片对白的言说路径上，剧作者清楚了对白的言说对象（即对白是跟谁说的）之后，就需要进一步明确对白的言说者身份（即对白是以什么样的叙述者身份说的）。由于画内音对白是短片场景中任何人都可以说的，所以，人们时常会忽视短片对白的言说者身份，很少想到要在短片对白的言说路径上区分言说者的身份。然而一旦涉及画外音对白，短片对白的言说路径就有必要从叙述者的角度探讨短片对白的言说者身份。在短片对白的写作实训中，画外音对白的言说者身份不仅涉及短片对白是由谁说的问题，而且关系到是以什么样的叙述者身份说的问题，进而有助于从言说者身份而不是受话者身份上区分短片对白中的旁白与解说词。

我们已经知道，从短片对白的言说对象角度上看，旁白与解说词都是用画外音言说的对白，两者的区别在于，解说词是跟场景外的读者和观众说话，而旁白还可以跟场景内的自己说话。其实，当我们从言说者身份的意义上阐释时，就不难理解两者为何在言说对象上存在上述区别了。

1. 故事中人物言说的旁白

在短片对白中，故事中人物言说的旁白是指故事中人物以画外音方式说的话。这个故事中人物的言说者身份，可以是第一人称的人物“我”以及故事中的其他角色，也可以是第三人称的限知叙述者（即故事中的具体角色）。因此，旁白是剧作者以故事中人物的画外音的言说路径叙述的短片对白。

例如，在短片《盲人调音师》完成本的最后场景中，阿德里安遇到女客户家里的凶杀事件，他害怕女客户在隔壁房间清洗自己的外衣时看到日程本，发现自己假装盲人调音师的真相。编导叙述道：

女客户走到阿德里安的身后，停下了脚步。

阿德里安【画外音】：别回头，你是瞎子，没有任何理由回头。说点什么，说点什么，说呀，妈的。

阿德里安感到十分恐慌，一句话也说不出来，只好重新调音。

阿德里安【画外音】：我是瞎子，不知道身后发生的事。既然不知道，就应该放松。

女客户双手持着一把钉枪，正对着阿德里安的后脑勺。

阿德里安【画外音】：我必须继续弹琴，我开始弹琴后她就没再动过。我弹琴的时候她不能杀我。

上述引文是短片《盲人调音师》完成本的结尾部分，编导用阿德里安的旁白来结束短片的故事情节。在短片场景中，阿德里安无法当着女客户的面出声言说这些话，所以，编导通过短片故事中人物（阿德里安）的画外音旁白方式叙述。也就是说，编导是用故事中人物的画外音言说方式叙述了阿德里安的旁白。

2. 故事叙述者言说的解说词

与旁白一样，解说词也是画外音的短片对白方式，然而不同的是言说者的身份。解说词的言说者身份是故事叙述者而不是故事中的人物。也就是说，在写作解说词时，剧作者站在短片故事之上（即大影像师的全知叙述者视野）或故事之后（即第一人称的故事叙述者“我”的视野），以故事叙述者的身份叙述画外音的短片对白。因此，解说词是借助故事叙述者的身份来叙述的画外音短片对白。

例如，在短片《盲人调音师》完成本的第2场景中，编导叙述道：

2. 某剧院 夜 内

某剧院舞台上正在举办伯恩斯坦钢琴大赛，台下黑压压地坐满了人。灯光照耀的舞台上摆着一架三角钢琴。

年轻的阿德里安身穿黑色西服，系着领带，独自走向钢琴，走到钢琴边上后，朝台下观众鞠躬。

阿德里安【画外音】：去年我被看作天才，我也以为自己前途无量。

阿德里安坐到钢琴前的脚凳上，双手紧紧地抓住脚凳两侧，并用右手调节着脚凳，脸色显得十分紧张。

阿德里安【画外音】：十五年来我所有的努力只为一个目标——伯恩斯坦钢琴大赛。

阿德里安满头大汗，用颤抖的手指按下琴键。

在上述引文中，“去年我被看作天才，我也以为自己前途无量”这句话的时间状语“去年”，说明是阿德里安以故事叙述者“我”的身份追忆往事（一年之前阿德里安参加伯恩斯坦钢琴大赛）而说的。因此，这句话虽然是阿德里安用画外音的方式叙述的，但与旁白不同，编导是用故事叙述者“我”而不是人物“我”的身份来叙述的。从这个意义上说，阿德里安的言说者身份是故事叙述者，所以，这句话是解说词，而不是旁白。

三、画外音对白的言说者位置

在短片剧本写作实训中，作者通常只用“画外音”来标识旁白或解说词，一般不需要使用进一步细分的辅助标识，尤其是短片文学剧本中的对白写作。但是，为了准确地理解并使用画外音，在进行短片剧本写作实训时，我们不仅要知道如何与为何区分对白的言说者身份，而且要掌握画外音对白中言说者的位置，以便探索短片的画外音对白写作的多样性和可能性。

根据对白言说者的位置，我们可以将短片画外音对白区分为“画上音对白”和“画下音对白”，并结合短片完成本的案例分析，具体论述画上音对白与画下音对白的区别及特点。

1. 画上音对白

画上音对白，是指编导通过人物的画内回忆等方式叙述画外音对白，即画外音的言说声音呈现时，言说画外音的人物也处于画面之上。[①]所以，画上音对白与旁白相似：一方面，言说的声源来自画外，而言说者的位置却在画内；另一方面，言说者的身份是故事中的人物。不同的是，旁白通常是画内人物以画外音的方式自言自语，而画上音对白则可以用画外音方式叙述另一个场景内的人物对话，并且言说者和/或受话者处于叙述另一个对话时的画面之上。

例如，在短片《盲人调音师》完成本的第4场景中，阿德里安看到一个年轻的茶餐厅服务员将账单随手摔在他面前的餐桌上转身就离开，十分生气，跟西蒙说自己来结账。在后续的第5场景中，编导叙述道：

5. 街上 日 外

阿德里安跟西蒙分手后，独自走出餐厅，戴着墨镜，手持盲人手杖，一脸得意地走在街上。

【闪现】

阿德里安回想起刚才在茶餐厅跟服务员结账时的情形。

阿德里安【画外音】：服务员，服务员，少了一张钱。不，不是这张，大小不一样，你以为我瞎了就能骗我吗？我要投诉，我要找经理谈。（见图9-1）

年轻的服务员【画外音】：别，我付钱。

阿德里安【画外音】：好吧，既然你这么坚持。

【切回】

阿德里安脸上露出得意的笑容。（见图9-2）

图9-1

图9-2

① 画上音，一些作者用来表示由不属于支配空间–时间画面的叙事因素的声源发出的声音。参阅：茹尔诺.电影词汇.曹轶，译.北京：中国电影出版社，2006：109.

在上述引文中，编导用闪现的方式叙述阿德里安离开茶餐厅独自行走在街上的时候，回想起刚才在茶餐厅里教训那个不懂礼貌的年轻服务员的情形。这段画外音对白实际上是画上音对白。其实操手法是，对话的言说声源来自画外，用画外音方式叙述场景中人物回忆自己在另一场景中与他人的对话，并且，编导只是用画外音方式呈现了被回忆场景中的人物对话，却没有展示人物对话的画面。也就是说，阿德里安以画外音方式回忆自己在另一场景中与他人对话的同时，被回忆的人物对话的场景并没有呈现为画面，而回忆中的阿德里安却出现在回忆时场景的画面之上，即画上音对白。

2. 画下音对白

与画上音对白一样，画下音对白也是一种画外音的对白方式，然而不同的是，画下音对白表现为剧作者通过人物对话等方式叙述画外音对白，即画外音的言说声音呈现时，言说画外音的人物却不在画面之上。

例如，在短片《邻居的窗》完成本的第2场景中，主人公艾莉和丈夫在自己的客厅里闲聊时，突然看到对楼邻居夫妇的激情场面。编导叙述道：

艾莉坐定后，向前方望去。

艾莉（惊讶地）：这是在做什么？

雅各布（看了眼艾莉）：什么？

【切出】

对楼邻居窗口的灯光下，一对夫妇正在脱去上衣，拥抱亲热。

雅各布【画外音】：哇！

艾莉【画外音】：我的天呐！

【切回】

艾莉突然感到害羞起来，用手遮住自己的脸，并笑着垂下了双眼。

艾莉：噢，我不能看。

雅各布（调侃）：你一直在看。

艾莉索性放下手，笑着注视对楼的邻居夫妇热烈拥吻。

艾莉：说真的，他们需要订购一些窗帘。

雅各布：真丢脸。

艾莉（看了丈夫一眼，讽刺地）：好吧，别再流口水了。

雅各布放下手里的酒杯，侧身吻了一下妻子的脸颊。

【切出】

在灯光下，对楼的邻居夫妇已经全身赤裸，激动地互相拥吻。

雅各布【画外音】：他们在给新公寓洗礼。

【切回】

艾莉（看向对楼邻居的窗口）：你觉得他们真的不知道我们能看见他们吗？还是他们没来得及准备装上窗帘？

雅各布：我只是觉得他们不在乎。

艾莉：哇！

雅各布：哇！这招新鲜，她很灵活。

艾莉（有些不高兴）：你知道，他也很性感。

雅各布：我没说性感，我只说灵活。

从艾莉和雅各布的背后看去，因距离变远，对楼邻居夫妇的激情场面显得十分模糊。

雅各布：你觉得我们应该关灯吗？

艾莉：我们为什么要关灯呢？我们什么也没做。他们才应该关灯。……

艾莉的话刚说出口，突然心有所感，她便起身走到客厅门口，伸手关灯，然后挺着肚子走回来，重新坐在丈夫身边。

从艾莉和雅各布的背后看去，艾莉夫妻两人正在黑暗中偷窥着对楼邻居的窗口，因距离远和灯光昏暗，对楼邻居夫妇的激情场景隐约可见。

在上述引文中，编导频繁地采用镜头的切出与切回方式，在艾莉夫妇在自家客厅窥探对楼夫妇与对楼夫妇在自家激情拥吻的场面之间来回切换，并用画内音和画外音的交替方式叙述艾莉和其丈夫一边在自家客厅里窥视对楼邻居夫妇的激情场面，一边坐在客厅的餐椅上对话，议论对楼邻居夫妇的激情举动。

因此，编导采用画内音与画外音两种方式叙述艾莉夫妻边看边聊的场景。其中，两次镜头切出时，编导都采用了画外音方式叙述艾莉夫妻的对话。虽然短片完成本只是标识了“画外音”，然而仔细分析的话，这两次画外音对白都是画下音对白，即编导在呈现艾莉夫妇的画外音言说声音时，两人却不在言说时的画面之上。

- 第一次镜头切出时，雅各布和艾莉的画外音言说是画下音对白，短片完成本叙述如下：

【切出】

对楼邻居窗口的灯光下，一对夫妇正在脱去上衣，拥抱亲热。

雅各布【画外音】：哇！

艾莉【画外音】：我的天呐！

- 第二次镜头切出时，雅各布的画外音言说也是画下音对白，短片完成本叙述如下：

【切出】

在隐约的灯光下，对楼的邻居夫妇已经全身赤裸，激动地互相拥吻。

雅各布【画外音】：他们在给新公寓洗礼。

在上述两次镜头切出的画面中，艾莉与雅各布是在自家的客厅里对话，对话的内容是谈论他们正在窥探的对楼邻居夫妇的激情场面，并且画面也是对楼邻居夫妇的激情场面，即编导用画外音方式叙述艾莉与雅各布在自家客厅的餐桌前对话，而画面却展示对楼邻居夫妇的激情场面。因此，在短片对白的写作实训中，剧作者不仅可以用画外音叙述人物的对话，而且也能够使画外音中对话的人物不出现画面之中，画面展示的是人物对话所谈论的场面，即对话中的人物在画面之下，因而是画下音对白。

第二节　短片对白的言说指向

在短片对白的写作实训中，剧作者不仅要从言说路径的角度写作短片对白，而且需要考虑短片对白的言说指向。从叙事作品的言语行为艺术的意义上，麦基把对白定义为一种行动方式，并区分戏剧性对白与叙事性对白。他指出，戏剧性对白指的是在场景中被表达出来的对白，角色的每句话都指向有特殊意旨的行动，也在场景中造成反应；而叙事性对白意指在场景外表达的对白，角色的言说行动对着读者、观众或自己说出的对白。[①]

① 麦基. 对白：文字·舞台·银幕的言语行为艺术. 焦雄屏，译. 天津：天津人民出版社，2017：5.

戏剧性对白和叙事性对白都实现三个基本功能：解说、角色塑造、行动。[①]

短片对白的言说指向包含两个方面，一个是对白言说的意指取向，另一个是对白言说的叙事功能。从短片对白的写作实操上看，我们有必要从言说指向的两个方面探讨戏剧性对白与叙事性对白。

一、戏剧性对白

戏剧性对白是指，剧作者通过场景中人物对话或独白的言说内容，诱发或增强言说场景中的情节变迁。所以，戏剧性对白的言说指向是言说场景，而叙事功能是导致言说场景中人物或事件之间的矛盾冲突。

1. 人物间误会造成的戏剧性对白

例如，在短片《邻居的窗》完成本的第3场景中，艾莉回家后，一个人忙着照看两个孩子，而她的丈夫雅各布却坐在客厅里，不停地用手机打电话，没有主动帮助妻子。艾莉非常生气，编剧写道：

艾莉返回并站在客厅中央，生气地看着丈夫跷着腿用手机通话。

雅各布赶紧结束通话，合上手提电脑，看向妻子。

雅各布：抱歉。

艾莉转身从身边的桌子上提起两只从外面带来的购物袋。

艾莉（冷漠地）：晚了。

雅各布起身，走近妻子，极力地解释自己刚才打电话是在讨论工作上的事情。

艾莉从购物袋里取出刚购买的儿童食品以及番茄等食材，并用质疑的眼神看向丈夫。

艾莉：你怎么会在这里办公？

雅各布：这边……网络信号比较好。

艾莉（讽刺地）：你朋友在家吗？

雅各布（疑惑地）：我的朋友？

艾莉：是的。在对面楼吗？还是你太认真没注意到他们？

---

① 麦基. 对白：文字・舞台・银幕的言语行为艺术. 焦雄屏，译. 天津：天津人民出版社，2017：23.

艾莉转身准备整理桌子上刚采购回来的东西，不小心把脚旁袋子里的苹果等碰翻。

艾莉蹲下身子，心烦意乱地在地板上捡拾起碰翻的东西，并随手接过雅各布从地上捡起的苹果，装入袋子。

艾莉：很好，好的。我知道了，谢谢！

雅各布（有些摸不着头脑）：你今天怎么了？发生了什么？

艾莉：我一个人一整天带孩子去动物园，还下着雪。我要帮他们擦鼻涕、上厕所，我肚子饿，还弄伤了膝盖。昨晚我只睡了四小时。因为我在喂奶，还遭嫌弃。我一回到家，就看见你和朋友玩得不亦乐乎。老二寂寞了，还可以看着邻居发呆。

雅各布（惊讶）：哇！

雅各布发现两个孩子站在眼前，疑惑地看着自己跟妻子大声说话，便赶忙走上前去。

雅各布：小伙伴们，你们先回房间去吧。

两个孩子接过父亲手里的零食袋，离开了客厅。

在上述引文中，艾莉与丈夫雅各布的对话是戏剧性对白。一方面，言说的意指取向是艾莉夫妻两人谈论雅各布为何在自家客厅里办公的短片场景；另一方面，言说的叙事功能是艾莉误会丈夫的言说导致两人的矛盾，因而是由人物间误会造成的戏剧性对白。

2. 人物间谎言引发的戏剧性对白

谎言的言说通常也是一种戏剧性对白。与不明真相的误会不同，谎言是一种故意隐瞒真相的言说行动。剧作者往往通过谎言被当场戳穿的方式，直接引发言说场景中人物或事件之间的矛盾冲突。

例如，短片《盲人调音师》完成本的第7场景叙述如下：

7. 某客户公寓 内 日

阿德里安走进了公寓。

阿德里安：钢琴在哪儿？

女客户：稍等，我带您去。

阿德里安独自往前走，摸进了左侧的房间。

女客户（惊叫）：不，小心。

阿德里安脚下踩到湿滑的东西，仰面摔倒。女客户连忙赶过来。

女客户：等一下。

阿德里安：这是什么？这是什么？

阿德里安不住地在地上挣扎，女客户上前帮他起身。

女客户：把手给我，这边。没想到您会走这边。

在半昏暗的光线里，一个满身是血的白发男人安静地靠在长沙发上，脸朝前方。

女客户搀扶着阿德里安走向钢琴。

女客户：我们在装修，我把涂料打翻了，所以我才不想让您进来。

女客户一边解释，一遍帮阿德里安脱下外套，随后引他到钢琴边的脚凳上。

女客户：这儿，您请坐。

阿德里安坐了下来，白衬衫的衣领上沾满鲜血，他惊恐地抬头看向女客户。

女客户：把衣服给我，你这样不行。我给你找我丈夫的衬衣和裤子。

阿德里安：好，谢谢。

女客户（背过身）：慢慢脱，我转过去，不看您。

女客户向前走了几步，突然想到什么，便转身注视着阿德里安脱去衬衫和长裤。

女客户拿起阿德里安脱下的衣裤，并凑近阿德里安的墨镜看了看。

女客户：您的眼镜脏了。

女客户摘下阿德里安的墨镜，仔细查看阿德里安的眼睛是否真的瞎了。

女客户离开后，阿德里安用沾满血迹的双手开始给钢琴调音。

在上述引文中，女客户因为害怕阿德里安发现自己杀害丈夫的秘密，因而对自称是盲人调音师的阿德里安心怀戒备。当阿德里安脚踩地上的血迹滑倒后，为了掩盖杀人真相，女客户不得不用谎话蒙骗阿德里安。她先是说自己家里正在装修，涂料打翻在地，后又说自己转过身不看阿德里安换衣裤，最后说阿德里安的眼镜脏了。女客户的这些谎言其实是为了隐瞒自己杀人的真相，并审视和验证阿德里安是否真的是盲人。因此，这是一种人物间谎言引发的戏剧性对白。

值得注意的是，在上述引文中，短片场景中的两个人物都在说谎，所以，人物间谎言是双向的，不只是女客户在跟阿德里安说谎，阿德里安也在跟女客户说谎。当阿德里安滑倒之后，听到女客户说正在装修，把涂料打翻了，阿德里安实际上已经发现自己的白衬衫衣领上沾满了鲜血，因而惊恐地抬头看向女客户。阿德里安恐慌，因为他知道女客户说的都是谎言。但是，编导的创意性表现为，阿德里安与女客户都没有用对白的方式在场景中当面戳穿对方的谎言，而是竭力掩盖自己的谎言，进而增强了人物间谎言在短片场景中的戏剧性冲突力度，以及由此产生的叙事悬念。

二、叙事性对白

与戏剧性对白的言说指向不同，叙事性对白的意指取向是言说场景外的读者、观众，其叙事功能主要是介绍、解释、说明或证实场景中正在发生的事件。所以，叙事性对白的叙事功能是叙事性的，即叙述言说场景中的事件，并不直接导致言说场景中的矛盾冲突。

我们已经知道，根据言说者身份的区别，短片的画外音对白分为解说词与旁白。因此，画外音的叙事性对白也可以分为两种样式：解说词式与旁白式。

1. 解说词式叙事性对白

解说词式叙事性对白是指剧作者用故事叙述者的身份在画外音中叙述的短片对白，其特点一是言说的意指取向是言说场景外的读者、观众，二是言说的叙事功能是介绍、解释、说明或证实场景中正在发生的事件。

例如，短片《盲人调音师》完成本的第4场景叙述如下：

4. 某茶餐厅 日 内

阿德里安坐在某茶餐厅的客座上，等着自己的经纪人西蒙到来。眼前的餐桌上放着几块糕点和两个茶杯。

阿德里安身穿西装，系着领带，戴着墨镜，正在给自己的茶杯里倒入茶水。

阿德里安【画外音】：我活过来了，成了钢琴调音师。

西蒙走到餐桌边，在阿德里安的对面坐下。

在上述引文中，阿德里安的画外音说了一句话：“我活过来了，成了钢琴调音师。”这句话实际上是解说词式叙事性对白。一方面，阿德里安以故事叙述者的身份说了这句话，其叙事功能是说明自己遭遇钢琴比赛失败和与女友分手的双重打击之后，终于找到了适合自己的职业——钢琴调音师；另一方面，阿德里安这句画外音的话是跟场景外的读者和观众说的，而不是跟自己说的。因此，这是解说词式叙事性对白。

2. 旁白式叙事性对白

旁白式叙事性对白是剧作者通过故事中人物的身份，用画外音言说的短片对白。与一般的旁白相区别，旁白式叙事性对白的叙事功能主要是介绍、解释、说明或证实言说者所处场景中正在发生的事件，而不会导致言说场景中人物或事件之间的戏剧性矛盾冲突。

例如，在短片《盲人调音师》完成本的第3场景中，编导在叙述主人公阿德里安的女友与其分手时，就采用阿德里安的旁白来叙述叙事性对白。短片完成本叙述道：

3. 阿德里安的卧室 日 内

阿德里安独自躺在床上，头下枕着一个印有钢琴琴键图案的长枕头。

阿德里安【画外音】：我失败了，顷刻间万念俱灰。

阿德里安侧过身子，睁大双眼，直视着床头柜上的一只圆形的鱼缸，里面只有一条小鱼在游动。鱼缸旁堆了一些药瓶。

阿德里安【画外音】：我独自待着，被失败的恶魔折磨，掉入万丈深渊。

阿德里安的女友站在卧室门口。她默默地穿上外套，随手背起一只背包，提起一个大行李袋走出卧室，身后留下了清脆的关门声响。

在上述引文中，阿德里安说的两句画外音对白，可以被理解为阿德里安的旁白。也就是说，阿德里安虽然是以故事中的人物身份在用画外音方式自言自语，但是与一般的旁白不同，这是一种旁白式叙事性对白。其中，“我失败了，顷刻间万念俱灰”，是阿德里安向读者和观众说明场景中的自己因伯恩斯坦钢琴演奏比赛失败而“万念俱灰”；而“我独自待着，被失败的恶魔折磨，掉入万丈深渊”，是阿德里安向读者和观众解释场景中的自己因女友分手恋爱失败而“掉入万丈深渊”。所以，在阿德里安用画外音方式相继言说这两句话的同时，短片画面分别叙述阿德里安独自躺在自己卧室的床上，以及阿德里安的女友提起一个大行李袋离开阿德里安的卧室，身后响起清脆的关门声响。

值得指出的是，阿德里安在上述引文中说的两句对白之所以是旁白而不是独白，原因在于这是阿德里安用画外音方式背着场景中的女友说的。从这个意义上说，阿德里安的上述两句旁白主要是跟场景外的读者或观众说的，其叙事功能是在解释自己在遭遇钢琴比赛失败与爱情失败的双重打击后的痛苦和绝望。

第三节　短片对白的言说句式

我们已经知道，短片剧本写作实训活动是跨界叙事行动，剧作者需要在文学叙事、表演叙事和影像叙事之间实施双重跨界叙事。而对于短片对白写作实训来说，这种跨界叙事还涉及与对白言说相关的语言学、修辞学和叙事学等相关学科。因此，我们需要借鉴相关学科的研究成果，并在跨界叙事中探究短片对白的写作实训。在短片对白的写作实训中，言说路径需要剧作者考虑如何在言说对象、言说者身份与言说者位置方面确定短片对白的表达途径；言说指向则从意指取向与叙事功能上区分出两种短片对白，即戏剧性对白与叙事性对白；而从言说句式上看，剧作者需要探讨短片对白的叙事语法问题，即从语句、语义、句型以及语境等方面考虑短片对白的写作技术。我们将通过短片完成本的对白案例分析，从台词、潜台词和文本间台词三个方面论述短片对白的言说句式。

一、台词

在短片对白的写作实训中，台词不只是一般语法意义上的概念，其还具有叙事语法的特质。所以，剧作者总是在与短片的人物、事件和环境的关系中写作短片台词。我们将从语句上的简约句与繁复句、语义上的伏笔句与悬念句、句型上的完整句与省略句三个方面，探讨台词的短片对白言说句式。

1. 语句上的简约句与繁复句

顾名思义，简约句是用较少而简洁的词语或较短而精练的句子撰写短片对白，而繁复句则反之。在进行短片对白的写作实训时，剧作者既要考虑台词所属的角色、言说所要表达的语义以及言说的语境等方面，又要注意简约句与繁复句在语句节奏方面的搭配。

例如，在短片《邻居的窗》完成本的第3场景（场景叙述见250～251页）中，艾莉独自忙着照看两个孩子，而她的丈夫雅各布却坐在客厅里，不停地用手机打电话，艾莉非常生气。编导先用了简约句叙述雅各布与艾莉的对话。雅各布看到艾莉站在客厅中央生气地瞧着自己，连忙结束了手机通话，合上电脑，看向妻子，并说："抱歉。"而艾莉却转身从桌子上提起两只从外面带来的购物袋，冷漠地说："晚了。"

但是，雅各布问"你今天怎么了？发生了什么？"之后，编导却用繁复句来叙述艾莉的满腹牢骚："我一个人一整天带孩子去动物园，还下着雪。我要帮他们擦鼻涕、上厕所，我肚子饿，还弄伤了膝盖。昨晚我只睡了四小时。因为我在喂奶，还遭嫌弃。我一回到家，就看见你和朋友玩得不亦乐乎。老二寂寞了，还可以看着邻居发呆。"

因此，在上述引文中，编导主要根据场景中人物在对话过程中的言说情绪变化，分别使用了简约句与繁复句来叙述艾莉与雅各布在短片情节中的第一次斗嘴。

2. 语义上的伏笔句与悬念句

在书第八章第三节"短片对白的情节设计"中，我们从短片对白的设计上探讨了剧作者如何从短片的情节结构中设计短片对白的伏笔与悬念。而在短片对白的写作方面，我们则要从言说句式的意义上探讨伏笔句与悬念句。

（1）伏笔句，为情节后续事件预设索引性对白的言说句式。

例如，在短片《邻居的窗》完成本的第3场景中，艾莉跟丈夫雅各布发牢骚后，对着对楼大声叫嚷。编导叙述道：

艾莉走到临窗的桌前，一边收拾起两只空啤酒瓶，一边看向对楼邻居的窗口，大声嚷了起来。

艾莉：三个月了，他们还不明白这里住着一整栋楼的人，我真觉得对面的人是故意的。

雅各布：我认为你可能反应过度了。

艾莉放下手上正在整理的东西，站起身面对着丈夫。

艾莉：哦，你呢，这副双筒望远镜是我送给你的生日礼物，你喜欢吗？（艾莉把桌子上的两只购物袋放到地上后，起身看向雅各布）我知道自己回不到二十岁了，我总是觉得很累。你羡慕别人的样子让我感觉很难过。

雅各布：等一下，我不认为我是唯一被对楼吸引的人。

艾莉：你就是经受不住他们的诱惑。好吧，一个美丽性感的诱惑。

雅各布：我没有那么说。

艾莉离开餐桌，走到窗前，对着对楼大声叫嚷。

艾莉：我的意思是说，他们有正经的工作吗？只会整天办舞会，每天睡到中午。（艾莉低下头，自言自语）你不知道你的脸不断被抚摸的感觉吧？

雅各布走了过来，也站在窗前。

雅各布：不，我知道。你以为我喜欢谈论。多少次筋疲力尽，完事后，谁先睡着的？因为工作加速我的衰老。我觉得你没有注意到，你什么时候会注意到？你不是唯一一个回不到二十岁的人。（唱歌）“彻夜未眠，激动得很”。

艾莉（看向丈夫）：你不满意吗？那首歌在他们出生之前就有了。

雅各布：好吧，不要说了。

雅各布伸手将妻子抱在怀里，艾莉侧过脸，眼睛转向了对楼。

在上述引文中，艾莉的对话实际上表达了她羡慕对楼邻居夫妇生活的感受，可是，编导并没有正面表达艾莉内心深处的羡慕情绪，而是用艾莉的牢骚和责怪来侧面传递，我们至少可以从中找出艾莉所说的以下四句话：

- “三个月了，他们还不明白这里住着一整栋楼的人，我真觉得对面的人是故意的。”
- “你羡慕别人的样子让我感觉很难过。”
- “你就是经受不住他们的诱惑。好吧，一个美丽性感的诱惑。”
- “他们有正经的工作吗？只会整天办舞会，每天睡到中午。”

应该看到，在第3场景里，艾莉所说的上述四句话实际上是伏笔句，因为艾莉并没有直接说出自己羡慕对楼邻居的夫妇生活，而是用发牢骚的言说方式加以宣泄。所以，在后续场景中，编导通过艾莉窥视对楼邻居夫妇生活的场景来回应和印证。

例如，在短片完成本的第4场景中，圣诞节前夕，艾莉用红色的圣诞彩带装饰自家客厅的窗户时，不禁抬起头看向对楼。她看到对楼邻居的窗内灯光明亮，一些青年男女正在屋内举办舞会，场面十分热闹。“艾莉的脸上露出欣赏的神色。”尤其是在完成本的第6场景里，艾莉在自家客厅，一边用左手抱着最小的孩子睡觉，一边用右手举起双筒望远镜，独自注视着对楼邻居的窗口，以至于雅各布“发现妻子用望远镜聚精会神地窥探着对楼邻居的窗口，便在客厅门口注视了一会儿后，转身离开了客厅”。所以，艾莉在第4场景中窥探对楼邻居的家庭舞会，在第6场景中抱着孩子窥探对楼邻居的窗口，实际上证实了艾莉在第3场景中跟雅各布发牢骚而说的话的真实意思。从这个意义上说，艾莉在第3场景中的牢骚是后续场景中她欣赏和羡慕对楼邻居生活的伏笔句，读者和观众看到艾莉在第4场景和第6场景中窥探对楼邻居窗口的神态和举动，才想起她在第3场景中跟雅各布发的牢骚，并明白她的牢骚其实是一种索引性对白。

（2）悬念句，对情节后续事件预设期待性对白的言说句式。

例如，短片《盲人调音师》是用倒叙方式开篇的，阿德里安穿着短裤，坐在钢琴前调音，身后一个女客户正拿着气钉枪瞄准他的后脑。显然，编导用“从尾写起”的开篇模式来制造短片情节的叙事悬念，增强读者和观众的阅读期待。然而，在这部短片结尾，编导并没有为这个开篇倒叙的情节悬念揭晓谜底，即并没有明说女客户是否用气钉枪射死了阿德里安，而是用阿德里安的悬念句推进这个情节悬念。编导叙述道：

女客户离开后，阿德里安用沾满血迹的双手开始给钢琴调音。

阿德里安【画外音】：冷静点，冷静点。她完全没有察觉，你表现得极其自然，能得奥斯卡了。

里间墙上的灯光影子中，依稀可以看到女客户正在隔壁屋子里翻查阿德里安脱下的衣服。

阿德里安转头看了一眼靠在沙发上的白发男子，一边调音一遍胡乱猜想。

阿德里安【画外音】：沙发上那个男人是谁？她丈夫吗？她不是说找她丈夫的衣服吗？她为什么还不拿来？冷静点，也许她在洗我的衣服，那很好，不是吗？我穿好衣服，调好钢琴，就走人。希望她不会翻我的大衣口袋。我的日程本。见鬼，我的日程本放在大衣口袋里了。瞎子怎么会需要日程本？糟了。

阿德里安听到背后传来女客户的脚步声。

阿德里安【画外音】：她回来了。

女客户走到阿德里安的身后，停下了脚步。

阿德里安【画外音】：别回头，你是瞎子，没有任何理由回头。说点什么，说点什么，说呀，妈的。

阿德里安感到十分恐慌，一句话也说不出来，只好重新调音。

阿德里安【画外音】：我是瞎子，不知道身后发生的事。既然不知道，就应该放松。

女客户双手持着一把钉枪，正对着阿德里安的后脑勺。

阿德里安【画外音】：我必须继续弹琴，我开始弹琴后她就没再动过。我弹琴的时候她不能杀我。

短片《盲人调音师》完成本的结尾用画外音的悬念句方式，叙述了阿德里安因内心恐惧而说的上述对白，却没有叙述阿德里安是否被女客户用气钉枪射死。这是一种未完成的悬念句对白。其叙事创意在于，编导将阿德里安是否被女客户用气钉枪射死的疑问悬置了，而通过阿德里安在女客户用气钉枪指着他的后脑时所说的画外音独白，表现阿德里安因假装盲人调音师而受到的惩罚。也就是说，阿德里安是否被女客户用气钉枪射死的结局已经不再重要了，尽管阿德里安害怕女客户发现他的真相而射杀他依然是一个叙事悬念，然而这一叙事悬念的侧重点是编导要通过阿德里安的画外音独白方式传递短片的主题——阿德里安假装盲人调音师而自我得意，最终陷入遭人灭口的绝境的惩罚。

3. 句型上的完整句与省略句

在短片对白的言说句式中，完整句与省略句往往不只是言说句子在书写形态上的含义，完整句代表一个言说句子的完成，省略句则代表一个言说句子的省略或缺失。在短片对白句式中，完整句与省略句具有叙事语法上的意义。尤其是省略句，编导往往会赋予其特定而微妙的叙事功能。

（1）人物需修正已说之言等而止住言说的省略句。

例如，在短片《邻居的窗》完成本的第2场景中，艾莉和丈夫雅各布在自家客厅的窗口第一次看到对楼邻居夫妇的激情场面时，两人边看边谈论起来。编导叙述（详见248页）道：

【切回】

艾莉（看向对楼邻居的窗口）：你觉得他们真的不知道我们能看见他们吗？

…………

艾莉：我们为什么要关灯呢？我们什么也没做。他们才应该关灯。……

艾莉的话刚说出口，突然心有所感，她便起身走到客厅门口，伸手关灯，然后挺着肚子走回来，重新坐在丈夫身边。

从艾莉和雅各布的背后看去，艾莉夫妻两人正在黑暗中偷窥着对楼邻居的窗口，因距离远和灯光昏暗，对楼邻居夫妇的激情场景隐约可见。

在上述引文中，艾莉在回答雅各布的问话时说："我们为什么要关灯呢？我们什么也没做。他们才应该关灯。……"艾莉突然止住自己的话。从言说的语义上讲，艾莉的话实际上已经说出了完整的意思，即艾莉和雅各布什么也没做，不需要关灯，而对楼邻居夫妇才应该关灯。但是，编导在艾莉的话后面添加了省略号，使原本可以是完整句型的句式成了省略句。从后续的场景描述中可以发现，编导用省略句来叙述的目的是表现艾莉的话是脱口而出的，所以，她起身关灯的后续行动修正了自己说的话。

（2）人物因意想不到的问话等而停顿言说的省略句。

例如，在短片《邻居的窗》完成本的第3场景中，艾莉独自忙着照看两个孩子，而她的丈夫雅各布却坐在客厅里不停地用手机打电话，艾莉非常生气。当雅各布放下电话跟艾莉道歉后，艾莉还是不能接受丈夫的歉意（详见250～251页）。编剧写道：

雅各布起身，走近妻子，极力地解释自己刚才打电话是在讨论工作上的事情。

…………

艾莉：你怎么会在这里办公？

雅各布：这边……网络信号比较好。

…………

艾莉：很好，好的。我知道了，谢谢！

在上述引文中，雅各布说的"这边……网络信号比较好"包含了一个省略号，说明雅各布说这句话时有一个停顿，而这个言说中的停顿意在揭示雅各布没有想到妻子会有这样的问话，所以停顿之后才接着说出自己在客厅里办公的理由。因此，雅各布说的这句中间带有省略号的话，事实上是一种言说者因意想不到的问话而停顿言说的省略句。

二、潜台词

与台词不同，潜台词是短片对白中能够传递言外之意的言说句式。一般来讲，剧作者经常使用潜台词来增强短片对白在言说语义、言说语调等方面的多义性和微妙性。所以，潜台词不只是短片对白的言说句式，往往也涉及短片对白的言说话语，是一种对白言说的叙事修辞形态。

从言说句式上看，潜台词属于短片对白的语境范畴，其言说的意义总是与对白言说的境况密切联系。也就是说，潜台词所要传递的言外之意往往与言说的语境相关。因此，我们可以从场内潜台词与场外潜台词两个方面探讨短片对白的言说句式。

1. 场内潜台词

场内潜台词是指剧作者从台词言说的场景内叙述台词的言外之意。例如，在短片《盲人调音师》完成本的第4场景中，阿德里安跟西蒙在茶餐厅谈话。西蒙要阿德里安解释一下，为何今天早上他接到电话，有人要找盲人调音师。编导叙述道：

阿德里安不紧不慢地喝了一口茶，便用白色的餐巾擦着嘴。

阿德里安：莫卧儿帝国的皇帝沙·贾汉，在妻子死后……

西蒙（打断）：哦不，我没空听你胡扯。

阿德里安（有条不紊地）：莫卧儿帝国的皇帝沙·贾汉，在妻子死后悲痛万分，他召来当时最好的建筑师。建筑师来到皇帝面前，皇帝问他，你结婚了吗？结了，陛下。你爱你妻子吗？是的，陛下，她是我的命，我爱她胜于一切。很好，那我就把她处死，你就知道我有多痛苦，就能为我妻子建起世界上最壮丽的坟墓。皇帝处死了建筑师的妻子，建筑师建起了泰姬陵。

西蒙看着阿德里安，脸上露出莫名其妙的表情。

阿德里安：人们认为失去会令人更加敏感。

西蒙：你太有才了，混蛋。

阿德里安将戴着的墨镜往下拉了一些，想让西蒙能看到自己的眼睛。

阿德里安：我决定变成瞎子。

西蒙（往前凑）：这是什么？

阿德里安（颇为得意地）：隐形眼镜。我下午要去新客户那里调音。

西蒙：不会吧。

阿德里安（脸上露出笑容）：他们认为我其他感官更发达，我的耳朵无与伦比。

在上述引文中，阿德里安没有正面回答西蒙的问话，而是跟西蒙讲了一个建造泰姬陵的故事。阿德里安用这个故事表达，“人们认为失去会令人更加敏感”，并引申出“他们认为我其他感官更发达，我的耳朵无与伦比”。因此，阿德里安说的建造泰姬陵的故事，以及由此引申出的两句话，是要劝西蒙了解客户的心理，进而说明阿德里安在钢琴演奏比赛失败后，选择假装盲人从事钢琴调音师的职业，就是为了迎合钢琴调音客户这样的判断：盲人失去视觉能使其听觉更加敏锐，因而能更准确地给钢琴调音。正如莫卧儿帝国的皇帝杀死了建筑师心爱的妻子，目的是让建筑师切身感到皇帝失去爱妻的痛苦，这样他才能建造世界上最壮丽的坟墓——泰姬陵。从这个意义上说，阿德里安讲的建造泰姬陵的故事，以及由此引申出的两句话，都可以被视作场内潜台词。这是因为阿德里安在言说场景的后续对话中解释了这些潜台词的言外之意。

2. 场外潜台词

与场内潜台词不同，场外潜台词的实操手法是剧作者在台词言说的场景之外叙述台词的言外之意。

例如，在短片《邻居的窗》完成本的第12场景中，编导叙述道：

12. 对楼邻居公寓楼下 夜 外

艾莉独自快步走到公寓对楼门口不远处，停住了脚步。她看着邻居丈夫的担架车被抬上了一辆救护车。邻居妻子站在门口，目送着救护车离开。

艾莉立刻走到邻居妻子的面前，望着邻居妻子伤心的样子。

艾莉：你还好吗？

邻居妻子突然认出了艾莉。

邻居妻子：你是住在我对面那栋楼里的吗？

艾莉有些惊讶，然后点头。

邻居妻子：我想我们的房间可能面对面。

艾莉（有些尴尬）：真的？

邻居妻子：你有一个小女孩，还有一个男孩和一个婴儿。我希望这不会让你感到害怕。

艾莉：不会的。

在上述引文中，邻居妻子认出艾莉后问道：你是住在我对面那栋楼里的吗？艾莉点头回应。但是，当邻居妻子进一步说“我想我们的房间可能面对面”时，艾莉却说：“真的？”显然，在先前的情节中，艾莉不但知道自家与邻居的房间面对面，并且经常窥视对楼邻居。因此，艾莉说的“真的？”是一句潜台词，需要结合该场景之外的情节来解读，即从先前情节中艾莉窥视对楼邻居的场景来判断艾莉这句话的潜在含义。从这个意义上说，编导用艾莉的反问句，暗示艾莉在隐瞒自己曾经常窥视对楼邻居的真相。

三、文本间台词

广义上讲，潜台词是一种文本间台词。然而，文本间台词在言说句式上的特点是，剧作者侧重于不同文本之间用互文性方式传递台词的意义。所以，文本间台词涉及互文性或“文本间性”的概念。

互文性或“文本间性”是由法国当代符号学家克里斯蒂娃首先提出的，后来成为西方当代文艺批评理论的关键词，往往指称两个或更多文本间发生的互文关系。我们已经知道，潜台词的言说句式涉及短片台词的言说语境，而文本间台词则是将短片对白的语境在两个方向上加以拓展，一个是短片台词在短片剧本的前后场景之间的互文性语境，另一个是短片台词与读者和观众的互文性语境。前者可以称为场景间台词的言说句式，后者则是超场景台词的言说句式。

1. 场景间台词

场景间台词是指，剧作者从短片剧本的前后场景的互文性语境中设计和撰写的短片对白。所以，场景间台词的言说意义很难在言说场景中表达，需要与言说台词的前叙场景或后续场景联系起来传递其叙事意义。

例如，在短片《邻居的窗》完成本的第9场景中，编导叙述了艾莉与雅各布的对话。而这段对话讨论的问题却需要在前后的场景（即第8场景和第10场景、第11场景）的叙事逻辑中加以解读。编导是这样叙述这前后三个场景的：

8. 艾莉公寓的阳台 深夜 内

艾莉晚上睡不着觉，独自从床上起身，走到阳台。

艾莉无意中发现对楼邻居正坐在窗前聊天，似乎发生了不寻常的事情。

【切出】

对楼邻居的妻子似乎在劝说自己的丈夫，并走到丈夫身边坐了下来，将脸靠在丈夫的肩膀上。

【切回】

艾莉注视着对楼邻居夫妇的举动，脸上露出关切而惊疑的神色。

9. 艾莉公寓的客厅 日 内

艾莉在桌子上切菜，并不时地抬头看望对楼邻居家的窗口。

雅各布正在客厅的窗前整理着什么。

艾莉：你看。

雅各布抬头看了看对楼后，回头看向妻子。

雅各布：是那个家伙吗？

艾莉：是的。

雅各布转过脸，注视起对楼邻居的丈夫。

雅各布：他剃了光头吗？

艾莉：大概是吧。我想我有一段时间没有见到他了。他看起来不太好。我不知道。

艾莉和雅各布都看向对楼邻居的窗口。

雅各布：你认为他是喝醉了吗？

艾莉：我不知道。

这时，里屋传来孩子们的争吵声。雅各布不得不走进里屋去照看孩子们。

10. 艾莉公寓的客厅 傍晚 内

艾莉用手机跟雅各布通话，吩咐如何照看孩子后，坐在沙发上。

突然，艾莉发现对楼邻居有异常情况，便起身拿起双筒望远镜，注视起对楼邻居的窗口。

【切出】

对楼邻居的丈夫躺在床上，似乎患了重病。他的妻子站在另一间屋内。有一对夫妇前来探望。男的坐在床上跟邻居丈夫说着什么，女的则在隔壁房间里跟邻居妻子说着什么。

【切回】

艾莉转身准备着洗澡要换的衣服，再次来到窗前，拿起望远镜看向对楼邻居的窗口。

【切出】

艾莉发现前来探望的夫妇跟邻居妻子告别后，离开了邻居的家。

邻居妻子走到丈夫的床边，最后爬到床上，在丈夫的身边和衣躺下。

【切回】

艾莉放下手里的望远镜，若有所思。

艾莉走进洗手间，在浴缸里放满了水后，独自躺在浴缸里洗澡。

11. 艾莉公寓的客厅 夜 内

艾莉身穿浴衣，放下卧室的窗帘，走进客厅。

艾莉发现对楼邻居出现了新的情况，便从沙发上拿起望远镜去看。

【切出】

从对楼邻居的窗口看到，有两人推着担架车，将邻居丈夫从床上搬到担架上。

邻居妻子看着两人搬动自己的丈夫，似乎在流泪。

【切回】

艾莉举着望远镜，关切地注视着。

【切出】

对楼邻居的窗口里，两人拉上了包裹着邻居丈夫遗体的袋子拉链，推着担架车往外走去。邻居妻子跟在担架车后面。

【切回】

艾莉明白了什么，放下手里的望远镜，跑出自己的家。

在第9场景中，编导叙述了艾莉与雅各布一边看向对楼邻居的窗口，一边谈论起对楼邻居丈夫，而雅各布说："他剃了光头吗？""你认为他是喝醉了吗？"而艾莉对雅各布的第一句问话的回应是："大概是吧。我想我有一段时间没有见到他了。他看起来不太好。我不知道。”艾莉对雅各布的第二句问话的回答是：“我不知道。”虽然艾莉与雅各布的上述对话所表达的意思是明确的，但是艾莉对对楼邻居丈夫的异样状况所表现出的猜测已经不只是字面上的意义。也就是说，从前后场景的场景间台词的角度来解读的话，艾莉夫妻两人的对话至少蕴含着两层互文性意思。一层意思是艾莉对对楼邻居夫妇的生活从羡慕转为关心，在第8场景结尾，编导叙述道：“艾莉注视着对楼邻居夫妇的举动，脸上露出关切而惊疑的神色。”所以，在第9场景中，由艾莉的“你看”引发对对楼邻居丈夫状况的猜测和关心。另一层意思是，雅各布猜测对楼邻居丈夫剃了光头，甚至怀疑他喝醉了，其真相则需要根据后续的第10场景和第11场景中的事件来确认并纠正，即对楼邻居丈夫患了重病。

因此，在短片完成本的第9场景中，艾莉与雅各布的对话实际上是一种场景间台词，读者和观众需要在前叙场景和后续场景的互文性语境关联中解读其言说的多重含义。

2. 超场景台词

与场景间台词不同，超场景台词是指剧作者在短片台词与读者和观众的互文性语境中设计和撰写的短片对白，旨在将读者和观众拥有的与台词有关的知识、经验等短片剧本之外的文本带入短片台词的解读中，拓展和深化短片台词的叙事意义。我们可以举例分析词语式超场景台词与故事式超场景台词。

（1）词语式超场景台词。

词语式超场景台词是指，剧作者用特定的词语引入短片剧本之外的文本，读者和观众通过台词中的词语植入有关的知识和经验，进而解读该台词所要传递的叙事意义。

例如，短片《盲人调音师》完成本的第4场景中，编导叙述道：

4. 某茶餐厅 日 内

阿德里安坐在某茶餐厅的客座上，等着自己的经纪人西蒙到来。眼前的餐桌上放着几块糕点和两个茶杯。

阿德里安身穿西装，系着领带，戴着墨镜，正在给自己的茶杯里倒入茶水。

阿德里安【画外音】：我活过来了，成了钢琴调音师。

西蒙走到餐桌边，在阿德里安的对面坐下。

一个年轻的服务员将两只碟子随手丢在了阿德里安的餐桌上，碟子发出碰撞的声响。

阿德里安（讥讽地）：这儿的服务真周到。

西蒙是个胖胖的中年男子，一坐下来就从自己的外衣口袋里拿出手机，低头看了起来。

西蒙（自言自语）：这社会不是偷窥者，就是暴露狂。昨晚我们聊了两个小时，看她给我发的照片。

西蒙把自己的手机递到阿德里安的眼前，要让他看手机里的照片。

阿德里安：我是来吃饭的。

在上述引文中，西蒙说："这社会不是偷窥者，就是暴露狂。昨晚我们聊了两个小时，看她给我发的照片。"这两句台词字面上的意思是，西蒙昨晚聊了两个小时的女人，给他的手机里发了照片。但是，编导没有用画面展示西蒙手机里的是什么照片，西蒙在把自己的手机递给阿德里安看时也没有具体说照片上拍了什么，只是通过西蒙说的"这社会不是偷窥者，就是暴露狂"，暗示西蒙手机里的女人照片肯定不是一般的照片，而是带有某种自我暴露的照片。因此，要真正地理解西蒙说的台词，就需要读者和观众根据"偷窥者和暴露狂"的台词，结合自己对"偷窥者和暴露狂"女性照片方面的知识和判断，来填补短片台词和场景中缺失的画面，即当时西蒙手机里的那张女人照片。

从这个意义上说，这是一种词语式超场景台词，剧作者借助场景人物台词中的词语，引导读者和观众通过与这些词语相关的知识和经验，来感性地解读西蒙这两句台词所要表达的叙事意义，即什么样的女人照片是"偷窥者和暴露狂"的照片。

（2）故事式超场景台词。

故事式超场景台词表现为，剧作者借助故事信息的方式引入短片剧本之外的文本，读者和观众因台词提及的故事信息而引入有关的知识和经验，进而解读该台词所要传递的叙事效应。

例如，在短片《盲人调音师》中，跟西蒙在茶餐厅谈话时，阿德里安讲述了一个有关泰姬陵的故事（详见261页）。从短片对白的言说语境来看，阿德里安跟西蒙说起这个故事，是要引出这样的观点：人们认为失去会令人更加敏感。在钢琴演奏比赛失败后，阿德里安假装盲人调音师，就是要迎合上述观点，盲人失去视觉能使其听觉更加敏锐，因而能更准确地给钢琴调音。但是，编导巧妙地用泰姬陵的故事，引出阿德里安台词中谈论泰姬陵建筑师的故事。虽然阿德里安没有讲述皇帝为何建造泰姬陵的故事，而是讲了皇帝如何建造泰姬陵的故事，但是一般读者和观众也许不知道泰姬陵是如何建造的，却大多听说过皇帝为何建造泰姬陵的美丽而感人的故事。因此，编导借助有关泰姬陵的故事信息，引导读者和观众将皇帝为何建造泰姬陵的美丽传说带入，他们才会对阿德里安讲述皇帝如何建造泰姬陵的故事感兴趣，不至于像西蒙那样厌烦阿德里安要讲的故事。

第四节　短片对白的言说话语

言说话语是短片对白的叙事修辞概念。笔者曾经在《小说写作实训教程》中提出了小说写作实训中叙述声音的修辞策略，并分别从言说语义、言说语式、言说行动和言说意向四个方面加以论述。[①]其实，短片对白的言说话语实际上也涉及短片剧本写作实训中的叙述声音修辞策略。

我们将从言说语义上的可靠与不可靠的对白、言说语式上的挖苦与调侃的对白两方面探讨短片对白的言说话语。

一、言说语义上的可靠与不可靠的对白

在短片对白写作实训中，可靠的对白是指短片对白在言说内容上真实地表达言说者的言说意图，或者说出了符合事情真相的话语，反之便是不可靠的对白。一般来讲，剧作者往往通过不可靠的对白方式巧妙地传递言说话语的微妙意味。

例如，在短片《盲人调音师》完成本的第3场景（场景叙述见256～257页）中，艾莉跟雅各布发牢骚后，对着对楼大声叫嚷。雅各布的话是可靠的，表达了其真实的言说意图。他确实感觉到艾莉说的话有点

① 参阅拙著《小说写作实训教程》(中国人民大学出版社，2021年)。在短片剧本写作实训活动中，短片对白写作也涉及叙述声音的修辞策略问题，所以，小说写作叙述声音修辞策略的相关探讨和写作原理也适用于指导短片对白写作实训活动。

“反应过度了”，而雅各布说“我不认为我是唯一被对楼吸引的人”，以及“我没有那么说”，符合短片场景中的实情。与此不同，艾莉的有些话是不可靠的。一是不符合言说场景中的实情。如艾莉说“我真觉得对面的人是故意的”“你就是经受不住他们的诱惑”，而对楼夫妇的家庭生活并不是故意做给艾莉看的，雅各布也没有经受不住对楼邻居的诱惑。二是没有表达艾莉的真实意图。如艾莉说“你不知道你的脸不断被抚摸的感觉吗”，这句话表面上是质问雅各布“你为何要被对楼的人吸引，难道不知道自己的脸被人抚摸的感觉吗”，实际上表达的是艾莉内心的牢骚：自己婚后整天忙于照看孩子，而对楼邻居夫妇的婚后生活却如此惬意和浪漫。因此，艾莉的这些牢骚是一种不可靠的对白。

二、言说语式上的挖苦与调侃的对白

正是由于不可靠的对白能够巧妙地传递短片对白的言说话语，所以，在短片对白写作实训中，剧作者应该探索不可靠对白在语式上的写作技术。这里，言说语式的意思是指短片对白的言说意图与言说态度。其中，挖苦与调侃便是一种不可靠对白在语式上的表达方式。

1. 挖苦式对白

挖苦式对白是通过不友好的或恶意的言说语式表达的不可靠的言说话语，如用训斥、怨怒、泄愤等意图或态度而说的短片对白。

例如，在短片《盲人调音师》完成本的第4场景中，编导叙述道：

4. 白天－茶餐厅

一盘盘盛着各种奶油蛋糕的碟子排列在一张漂亮的白色绣花桌布上，有巧克力的、红色水果的、柠檬的。贪婪的叉子整齐地切开了它们。稠腻的意大利热巧克力溢出阵阵浓香，正从银白色的巧克力壶里缓缓地流出来。

一个不耐烦的服务员粗暴地将两只新碟子放到了桌子上。

阿德里安：瞧瞧这个服务生，多可爱啊。

在上述引文中，阿德里安说：“瞧瞧这个服务生，多可爱啊。”其字面意思是清楚的，是在夸奖茶餐厅的服务员。但是，从阿德里安说这句话的上下文语境来看，这句话实际上是在挖苦这个年轻的服务员不懂礼貌，粗暴地把两只新的碟子放到桌子上。在这个场景的结尾，编导叙述这个年轻服务员将账单随手摔在阿德里安面前的餐桌上，转身就离开，以至于阿德里安不得不在结账时训斥这个毛手毛脚的年轻服务员。

2. 调侃式对白

调侃式对白是出于友好的、非恶意的言说语式表达的言说话语，如用自嘲、搞笑、滑稽等意图或态度而说的短片对白。

例如，在短片《盲人调音师》完成本的第5场景中，阿德里安戴着墨镜，手持导盲杖，独自行走在街道上。他回想起刚才在茶餐厅结账时，自己训斥年轻而鲁莽的服务员，编导接着叙述道：

【切回】

阿德里安脸上露出得意的笑容。

阿德里安停下脚步，站在老妇人身边，一起等着人行道信号灯变绿。

人行道信号灯变绿后，阿德里安转身面向老妇人。

阿德里安（调侃）：夫人，需要我扶您过马路吗？

老妇人上下打量了一下阿德里安的盲人装束，一脸诧异和惶恐的神色。

在上述引文中，阿德里安跟等待人行道信号灯的老妇人说：“夫人，需要我扶您过马路吗？”这句话在两个层面上是不可靠的。在受话者方面，一个手持导盲杖、戴着墨镜的盲人，居然提醒没有视力障碍的老妇人绿灯亮了，可以过马路了，这显然是个不可理喻的笑话，所以老妇人会“一脸诧异和惶恐的神色”。在言说者方面，阿德里安知道自己假装盲人，所以他说这句话的意图是在老妇人面前显摆自己假装盲人的技术。因此，阿德里安的话实际上是一句没有恶意的调侃式对白。

本章概要

本章从言说路径、言说指向、言说句式和言说话语四个方面，举例分析短片剧本的对白写作技术。

本章探讨了短片对白的言说路径，从对白的言说对象、画外音对白的言说者身份与画外音对白的言说者位置三个方面探讨短片对白的言说路径。在画外音对白的言说者位置上，本章将画外音分为“画上音对白”与“画下音对白”，并做了案例分析。

本章提出短片对白写作实训中的言说指向概念，并结合相关案例，从短片对白的意指取向与叙事功能两个方面界定并区分戏剧性对白与叙事性对白。

在短片对白的言说句式上，本章在举例分析台词、潜台词的基础上，提出并论述了“文本间台词”的概念，并从场景间台词和超场景台词两个方面，举例探讨了文本间台词的短片对白写作技术。

本章从言说语义与言说语式两个方面，探讨短片对白的言说话语，并以挖苦与调侃为例，分析了不可靠短片对白的言说语式。

思考题

1. 短片对白可以分为几种言说方式。
2. 举例说明故事叙述者言说与故事中人物言说的区别。
3. 举例说明戏剧性对白与叙事性对白的区别。
4. 如何写作短片对白中的伏笔句与悬念句?
5. 举例说明短片对白中的“文本间台词”。

课外作业

1. 用短片对白的言说方式撰写短片文学剧本中高潮场景的对白内容。
2. 用戏剧性对白和叙事性对白撰写短片文学剧本中的对白片段。
3. 在短片文学剧本片段中撰写潜台词与文本间台词。
4. 在短片文学剧本的言说话语中撰写剧作者的叙述话语。

拓展阅读

1. 麦基.对白：文字·舞台·银幕的言语行为艺术.焦雄屏，译.天津：天津人民出版社，2017.

2. 朗道.编剧路线图：推动故事发展的21个关键问题：电影篇.李志坚，译.北京：人民邮电出版社，2016.

3. 茂莱.电影化的想象：作家和电影.邵牧君，译.北京：中国电影出版社，1989.

图书在版编目（CIP）数据

短片剧本写作实训 / 陈鸣著. -- 北京：中国人民大学出版社，2022.5
大学写作系列教材
ISBN 978-7-300-30538-7

Ⅰ. ①短… Ⅱ. ①陈… Ⅲ. ①故事片—剧本—创作方法—高等学校—教材 Ⅳ. ①I053

中国版本图书馆CIP数据核字（2022）第059877号

大学写作系列教材
短片剧本写作实训
陈鸣 著
Duanpian Juben Xiezuo Shixun

出版发行	中国人民大学出版社		
社　　址	北京中关村大街 31 号	**邮政编码**	100080
电　　话	010-62511242（总编室）		010-62511770（质管部）
	010-82501766（邮购部）		010-62514148（门市部）
	010-62515195（发行公司）		010-62515275（盗版举报）
网　　址	http: // www. crup. com. cn		
经　　销	新华书店		
印　　刷	天津鑫丰华印务有限公司		
规　　格	170 mm × 240 mm　16 开本	**版　　次**	2022 年 5 月第 1 版
印　　张	17.25　插页 2	**印　　次**	2025 年 6 月第 3 次印刷
字　　数	285 000	**定　　价**	49.90 元